2019 年主题出版重点出版物
天津市重点出版扶持项目

『我心中的澳门』——全球华人看澳门

蒋子龙 等◎著

天津出版传媒集团
百花文艺出版社
澳門基金會
FUNDAÇÃO MACAU

图书在版编目（CIP）数据

“我心中的澳门”：全球华人看澳门 / 蒋子龙等著
.-- 天津：百花文艺出版社, 2019.12
ISBN 978-7-5306-7750-6

Ⅰ. ①我… Ⅱ. ①蒋… Ⅲ. ①散文集–世界–现代
Ⅳ. ①I16

中国版本图书馆CIP数据核字(2019)第268935号

“我心中的澳门”——全球华人看澳门
WO XINZHONG DE AOMEN QUANQIU HUAREN KAN AOMEN
蒋子龙 等著

出版人：薛印胜
策划编选：甘以雯　　**封面设计：**郭亚红
责任编辑：魏青　王燕　徐姗　　**版式设计：**蔡露滋
出版发行：百花文艺出版社
地址：天津市和平区西康路35号　**邮编：**300051
电话传真：+86-22-23332651（发行部）
+86-22-23332656（总编室）
+86-22-23332478（邮购部）
印刷：山东临沂新华印刷物流集团有限责任公司
开本：880×1230　1/32
字数：214千字
印张：9.25
版次：2019年12月第1版
印次：2019年12月第1次印刷
定价：52.00元

如有印装质量问题，请与山东临沂新华印刷物流集团有限责任公司联系调换
地址：山东省临沂市高新技术产业开发区新华路1号
电话：(0539)2925659
邮编：276017

序

澳门基金会一直不遗余力推动澳门文化的发展。文学作为文化的重要组成部分，自然也得到特别的眷顾。自二十世纪九十年代初以来，我们就与《澳门日报》和澳门笔会等机构合作，举办“读后感征文比赛”和“澳门文学奖”，鼓励和支持澳门文学创作和出版，并与内地出版社联手，组织出版“澳门文学丛书”，全面促进本土文学的发展。“我心中的澳门”也是澳门基金会繁荣文学创作的其中一项重要举措。我们一直认为，澳门文学由本土创作和外地有关澳门的书写组成，而且后者起源更早、影响更广、作者群更大，不少还是广为流传的名篇佳作。我们和百花文艺出版社《散文海外版》杂志联合推出“我心中的澳门”全球华文散文征文比赛，就是为了传承此一文脉，从另一方面丰富澳门文学的内涵,拓展澳门文学的边界,传播澳门文学的意义,张扬澳门文学的开放性。

事实证明,我们的尝试是成功的,所取得的成效远远超出了预期。一方面,“我心中的澳门”全球华文散文比赛促成了澳门文学奖增加了公开组,大大扩展了征稿范围,为澳门文学发展开辟了一条新路;另一方面,该项比赛吸引作者和读者之广、应征作品之多和水平之高,出乎意料之外。不少知名作家也纷纷响应,为澳门文学添砖加瓦。呈现在读者眼前的这本书,就是从历届征文比赛获奖作品中精选出来的佳作。

我们时常在想,是什么吸引了众多文人雅士对澳门蕞尔小城的目光?又是什么魅力迷倒他们大书特书澳门的前世今生?我们曾经说过,在同等规模的城市里,没有哪个城市比澳门拥有更多的历史档案和文献资料,而且这些档案文献语种之多、散布之广,令人惊叹不已。到底是什么,迷恋着世人对澳门的关爱?

是她的光辉人性,是她的无疆大爱。澳门是一个移民城市,来自不同地方、乡音不一、礼俗相异的人们,不同而和,和而不同,“但求安居便死心”,守望相助,同舟共济,齐心协力守护耕耘着这块土地;对不断涌入的新移民甚至因天灾人祸逃至的难民,时刻伸出援手、展示爱心,无论这些人是去是留,都心存感念,亲情绵绵。

是她的本真人性,是她的默默温情。率真朴质、从不矫情的城市个性,不仅令澳门在风云变幻的历史演变过程中处变不惊,坐看风舒云卷,静候雨过天晴,也令来自天南海北的商旅人士流连忘返,充分释放,自由发展,久而久之,“倚天照海花无数,高山流水心自知”,澳门遂成温柔之乡、世外桃源。

是她的家国情怀,是她的丝丝乡愁。无需张扬,不必展示,在她的灵魂深处,在她的血液里,哪是家,哪是乡,哪是国,一清二楚,容不得半点虚假,容不下半点杂质。在国家需要的时候,无论兴衰,旗帜鲜明,理直气壮,全心投入,全力以赴。尤其是在民族危亡之际,赴汤蹈火,在所不惜。拳拳中国心、深深民族情,表露无遗。

是她古今同在的人文景观, 是她中西并举的精神风貌。弹丸之地,与国运世情息息相关,丝丝入扣。乡土气息,居然沾染着国际胸怀和高尚情操。看似不起眼的景物,原来有那么多的故事;看似不相干的事情,原来有那么大的关联。一砖一瓦,一草一木,都会给人无限的遐想;许多不协调的东西,放在一起,竟然显得那么和谐。世界文化遗产的美誉,果真名不虚传。

最为难得的是,这一切,都生动反映在当下的澳门社会实践中,都真实体现在澳门人的日常生活里,成就了澳门的品格和韵味,成为澳门城市的脉搏,成为澳门文化的基因,薪火相传,生生不息。即使发展到今天的新城市新时代,澳门的传统还如影随形,清晰可见。我们也衷心希望,我们的城市、我们的居民珍惜、爱护、传承、弘扬我们的文化财富，为特区发展、国家进步、民族复兴、人类和平贡献绵薄之力；我们更加期待，澳门的朋友们可以像本书的作者那样，一如既往关爱澳门，真心实意支持我们，集结更大的力量，充分发挥澳门传统的作用，放大澳门文化的光芒，照亮更多的人。

吴志良

全国政协委员，澳门基金会主席

目　录
Content

澳门游思

□ 蒋子龙

澳门是安静的。澳门怎么可能是安静的？它应该是喧闹的，大喊大叫，乃至在烟气腾腾中气急败坏！因为它是世界著名的“四大赌城”之一，赌徒的情状谁还没见过？但，它确实是安静的。更像一个沉机默运的智者，平静、和厚、无所不容。关闸大厅内的几十条通道都排满了人，潮水般的人流还在从关外广场上不断涌入，却并不嘈杂，大家静静地缓缓地前行。出入关手续办理便捷，几乎无须多停留。进入澳门后，人流疏导很快，又像潮水般散开，一辆接一辆的免费大巴把游人送往各个著名的地点或景区。对，是免费的。当你离开澳门时，从所在的酒店乘大巴到关闸，同样也是免费的。澳门是全球最发达、富裕的地区之一，属“福利社会”，也惠及外人。

在我的意象里，总觉澳门像一串糖葫芦，处于顶端的澳门半岛下面，串联着氹仔、路环两个岛。但从观光直升机上俯瞰澳门，却形似“变形金刚”。三座跨海大桥以及连环状的环岛公路，将其铆固成一个顿挫有致、气势磅礴的整体，灵活而营运能力极强，且游刃有余。没有到过澳门的人，或许以为它不过是“弹丸之地”。可就是这个“弹丸之地”，每年却要接待三五千万的游客，几乎是本地居民的百倍。即便在繁华的闹市，并不宽阔的马路也通畅而洁净。路，就是效率，是发达的条件，也是发达的标志。不塞车，没有碰瓷的，人们便不烦不躁，不会有“路怒一族”。澳门每年还要举办国际F3赛车，成为举世无双的传奇赛事。足见它并非“弹丸之地”，而是极富弹性的福地。

所谓“福地”，即山水搭配与人文气象极致谐调，水土养人，人养山水，共生共荣。澳门面积不足三十三平方公里，平面面积是长乘宽乘出来的，那高呢？澳门多山，自北向南，莲花山、炮台山、东西望洋山、妈阁山、九澳山、观音山、鸡颈山、叠石塘山……“山不在高，有仙则灵”，当年葡萄牙人第一次来到澳门，就是从妈阁山下登岸，那里正是当地盛传妈祖娘娘显圣的地方。这或许令他们飘飘然有如临仙境之感。

澳门之“高”，还因鳞次栉比的巨楼太多太高。殿阁嵯峨，飞槛摩空，致使其天上地下浑然成为一个迷幻般的立体世界。楼凌绝岘，绮窗出尘冥；广殿峻阁，飞升蹑云端。黄金门，白玉堂，形态炫目，气象万千。或炫奇骇俗，或端崇雄伟。有的九重宫阙内藏深湖，神奇莫测，每晚都上演着世间各种水上大戏。有的在十里楼台里修运河，水光涟漪，船行其上，头顶蓝天白云，两岸店铺林立，游人如织。

四百多年前，汤显祖被贬广东，乘船换船颇费周章地登上澳门这个偏远的岛湾，见帆樯如林，珠宝成堆，虽刚刚遭受重击竟有了新奇的诗兴："不住田园不树桑，珴珂衣锦下云樯。明珠海上传星气，白玉河边看月光。"甚至连西洋少女在他笔下也充满情趣："花面蛮姬十五强，蔷薇露水拂朝妆。"后来他还将在澳门所感写进传奇《牡丹亭》，这为我们了解澳门性格的形成，提供了经典性的文化视角。

澳门，古属百越。泊口，可称"澳"。《澳门纪略》载："东西五六里，南北半之，有南北二湾，可以泊船，规圆如镜，故曰'濠镜'。"后又引申出"海镜""濠镜澳"等别名。明嘉靖三十二年(1553)，葡萄牙人从明朝广东地方政府租得澳门居住权，成为第一批进入中国的欧洲人。或许从那时候开始，澳门就在慢慢培养自己性格中最重要的特点——包容性。就像那些世界一流的漂亮大楼，都是综合性购物休闲娱乐场所，谁都可以进去，到里面可以一掷千金，也可以一毛不拔、只过眼瘾。许多人带着孩子，还有用轮椅推着老人，整家整家地来到这个"花花世界"，凭自己的喜好，各得其乐。社会永远都是有差异的。世界迎来了旅游时代，游人便是闲人。悠闲也是生命的必需品，悠闲中的人或许才是自然的人。澳门恰恰是悠闲者不可不去的地方。

说澳门是“福地”，却并不是因为它只有繁华。路环岛东侧，还有极其独特的休闲妙处“黑沙湾”。状如巨大的摇篮，铺满干净而柔软的黑色细沙，浸水则硬，水退则软，赤脚踩上去光洁而舒适。在海浪轻轻地抚弄下，如黑绸般掀起一道道皱褶，闪烁着一片片或一层层的金色光点。这就是大自然的奇妙，沙子是黑色的，发出的光却是金色的。黑沙似乎是对灯红酒绿、纸醉金迷的一种协调，不能不说造物主真是厚爱澳门。黑沙湾背靠叠石塘山，登上制高点，站在妈祖像前，澳门五彩斑斓的景致便尽收眼底。当夜幕降落，另一幕“星光秀”就开场了，山下环绕着一片璀璨的灯海，远处则是黑沉沉凝固了似的大海。转头西望，隔着一条两岸如刀裁般齐整的水道，便是珠海的长隆公园，主楼通体放光，如同一座流光溢彩的古堡。这条水道就连着著名的“十字门”，1279年，大宋王朝便覆亡于此。

当时的十字门及门外的洋面上，漂浮着做最后一搏的十万宋兵的尸体，海战惨败，战船起火，血红的波涛沸腾着，狂风呼叫，海天变色，状极惨烈！宋景定年间的进士陆秀夫，先驱自己的妻儿跳海，随后背起宋朝最后一个仅有八岁的小皇帝赵昺，也投海殉国。与陆秀夫同榜的状元便是在距此不远的零丁洋上“叹零丁”的文天祥，所以后人才有“忠节萃于一榜”之赞。转过黑沙滩，循小路进入九澳山，在面临九澳湾的山坡上，葱茏的林木掩映着一片错落有致的古村落。路边的古屋有所修缮，用的是现代材料，越往山里走，古屋保留越完好，里面生活着澳门的原住民。你面对他们及他们的老宅，什么话都不用说就会感受到一种历史感，一种神秘和好奇。在这样一个举世知名且不算广阔的发达之地，他们是怎样能闹中取静、完好地保留了自己的生活习惯及生存环境？据传在赵宋王朝灭亡后，有许多赵家后人散落在澳门和十字门对面的斗门镇，有的甚至被逼改姓。不知这九澳山的古村落中是否有赵宋皇族的后裔？

一个国家或一个地区的定力，来自它的历史积淀。有深厚的积淀，才有包容性。每天清晨，珠海农民可以划着小船，穿过十字门水道，来澳门卖花、卖青菜，卖完了再划小船回去。晚上，澳门人也可以通过莲花大桥，到十字门对面的长隆去看马戏。就这样随着时间的潜移默化，历经数百年，澳门形成了独有的包容性。而包容，是一个地区繁荣的良药。

既到澳门，就不能不说说“赌”。在每座辉煌的大楼里，都有博彩大厅。里面与我以前见过的同样是一些国际知名赌场大不一样，没有腾腾烟气，没有游荡于各赌台之间察言观色的放贷者……甚至比其他购物及娱乐场所更为安静。博彩原本就是智力游戏，众多赌客都在绞尽脑汁，功夫下在手与眼上，本无须多言。世界著名的赌城，竟变成了清雅之地。在我参观过的几家博彩大厅里，也都有一些空台，这一现象意味深长……每年数千万来澳门的游客中，有一少半来自内地。近几年曾倍受诟病的“中国游客素质”,在澳门却没有这个问题,根本看不出谁是哪国的游客,皆泯然于众人之中。无论人烟多么稠密的热闹场合,没有人大声喧哗,地面干干净净,连去洗手间大家都在静静地排队。这或许就是一种入乡随俗的“从众现象”。澳门自己能守得住魂、静得下心,自然就有非比寻常的净化力。

强大的净化能力,也是能够具有极大包容度的重要原因。在包容别人的同时也给自己创造了足够大的心理空间以及精神与情感上的宽松。所以,澳门的人口密度很高,人均寿命也很高,居世界第二位。连内地报纸都曾报道过一个饶有趣味的故事,“赌王”何鸿燊家的马来西亚籍女佣,过生日买彩票中奖三千多万港元,却依旧留在何家做用人。无论多少金钱也不能让她割舍跟何家的情分,而且在澳门也住习惯了,舍不得离开。

大湾区的澳门

□ 陈启文

我一直觉得澳门就是我隔壁的一道门，我居住的城市地处珠江口东岸，澳门就在珠江口西岸，一座虎门大桥在澳门回归之前就已跨越一个喇叭形的海湾，将东西两岸紧密相连。从二十世纪初第一次踏进澳门，我就被深深地吸引住了。这么多年来我一次次走进澳门，对这座城市越来越熟悉，却又感觉越来越陌生，我好像从来没有看清澳门。还是一位澳门友人点醒了我："你不要老是在城里头转来转去，你沿着澳门海岸线转一圈，试试看。"

这话让我心里一顿又似有所悟，兴许只有透过大海，才能看清澳门。

澳门是一座三面环海的半岛，而在更久远的岁月，澳门还是一个"孤悬海中，未与大陆相连"的荒凉小岛，随着珠江干流西江从珠海前山水道、马骝洲水道奔涌入海，河流携带的泥沙在澳门与内地之间日渐沉积，又在潮来汐去中被海水冲积成一道天然沙堤，在经历了长久的分离后，一座与世隔绝的孤岛终于与大陆唇齿相依，这是大海对陆地的再造，在地形学上称为陆连岛。大海塑造了澳门的形状，状若一朵绽放的莲花，故澳门又称莲岛。那与大陆相连的一脉，便是纵贯于沼泽与海滩之间的莲花茎，它连着一座莲峰山，又延伸出莲花路、莲花街、莲径巷、荷花围、莲花园形地、莲花海滨大马路。大海也为澳门塑造了优美的海岸线和海湾，南湾、西湾、竹湾、石排湾，这一个个海湾恰似莲花的花瓣，簇拥着一块莲花宝地，澳门就在波光潋滟的海湾中安放着澄明的灵魂。这些海湾也是天然的港湾，那些从大海的风浪中颠簸驶来的船舶，一进海湾就变得宁静了。非宁静无以致远，那些赶海人在宁静的海湾中躲过正在迫近的风暴，然后又一次扬帆远航。

南湾位于澳门半岛最南端，这是澳门岁月深处的一道海湾，若从大海的方向过来，这是澳门第一湾。在十六世纪的地理大发现中，西方航海家在大海上越走越远。葡萄牙，原本是一个背向大海、地狭人寡的欧洲弱国，而一旦转身面朝大海，葡萄牙人就像创世记一样，创造了一个又一个的世界奇迹。麦哲伦率远洋船队横渡大西洋、太平洋和印度洋，完成了人类历史上第一次环球航行，在船长绝对空白的海图上画上了他们开辟的一条条新航线。葡萄牙还有一个极具战略眼光的君主——航海家亨利，这是葡萄牙历史上最伟大的一位舵手，他毅然决然地将一个弹丸小国推向了大海，葡萄牙很快就进入了黄金时代。而在风靡欧洲的《马可·波罗行纪》中，遥远的东方遍地是黄金，这是葡萄牙瞄准的又一个目标。明嘉靖年间，中国遭遇了第一个来自大西洋海岸的不速之客，葡萄牙远洋船队长驱直入澳门南湾，就像被一阵海风吹来的。他们一进南湾就大声惊呼：Praia Grande，Praia Grande！意思是：大湾，大湾！葡萄牙人把南湾称为大湾，这还真是意味深长，过了五个多世纪，我们才懂得大湾的真谛。葡萄牙人在攫取澳门的居住权后，随之便以澳门为远东海上贸易的桥头堡，开辟了当时最长的国际贸易航线，这也是葡萄牙远东商业利益的生命线。大海很大，而澳门很小，随着澳门的急速发展，澳葡当局越来越难以施展开拳脚，从十九世纪六十年代开始填海扩地，将大半个南湾填建成南湾街，其余水面后来改为了南湾人工湖。南湾街现已拓展为南湾大马路，如今已是澳门繁华的商业中心、金融中心和市政中心，澳门商业银行和诚兴银行的总行，法国国家巴黎银行，万国宝通银行，香港上海汇丰银行，澳督府，澳门立法会，澳门法院……这一座座高耸的、直入天际的楼宇都是在大海的支撑下昂然崛起的。当我走在这车水马龙、人如潮涌的大马路上，感觉脚步还在荡漾起伏，仿佛走在南湾的海浪上。

说大海是澳门的母亲，这绝非一个矫情的比喻，澳门就是在大海的怀抱里逐渐长大的。南湾其实并未消失，而是以另一种方式诞生，澳门也不会改变面朝大海的方向。而今澳门半岛面朝大海的是背枕西望洋山、紧接南湾的西湾。走进西湾，恍若走进了西湖，然而仔细一看，却又不是。西湾没有白堤苏堤，却有一道向大海延伸的长堤，穿过苍劲的古榕和高大的棕榈，一股浓郁的欧陆风情在大海中涌现。从屹立于西望洋山之巅的主教山教堂，到一幢幢葡式风格的海滨别墅，当年的殖民者几乎占据了澳门最高的地位和最美的风光。海风是咸的，海水也是咸的，无论你心里是怎样别有一番滋味，你都必须明白，只有面朝大海，才会风光无限。当太阳在大海上升起，那些热爱健身的澳门人便开始沿着堤岸、向着大海奔跑，那闪光的汗珠和突出的肌腱代表了一座城市的健康。很多土生葡人也加入到跑步者行列，葡萄牙人曾以其强健体魄抵御住了蔓延欧洲的瘟疫，而在大海的惊涛骇浪中远航尤其需要强健的体魄。这些跑步者甚至可以跨过西湾大桥，从澳门半岛的融和门一直跑到澳门离岛氹仔码头，这是超越了西湾又从西湾延伸出来的一道风景线。

融和门是澳葡当局在澳门回归之前精心打造的一座标志性建筑，由葡萄牙雕塑艺术家拉果·亨利克设计，由四根支柱两两一组互勾而成，支柱表面铺设黑色花岗岩和葡式碎石，这抽象的艺术造型如同双手拱合，这是中葡友谊的象征。西湾大桥是全球第一座预应力混凝土双层主梁斜拉桥，北起融和门，南至澳门离岛氹仔码头，像是一架安放在大海上的竖琴。大桥总设计师徐恭义是当时全国最年轻的桥梁设计大师，他还真是独具匠心，那两个八十五米高的双拱门桥塔代表澳门的英、葡文首个字母“M”，罗马数字“Ⅲ”和阿拉伯数字“3”，则表明此桥是连接澳门半岛和氹仔岛的第三座大桥。桥墩外观呈弧形，像两片莲花花瓣。站在西湾大桥上看海，从海豚色的西湾近海逐渐向远方的蔚蓝色、深蓝色延伸，这是一片繁忙而又生机勃勃的海域。除了川流不息的船舶，还有追逐着海浪的中华白海豚，这身体修长、活泼生姿的生灵，为国家一级保护动物，被誉为美人鱼和水上大熊猫。它们时不时跃出水面或从潮头探出头来，那又黑又亮的眼睛好奇地朝人间张望。在白海豚出没的地方，往往也是鱼群最多的地方，成群的海鸥追逐着鱼群，如果运气好，还可以看到黑脸琵鹭，澳门人又称它们为饭匙鸟。黑面勺嘴，那扁平的长嘴如汤匙般，又与琵琶极为相似。它们不是在空中飞翔，而是在浪尖上飞舞，因而又称为“黑面舞者”。这是世界上仅次于朱鹮的第二种最濒危的水禽，已被国际自然资源物种保护联盟和国际鸟类保护委员会列入濒危物种红皮书中，若能看到它们，简直就像看见了天使一样，所以又称“黑面天使”。这种鸟在别处已经难得一见了，但在澳门还时不时能看见，这也是澳门最具代表性的鸟类。

澳门是一座融合性的城市，不只是人与人之间的融合，也是人与自然的融合。澳门的每一个海湾都堪称是人与自然的完美融合，而竹湾堪称是原生态和浪漫风情融合的佳境。这儿既有一座郁郁葱葱的靠山，又拥有广阔的海岸和细白柔软的沙滩。那些依山而建的房舍、小桥、小径栏杆皆以松木营造，仿佛是从山林里直接生长出来的，一条山溪在清风中婉转流淌，在这华洋杂处的澳门，竟有这样一派清幽古雅的境界，恍若还有山野隐逸、海滨遗老行吟其间。而那海湾和海滩却又尽情地挥洒着浪漫和激情，那些穿着比基尼的美女在海滨浴场或沙滩上秀着她们婀娜多姿的身体曲线，勇敢的男士们正驾着帆板、帆船与海浪搏击，尽情地享受着在海浪上驰骋的快感。在路环岛西北的石排湾，则建起了依山傍海的郊野公园，走进植物园，可以观赏澳门形形色色的植物，观鸟园里又可看到各种各样的珍禽异鸟。在鸟语花香中，感觉一下就把那都市的烦嚣抛到了脑后，又重新投入到大自然的怀抱。相传清嘉庆年间的海盗张保仔，在这山水之间觅到了一个藏身洞。他可真会选地方！

澳门拥有这么多得天独厚的海湾，但从陆地到海域又实在太小了，干什么都捉襟见肘。澳门回归后，在母亲的怀抱里不断成长，第一个长大的就是澳门大学。这是澳门第一所现代大学，但在狭小的澳门只有逼仄的校园。澳门迫切需要拓展自己的空间，但除了艰辛而缓慢的填海造陆，是否还有别的出路？澳门人总是下意识地凝望着与澳门一河之隔的横琴岛，那是珠海最大的岛屿，比三个澳门还要大。这是一片未开发的处女地，若能借助澳门的优势开发出来该有多好。于是，2009年，澳门回归十周年，中央政府批准澳门在横琴岛上建设澳门大学新校区，全国人大又授权澳门特别行政区对澳门大学新校区实施管辖。新校区背倚满目葱茏的横琴山，由一条河底隧道与澳门相连，比原校区一下扩大了二十倍，足以容纳九个学院和一万五千多名学生。这是一座国际化、现代化、智能化的绿色校园，拥有六十多座建筑，这些建筑风格是岭南与南欧的一种融合，这横琴岛上的新校园更是澳门与内地一国两制的融合。海纳百川，有容乃大。澳门大学凭借大陆与大海水乳交融的优势，正雄心勃勃地向世界一流大学迈进。

澳门最大的优势就是背靠大陆，面朝大海，然而澳门又一直受困于大海。由于历史原因，澳门一直没有对毗邻海域的使用管理权。2015年，在澳门回归祖国十六周年纪念日，中央政府又一次敞开怀抱，明确划定了澳门特区水域和明晰陆上界线，三十平方公里的澳门，海域明确为八十五平方公里，这让被大海包围的澳门获得更大的发展空间，随着澳门借海发力，其特有的优势必将进一步被激发出来。

澳门其实还有一个更大的海湾——粤港澳大湾区，当然，大湾区不止属于澳门。这是与美国纽约湾区、旧金山湾区和日本东京湾区比肩的世界四大湾区之一，在自然地理上，这个大湾区一直存在，但直到最近才被人类赋予其超越地理的意义或定义。粤港澳大湾区（英文缩写GBA）由香港、澳门两个特别行政区和广州、深圳、珠海、佛山、惠州、东莞、中山、江门、肇庆九市组成。这是中国经济最活跃的地区，大湾区面积只有五万多平方公里，人口七千万，2017年的GDP就突破十万亿，若放置于世界各国排行中名列十一位，超过了许多西方发达国家。在国家战略上，这是我国建设世界级城市群和参与全球竞争的重要空间载体。大湾区是两种制度、三个法律适用地区、三个关税区，这也是粤港澳大湾区不同于其他湾区的最大特色。按粤港澳大湾区发展规划纲要，以香港、澳门、广州、深圳四大中心城市作为区域发展的核心引擎。从地理位置看，广州处于珠江口顶端，横跨珠江两岸，珠江口东岸有香港和深圳两座中心城市，还有东莞、惠州两座支点城市。珠江口西岸则有澳门特区和珠海、佛山、中山、肇庆、江门五座支点城市。澳门既是珠江口西岸最小的城市，却又是位于珠江口西岸的唯一一座中心城市，一个与香港、广州、深圳并驾齐驱的核心引擎。这是典型的小马拉大车，这小小的澳门拉得动吗？

多少年来，澳门作为世界四大赌城之一，被誉为东方蒙特卡罗或拉斯维加斯。如今在澳门三十平方公里的土地上，生活着六十五万人口，这是世界人口密度最高的地区之一，也是全球最发达、最富裕的地区之一。在博彩业的驱动之下，澳门的轻工业、旅游业、酒店业一直长盛不衰，但澳门人又从不甘心把自己的命运全部押在赌场的轮盘上，他们一直渴望对澳门的重新定位，把澳门打造为世界旅游休闲中心。而作为一个站在大湾区一线潮头的核心引擎，这样的定位已经远远不够了，澳门重新审视自己。譬如说，澳门曾经是葡萄牙在远东海上贸易的桥头堡，但一旦转身，就可以打造中国与葡语国家的合作平台，而澳门五百年来所形成的多元文化，也可以成为一个以中华文化为主流、多元文化交流的合作基地。澳门对外贸易的经济规模虽说不大，但外向度高，而且是大湾区内税率最低的地区之一，财政金融稳健，无外汇管制，具有自由港及独立关税区地位，一直是亚太区内极具经济活力的一员，也是连接内地和国际市场的窗口和桥梁。这都是澳门潜在的优势和底气，一旦释放出来，这一小片灿烂的土地势必发挥出四两拨千斤的力量。——这就是澳门对自己的重新定位，大湾区的澳门终于看清了自己，我也终于看清了大湾区的澳门。

澳门很小，但大湾很大，从葡萄牙人当年惊呼的“大湾”到如今这辽阔的大湾，一切都是大海的创造，只有大海才有如此强劲而又持久的力量。澳门一直在大海中汲取和积聚力量，期待着新一轮的迸发。我已经感觉到了，那一触即发的气势，当海风推拥着浪潮奔涌而来，那绘有五星、莲花、大桥、海水图案的绿色旗帜，在海岸线上飘扬得哗哗作响……

澳门，我的温柔之乡

□ 阎纯德

温馨，惬意，安详，从容而散淡，自由自在、心满意足的真味，是我在澳门无意中捡到的。说来奇怪，走过二十世纪之后，或者说经过几十年风雨沧桑的洗礼，“突然间”会有这样奇妙的感觉征服我，说句心里话：我感谢澳门。

虽然我算不上浪迹天涯游走四方的那种人，可我在异国他乡也生活了许多年，欧风美雨，还有我们的东方之珠香港和宝岛台湾，那里鳞次栉比的现代高楼，那里绮丽迷人的山水风光，也眼花缭乱地撩拨过我的心，让我好生喜欢。但是，当我一踏上澳门这块圣土，便被这里的温馨和朴素所迷恋，被这里浓郁的人情所感染。就物质和精神而言，我常对人说的一种感觉是：香港，是奢华的都市“地主”；澳门，是朴素的乡下“中农”……

在我的一生中，除了家乡濮阳和求过学的开封，以及长期劳作及生活过的北京、巴黎和马赛，澳门是我居住时间最长的一座小城。我喜欢澳门。

一

在闲居澳门的日子里，我时常走出南园之家，绕过高美士大街，再沿着何贤公园和宋玉生公园，让那带有春风的脚步，一直溜达到观音莲花苑。在这段不太长的路上，我往往独自享受着高大的旅人蕉、漂亮的鸡蛋花、丽人般的洋紫荆、含羞的大叶合欢、桃金娘、串钱柳和番石榴以及黄槐决明、春花石斑木、大叶紫薇、苦楝、罗汉松、蝶形花的温柔迎送。赏花观树是我由来已久的习性，我喜欢停在赏心悦目的花丛树影里，细看花的娇容，琢磨树的相貌，并扯着它们斑斓的衣裳与之窃窃私语。在晚上，尤其是周末，我会牵着妻子的手，再邀上三两好友，穿过阵阵暗香，侧目赏灯，举首赏月、观星，或是看那奔马似的白云如何掠过楼梢、擦着明窗，去远方赶庙会的匆忙行色。这些花树，以及变幻莫测的天象，每次都让我心旷神怡地体悟“天人合一”的奥妙理趣。然后，徜徉在音乐喷泉的低吟浅唱里，聆听澳门时而激越时而平和的心跳。当我来到海畔，总要顶礼膜拜融合了东方的善良西方的虔诚的高高站在海上俯视众生、佑护澳门百姓平安的“观音”，因为在文化和传统上，她是国泰民安社会心理的象征。

仰望“观音”之后，我便尝试破解她的无语沉思，于是便想起时常回荡在我心中的“观音”底座下的穹隆内壁上，所书写的在两千多年前就提出“民贵君轻”民本思想的孟子的那些闪光的语言：

> 居天下之广居，立天下之正位，行天下之大道；得志与民由之，不得志独行其道。富贵不能淫，贫贱不能移，威武不能屈；此谓之大丈夫。
>
> 故天将降大任于斯人也；先必苦其心志，劳其筋骨，饿其体肤，空乏其身，行拂乱其所为。所以动心忍性，曾益其所不能。
>
> …………

先贤的至理名言，于人，于家，于城，于邦，于国，于天下，都应该成为做人做事治家治国的准则和座右铭。我想，澳门人是深信不疑的，所以才写在“观音”脚下，以暖民心，以警官德，使其不忘我们的文化，不忘我们的传统，使其永远成为灯塔，也像观音那样照耀着澳门，给人们以指点。

二

在我的世界里，“观音”之东那一角深入海内的人造极地戏仿为威海的“天涯海角”，并以同名称谓，只是没有智者能为那一角“极地”立碑，以抒海天情怀。但是，我每每站在那里，总有一种心接万仞、思接千载之慨，觉得自己的心与这海与这天相包相容，又仿佛心就在海天之外，抑或说自己便是这蓝天大海和宇宙的风丝雨片，而我们的澳门，便是这大自然朴朴实实、身强力壮的宠儿。

我说澳门朴实，除了物质，更指其气质和精神。实际上，澳门也很美，她美在外，更美在内。那万古浩荡的濠江，那万载巍然屹立的东西望洋，还有南湾、西湾、古街、古巷，更有妈阁庙、大三巴、港澳码头、直升机场、盛世莲花，以及路环岛上逢年过节贴的对联——“天赐恭迎新岁，主佑万象更新”——体现着中西融合精神的圣方齐各小教堂，高高山顶的妈祖像，黑沙海滩，法兰度餐厅，谭公庙和妈祖文化村的香火，以及氹仔旧城和福隆新街。还有，菩提树和老榕树下林则徐的足迹，郑观应的沉思，孙中山的音容，他们一直都在养育着澳门的性格和精神。我想起我楼下一位年近六旬的杂货铺女老板对我说的话：“我家祖祖辈辈生活在澳门。我们家从来没有发过财，也从来没有受过穷。但我们满意自己的小康生活，我们爱澳门，我们爱中国。我们不懂什么政治，就知道爱自己的国家……”在望厦山上，一位谈论《望厦条约》历史掌故的澳门人对我说：“你信不？我们澳门人爱国，爱自己的中国……”我说：“我信！”我很激动，他那掷地有声、动人心弦，有一点儿“京味儿”的广东话，不仅让我感到亲切，更令我差点儿掉下泪来。

我很喜欢沿着孙逸仙大马路靠海一面的人行道上散步,海风和它的咸味儿涤荡着我的身心。对岸是夜色中的离岛,氹仔和路环联袂沐浴在暖洋洋的南海之中,海洋花园、新世纪大酒店、澳门大学,由两条从清波上腾跃而起的巨龙跨越大海,奔向澳门半岛,东望洋西望洋疑似两颗龙珠,很像是澳门的眼睛,二龙戏珠,昭示着吉祥和繁荣。中银大厦和葡京酒店的辉煌,连同翡翠色的“艺苑”,以及西湾、南湾梦一般影影绰绰的美丽灯火,还有三盏灯和祐汉的古老街区,使人间既现代又古典的澳门,赛过天上璀璨绚丽的银河的美丽。

三

也许在生计驱使下的澳门人没有在意,在澳门赏月和看落日是一大奇观。赏月是人类对自然的一种亲情。可是,在北京和上海这样的大都市里,能见到圆圆的大大的亮亮的月亮实在太难。而在澳门,我们与月亮的缘分就多了,人们走出家门,很容易看到如楼盘般高大的圆圆的月亮从大桥下带着滴滴答答的水珠从海里慢慢升起;还有,每天喜欢到大海里晚浴的太阳,在黄昏到来之前,也会赐给人们一种终生难忘的惊喜。这令人心花怒放的“天”“地”“人”三才相亲的景观,我有生以来只在澳门经历过。当月亮升得越来越高、由杏黄变成银白,月亮又如一盏辉耀无边的天灯照耀着半梦半醒的澳门。这时候,那些自珠海而来的欣赏海景和澳门夜景的花船便翩然而至，一只花船就像一只花篮，在海上漂游，岸上的我，忍不住扯下短衫，光着膀子，在头顶拼命摇着，并以澳门的名义，扯着嗓子，向花船尽情地喊话："船上的朋友，澳门欢迎你！"这时，满船的游人，纷纷举起相机，海上一片灯光闪闪，同时他们也向我高声喊着："澳门的朋友，祝你们好运……"

花船走远了，回到珠海的九龙码头。我泡在月光里，披着一身海风，这时有一首诗在我脑海里跳动，同时这首变成澳门九岁女童歌声的诗，也久久回荡在我的耳畔不肯离去，于是我便应和着大海的晚潮，吟诵起 1925 年闻一多《七子之歌》中的第一首《澳门》：

你可知"妈港"不是我的真名姓？……
我离开你的襁褓太久了，母亲！
但是他们掳去的是我的肉体，
你依然保管着我内心的灵魂。
三百年来梦寐不忘的生母啊！
请叫儿的乳名，叫我一声"澳门"！
　　母亲！我要回来，母亲！

在我低声吟哦的时候，我仿佛变成了中国屈辱历史辞典中的某个字词或标点，鼓荡着无限的"痛"和无限的"苦"以及奋起自强的精神。我记忆里又跳出诗前小记："邶有七子之母不安其室，七子自怨自艾，冀以回其母心，诗人作《凯风》以慰之。……”诗人以其孤苦之心，抒其眷怀祖国之哀忱，以励国人之兴奋。“国疆崩丧，积日既久，国人视之漠然。……‘精诚所至，金石为开’，诚如斯，中华‘七子’之归来，其在旦夕乎？”现在，可以告慰诗人的是，当年的“七子”之首的“澳门”，早已回到中华母亲的怀抱！

走在澳门的每一块小方石上，我的脚步总能敲出许多历史的火花。这块刻写着历史沧桑的土地，自 1553 年葡萄牙人借租西湾开始，风雨四百多年，从最初的反抗，到前澳督亚马勒被农民砍头，再到 1949 年濠江中学升起第一面五星红旗，还有后来大大小小的事件，哪一桩不记载着澳门人的爱国传统！

人们常说澳门是一个蕞尔之地，无非是言其小；也有人说，澳门是东方的蒙特卡罗，是说它是一座闻名遐迩的国际赌城。可是，那些吃喝玩乐的人，无意中忽略了澳门在人类文明史上的文化意义。澳门是人类文化的一个博物馆，这不夸张。因此，人们不该因澳门“博彩业”的兴旺发达而忘了澳门的文化。“大三巴”以及相关古迹都是世界级文化遗产，是西学东渐和中学西传经过这里实现东西方伟大沟通的最好证明。从文化的角度看，既“中”又“西”是澳门，“和而不同”还是澳门。澳门荟萃多元文化，仅宗教就有佛教、道教、天主教、基督教、伊斯兰教、巴哈伊教、摩门教、基士拿教、神慈秀明会、新使教徒会，其各有各的信条和信徒，从妈阁庙到大三巴，四十座庙宇，二十座教堂，它们互相尊重，和平相处，构成澳门满天神佛天主基督和真主的殿堂。

如果你是个美食家，澳门则是你的天堂。世界各色著名餐馆都有在此安家落户的悠久历史。中国的和葡萄牙的不必说，法国的、英国的、意大利的、俄罗斯的、巴西的、印度的、日本的、泰国的、越南的、缅甸的，大小餐馆星罗棋布两千多家。吃这里的美食，其实是品这里的多元文化。

站在远处看澳门，沐浴在融合宽容的文化之光里的莲海莲山，很像妈阁庙每逢初一、十五和节日升腾的香火，连背影也透着太和、太平、温柔、仁慈的美意。文化是社会万象的坐标，而澳门和合文化演示出来的生命和激情，以及澳门人所企盼的希望和光明，给这个霸权至上、物欲横流、缺少理性和善心的世界创造了一个榜样。

四

澳门，是一个温柔之乡，是宜于人们生存的一个“桃源”。

在我的印象里，葡萄牙人素以安静闻名于世。慢慢悠悠的性格和“基因”也许对澳门的安详有所影响。有人说澳门人没脾气，在我看来这是很纯朴的准确褒扬。我就没见过澳门人因为走路泊车购物而吵嘴打架。步行人从斑马线过马路，即使有不遵守交规的外来者随意横穿马路，驾车者同样会远远地放慢速度，并示意让你放心地走，你走得再慢，也不会催你，更不会狠狠地骂一声："找死！"行驶在窄窄马路上的计程车，为了客人的方便可以随处停车，后面的车子就排成长长的队慢慢等，但没有人鸣笛更没人骂街。要说澳门温柔，这也是一例。

我家住在新口岸，那里有一只"丧失"了生物钟的狗宝宝，也住高楼，它白天叫，晚上也叫，日夜为主人勤苦地打更，它那不绝于耳的有节奏的忽高忽低深一声浅一声的叫声，足以闹得几条街上正常起居的人不得安眠，更使那些患有失眠症的人痛苦不堪。可是，你不要以为这个不安分不听话患有"夜哭症"的"孩子"会给主人带来什么麻烦，不会的，没有人抗议，没有人投诉，大家都以平常心将心比心地予以理解，于是习惯成自然，听多了，听惯了，也就司空见惯了，那一声声的犬吠也就成了催眠的小夜曲。澳门人，善良，温柔！

澳门人的温柔无处不在，面对噪音，澳门人也没脾气。据说澳门人家家有汽车有摩托，这是噪音和污染的"元凶"。制造噪音的主要是"青春"摩托和那种撅着小屁股的汽车，它们发作在深夜，大概怕人得了嗜睡症，所以常在夜深人静人在梦中睡得最香的时候，马路上就会传来两声"警报"，时不时地给那些精神疲劳的"贪睡者"提个醒。我很少听到澳门人遣责噪音，人们听而不闻视而不见的原因，不仅因为家家有车有摩托，我想重要的是温良恭俭让使他们对人对事都抱着谅解的心态吧！但是，后来我从另一角度发现了澳门人对于噪音无动于衷的漠视的深层原因——在我经历了一年一度的闻名于世的十一月“格兰披治”大赛车，才终于明白：在那一周，赛车们声嘶力竭的呐喊和疯狂，是何等刺激与青春！这时，我又发现：澳门，是一个相当前卫的青年！说到这里，我便有了另外一个“幻想”：在我看来，澳门人若是有一半人以步代车或是用脚踏车上班，发展和改善公交车，限制私家车和摩托，澳门则会成为文明进程中重环保无污染的世界明星，真正成为东方的威尼斯，人类的另一个天堂。

尽管如此，生活在澳门，还是像栖息在诗意的温柔之乡。这诗意是文化的、古典的、现代的，也是中西结合的。

五

美丽的澳门，四季如春。生活在澳门，能真正亲眼看到争先恐后地展示自己生命精神的一草一木，它们都以自己四季的美丽，为澳门美容。春节刚过，人们为了留住澳门的吉祥，便在各个公园搭起天棚，把无数的红土色的“炮仗”挂到半空，仿佛要让人听到噼里啪啦的爆竹声，让人接着感受春节的大吉大利吉祥如意以及澳门的天气地气人气带来的平安和兴隆。如果你看到有的树木飘落下来几片黄叶，如果你看到有的花草染上了黄色，其实那只是它们生命途中的片刻歇息，不是冬眠，更不是死亡。是树都绿，是花都笑，澳门的树，澳门的花，澳门的草，它们个个青春年少……

澳门有诗，有歌；澳门是诗，是歌。很希望那位唱过《七子之歌·澳门》如今已是少女的女童，五年后也能领唱我的《澳门之歌》。我的歌，最后一节是这样的：

东方西方
让历史把记忆庄严收藏
太多的风光
太多的梦想
大路朝前方
澳门的莲旗永飘扬
智慧创业，发愤图强
我们的澳门明天更辉煌

我喜欢澳门，喜欢文化的澳门，如意的澳门，祥和的澳门，柔情似水的澳门，繁荣的澳门，前进的澳门，占尽天时地利人和的澳门——我心中的温柔之乡……

平实的富人

□ 曾坤

澳门社会整体上比较富裕，和香港相差无几。比如，澳门四十五万人口，拥有十三余万辆汽车，平均不到四人一辆。但澳门富裕的名声却远不如香港，这其中的奥秘颇耐人寻味。

我刚到澳门不久，一位也是从内地来澳门工作多年的同事告诉我："在澳门，以衣帽、职业取人，往往会碰钉子的。你别小瞧光顾路边小食店的食客，很可能就是个千万富翁。"果然，近来我陆续结识了几位澳门朋友，他们一个个让我感到"意外"，澳门人为人做事低调、不愿张扬，留给我极深印象。

当门卫的大老板

梁先生是我所在住宅楼的门卫，他和另外三个同事轮流守护着我们这座楼宇，每天二十四小时不间断。所以，进出楼宇总能碰到他们，渐渐就熟悉了。又因为梁先生能说几句普通话，这对于我这个一句粤语都听不懂的北方人来说，如同遇到了知音，每次进出楼门总要同梁先生攀谈几句。一来二去，我们便成了朋友。

梁先生大我两岁，但看上去比我苍老得多，长得精瘦精瘦，满脸皱纹。他个儿不高，走起路来，背稍稍有点儿驼，给人一种饱经生活磨难的感觉。实际情况似乎也是如此。在和梁先生的交谈中，他曾流露过有关他过去的只言片语："七十年代刚来澳门时，没有房子住，一家老小就住在人家的汽车棚里。""到澳门几十年来，我吃的苦太多了。"我和太太对于梁先生充满了同情。每次买好吃的回来，见他当班，总要硬塞些给他。

有一次，他有点儿磨不开似的问我："你什么时间有空，我想去你家说点事。"我和太太都以为，他肯定有事求我，居高临下地热情招呼他："什么时间都行，欢迎你随时来。"

大约过了一个星期，没见动静，我以为他不好意思找我，主动邀请他："你不是说要来我家吗，怎么还不来？别客气，欢迎你来啊。"

又过了几天，他来了。寒暄了半天，也没切入主题。我担心他碍于面子张不开嘴，主动引导："咱们是朋友嘛，有啥需要老弟帮忙的，你尽管说。"

"我看你们为人挺不错的，有件事想告诉你们。"梁先生终于开腔了，十分真诚地对我和太太小声说："我在内地开了家针织厂，生产毛衣，我想带你们去看看。你们可选几件，这个季节穿正好。"

"什么？你开了家工厂？"这太让人感到意外了！我和太太迅速对视了一下惊异的眼光，又赶忙掩饰说，"我们一定去，一定去。"

梁先生走后，我和太太唏嘘了半天，觉得这件事既令人不可思议，又让我们觉得很尴尬，我俩都盼望早点儿去看个虚实。

瞅准一个星期日，我们终于成行了。梁先生的工厂在广东省中山市郊，出澳门口岸，汽车跑了一个多小时就到了。当气气派派一座工厂矗立在我们眼前时，我和太太真有点儿惊呆了！走进足有五六亩面积的工厂院内，正面是一座三层楼的厂房，左边是一座五层高的职工宿舍楼，右边是锅炉房。梁先生带我们逐一参观。工厂建于 1997 年，现雇有三百多工人，主要生产混纺毛衣，产品全部外销。美国"9·11"事件之后，工厂生意受到冲击。梁先生说："现在订单少多了。原先都做不完，每日三班倒。"

我边看边估摸，这工厂的总资产少说也在千万澳元以上。如此巨富，竟然还做门卫！回来的路上，我又暗自仔细打量了梁先生一番：他木讷地靠在座背上，一动不动地注视着前方，一副憨态可掬的样子。真的，无论如何看不出他像一个拥有万贯家财的人。

我禁不住问："你有这么大一个工厂，干吗还当门卫？"

梁先生不紧不慢地回答："前几年一直在厂里干，实在太辛苦了。现在我年龄大了，又没什么文化，管不了这工厂啦，让女儿女婿去管啦。门卫这活儿轻松，干干这就行啦。"

"潦倒"的报刊发行员

我结识的第二位澳门朋友阿棠，他是《人民日报·海外版》在当地雇用的报纸发行员。我一到任，他就瞄上了我，有事没事给我打电话，一周几遍往我办公室跑，目的是要我帮他跑发行。后来我才知道，他是出于无奈不得不求助于我。虽然他持有报社发的大红聘书，但要人家掏钱订报，其难度是可想而知的。听他说，许多派头大的机构干脆连大门都不准他进，更别说求见有权批准订报的主儿。但他一点儿也不灰心，每天一大早就赶到拱北口岸，等七点钟一开关，他第一个过关到珠海去取报。然后马上返回澳门四处送报，一边送一边征订，订他报的他送，没订他报但有能力订报的，他也送。这样做有他独到的想法，既保证那些订报者当天能看到报，又感化那些白看报者最终能掏钱订报。我从旁看得很清楚，阿棠为发行报纸可真尽了力，想尽了法儿。

阿棠名叫陈瑞棠，今年还不到四十岁，留着小平头，虎里虎气的，说话高喉咙大嗓门。他告诉我，他初中都没上完。我暗地里觉得，阿棠也就是干发行的主儿。可这一次又给了我一个意外。

那天，他送完报纸来我办公室聊天，一见面就大声告诉我："我又征订了两份报纸。"我问他："现在总共征订了多少份了？"阿棠脱口而出："二十四份。"我心里真替他难过，三个月了，才订了二十四份，照这么个进度，岂不要喝西北风啊。遂问他："生活有困难吗？"

阿棠咯咯咯笑了起来："站长，实话告诉你，养家糊口的钱还是有的。"

这真让我丈二和尚摸不着头脑，难道阿棠还有其他来钱的路子？还是……阿棠看我百般不解的样子，于是，原原本本亮出了他的"家底"。原来，阿棠也曾辉煌过，钱多的时候，也拥有一两千万元的资产。他在广西、唐山搞装修七八年，发了财。可后来吃了为人豪爽的亏，一个最要好的朋友，借了他二百七十万元，谁知没等还钱，朋友病故了。二百七十万也随之打了水漂。还有几位朋友也借了他两百多万，种种原因至今未还。阿棠戏谑地说，他现今已走入人生的谷底。

如此看来，阿棠确实不缺钱，他每天背个挎包风雨无阻地四处送报，只因为他有着自己的既定目标，要在一两年内把《人民日报·海外版》发行到五百份。我深信，凭他的能吃苦、钻劲和乐观，阿棠一定会实现他的目标。

开鱼翅名店的阿伦

在澳门，阿伦是位名人，他的出名缘于他家开了一家著名的西南鱼翅店。他继承了父亲做鱼翅汤的秘方，是店里的掌勺，须臾离不开他。想要找阿伦聊天，只能在晚上十点以后，因为这时候店门才关了。阿伦外表长得很酷，白白净净的脸膛儿，一副浓眉大眼，个子很高，喜欢泡酒吧，那种路边店似的酒吧，准确说是小饭馆，一个打工仔聚会的地方。他喜欢下班后到这里静静地喝上几杯葡萄酒，一直待到凌晨一两点才回家。我和他仅有的几次交谈就是在这里进行的。这又一次令我感到意外！澳门人是否都喜欢逆向思维？外观上的澳门人与真实的澳门人大不一样，阿伦一家人亦然。

西南鱼翅店在澳门无人不知，外来游客都晓得澳门鱼翅好吃，但澳门鱼翅烧得最好、最出名的，当属西南鱼翅店。阿伦的父亲摸索了几十年，研究出一套独特的熬鱼翅汤技术，但不外传，只传给了包括阿伦在内的几个儿子。现在父亲年龄大了，店里主要靠阿伦，故阿伦也被这买卖兴隆的西南鱼翅店拱出了名。

依阿伦他们家现有的经济实力，他们本可以摆摆阔气，端端架子，但他一家人却像一群打工仔。前不久，阿伦邀我去店里吃鱼翅，见到他一家人均在店里忙活，一个个朴朴实实，不善言谈。据说，他们家至少有上千万的资产，但我到阿伦父母房间看了看，再普通不过了，没有一件值钱的东西。别以为他们吝啬，发行员阿棠过后向我透露了一个秘密，阿伦的父亲早从几年前开始，每年要去四川好几次，目的是为了救助那里失学的孩子。现在，他每年资助八十名失学孩子，一包六年，每人每年八百元。我算了算，这一笔就近四十万元。阿棠再三说，阿伦的父亲很忌讳别人知道此事。

古人云：不以物喜，不以己悲。澳门人就是这样，有了钱不炫耀，不摆谱；没有钱不气馁，不消沉。我喜欢澳门人。

奇迹般生成的“脐带”

——献给澳门回归祖国二十周年

□ 杨文丰

谁能否认，澳门与祖国大陆间不是连接着两条“脐带”呢？

——手记

一

通过卫星地图你不难看到，位于中国粤港澳大湾区南端、珠江口西侧的澳门，与东面隔海相望的香港，几成犄角之势，扼守着珠江口的咽喉。然而，你或许想不到，现在成为半岛的澳门原来却是“孤悬海中，未与大陆相连”的小岛，是靠北起珠海西瓜铺、南抵澳门望厦山的一条“脐带”一般的长堤，才与祖国母亲连在一起的。

你还想不到的，是这一条长堤的崛起，竟是珠江水的功劳，是珠江水冲至的泥沙，日积月累堆垒而起的。

你或许会疑惑，形形色色的泥沙，当年又是如何沉落，怎样固守、叠加而起的？在海浪下水流如此湍急的“海峡”。

我们栖居的这个地球，总是长风浩荡，大潮起伏，风水同流。海水和空气同属流体，且都遵从流体运动规律！我们不妨揣想大风吹沙穿越峡谷的情形：风吹近峡谷，先冲击的，是峡谷的外壁，由于碰撞、摩擦，由于地心引力，有的沙粒会坠落，而吹入峡谷的沙粒，因了大小的不同，速度不同，还会出现磕碰，一些会“脱离队伍”跌落、沉积于谷底。风沙冲出峡谷之后，流速随之会减缓，这时也会有大大小小的沙粒沉落……于是，峡谷底部慢慢抬升，逐渐变浅、变窄。

海底大堤的崛起情形与之相似，只不过运送沙粒的不是风，而是裹挟沙粒浩荡奔流、进入南海的珠江水。与珠海相隔“海峡”的澳门，不犹似略略伸出的拳头，凸入珠江口，拦截了部分挟持流沙的水流，让其稍稍右转而冲入“海峡”么？日久天长，那些冲入“海峡”的泥沙，有些便淤积了，堆垒了，被海底抬升，崛起成沙堤。

当然，细究起来，在那晒不到阳光、见不到月光的大海深处，所发生之事，要神秘得多也复杂得多。在整个过程里，浮荡于水中的个体沙粒，迷惘、被动，无法主宰自己的命运，沉积于海底后，只能成为阻拦水流、构筑大堤的材料。沙堤如不结实，受水流的剧烈冲击，那坚守，必如短兵相接之阵地，其难可想而知。然而，只要珠江水不断将沙粒冲荡入这条窄窄的海峡，那么，大堤的崛起，就是再缓慢、再艰辛，也必如吹绿江南岸的春风，谁也无法阻挡。

云起云飞，潮涨潮落，终于在公元1400年前后，这条连接大陆与澳门、由母亲乳汁般的珠江水“滋养”而成的“脐带”，长达二千二百五十米的大堤，终于傲然露出海面，梦幻似的、神奇般地崛起了！

大堤的崛起不仅改变了澳门的形象，也改变了澳门的生态；海陆风依然在往复地吹，内涵却已变：海风吹拂的澳门，由岛变成了半岛；海风触摸的已是被改写的历史，是娴静上升的新绿，是伟岸坚实的磐石，至于从岛上吹向海面的陆风，其“身份”也已改变成是吹自中国大陆的快哉风……

二

说来甚是神奇，依据德国气象学家魏格纳创立的“板块漂移学说”，即使在今天，各大板块之间仍延续着分离的趋势，大西洋东岸和大西洋西岸这两块隔洋相对的大陆，目前仍在缓慢地飘离……

那如今置身动荡风波的台湾岛，就是因为远古地壳的运动，海水的入侵，才与大陆骨肉分离的……

的确，一块陆地被海水割裂，就像梨子遭遇利刃被切成了两半，原本完整的陆地只能不幸地被改名为“两地”。

那起伏、柔软的水世界,又怎能稳定、安全呢?一个个漩涡,就像永远画不完整的问号。波浪,简直就是无家可归的游子,永远是漂泊、流浪。无根的波浪,何时才能够坚实?何时才靠得住呢?更可怕的,还有那波浪覆盖下的莫测深渊。谁都明白,置身动荡的环境,是维持两地分离容易,还是实现两地连接容易。

但是,这苍茫的海陆,并不都是沧海桑田的痛苦分离,并不都是柔软而又汹涌波涛的长久、莫测揳入,依然会有“反潮流”而动的崛起和连接……澳门与大陆之间生成的“脐带”,就是明证!

三

然而,谁又否认得了呢,这澳门与大陆之间的连接,这崛起,并不是一个寻常的过程,也绝不仅仅是漫漫时间古道的简单函数。地理学家有过考证,两千多年前,今天澳门这个所在,这被称为妈阁山、松山、莲花山、西望洋山和炮台山等几座各自孤立的小山,与今日珠江口外的小岛,全无二致,沉浮于海面,隐约在风波里,就像没有拉住大陆母亲衣襟的孩子,犹同一群流浪的孤儿。由于珠江水冲击而至的泥沙的沉积,方使这些小山,渐渐连成一体,发育成孤悬海面的岛屿——澳门,而在其后的漫长时间里,与大陆之间,仍横亘着深深的“海峡”。或许是“海峡”中水流速度仍太快,“海峡”也深,使这“海峡”两岸的连接,其艰难和神奇程度远非那几座小山的连体可比。

谁也说不清这条澳门与大陆之间的大堤的崛起，期间发生过多少故事？

想想，在这长堤崛起的过程中，泱泱大陆之上，总有雎鸠关关，鹧鸪声声，一声高一声低地起落，寒食节端午节中秋节，一个个而来，又一个个过去。天上明月，一样是圆了又缺，缺了又圆，清辉似水年年……

四

中华民族，自古以来都注重团圆，然却唯有相连才能圆满，圆满有赖于团圆。

你完全可以揣想，在那遥远的风波不断的年代，这波涛起伏的"海峡"和上下左右的虚实，其实早已暗示和谕示:澳门与大陆，本来就该是一体的！

物候学原理告诉我们，如果两地的物候相同，那么，不是气候类型相似，就是土地本来同源。桃花灼灼，大地回春，澳门与珠海的桃花，从古至今，有哪一年不是同时开放呢？两地的农候节气，又怎能不是同时而至？ 两岸的绵绵春雨，何时不是一样霏霏？一场大雾，两地又有哪一次不是共时朦胧？

至于澳门与大陆的空气，难道不是一座谁也无法拆散的桥吗？那桥墩，就是两岸的土地，浑然天成……这是一座自上天绵延而下，找不着半点缝隙，早就连接着大陆和澳门的空气之桥。

每年秋天，雁群南下，头雁飞入澳门的天空，尾雁却仍在扑打大陆上的空气，那写上长天、倒映入海的“一”字雁阵，亦犹在暗示：这“海峡”，不早该崛起一长堤，将两地联为一体吗？

岁月苍凉。当大的天气系统，比如北风铺天盖地南下，越黄河，过长江，下珠江，吹入珠海，就等于寒冷了澳门，而温和湿润的东南季风，从太平洋面吹来，又何时分得清哪儿是澳门，哪儿是内陆，一任深入故国，任谁抽刀，也斩不断一体风流……

然而，别以为吹拂“脐带”两端水土的，全是暖湿的东南季风……任何物事的崛起，都难免遭受负能量的恶攻，其中就有台风。

澳门同胞依旧刻骨铭心的，是黑色的 2017 年 8 月 23 日中午，澳门遭受到史无前例的“天鸽”之正面袭击，十分钟持续风力十四级、最大阵风竟高达十七级，这风力远远刷新了历史纪录的“天鸽”，挟雷携电，风雨狂转，犹恶龙虎啸，倒海惊天！

谁也想不到这飓风暴雨装备的“天鸽”，更是叠加着百年一遇的风暴潮和天文大潮，以致台风狂雨和怒海巨浪，互推波，相助潮，促托出狂浪形同竖壁，那些可怕的壁高六米甚至高达十米的竖立的海涛，轰轰吼着，啸啸叫着，后壁狂推前壁，怒叫怒倒怒倾向珠江口，扑上澳门……霎时，原本清静祥和的澳门，四面八方，上下左右，到处是狂雨在叫，狂风在啸，狂浪在吼，电台铁塔轰然被吹断，屋宇动摇，波浪淹了葡京，街道一片汪洋……一辆辆大卡车似火柴盒一般被吹飞吹倒，破碎的门窗上天横飞，一棵棵街树被吹断横飞如撞钟之木，全城一时停电，漆黑如夜……

然而，以“脐带”紧连着祖国内陆的这块水土，沉沦了吗？

没有！

任由狂雨击恶浪哮大潮淹台风打，曾经沧桑的澳门，这次更未变成空城，并未被寂寞之潮淹没……

五

的确，有了祖国内陆做靠山，任何企图击倒澳门的黑色劫难，都将沉没海底，成为过去，因了“脐带”与母亲相连，澳门，与祖国母亲愈加亲密，在一天天成长。

看哪，那面积千亩的澳门大学横琴校区，不是已通过一条海底隧道，将澳门与内陆母亲相连了吗？——这一条波浪跳跃之下的海底隧道，难道不也是一条生命的“脐带”吗？

以两条“脐带”与祖国母亲连接得愈来愈紧的澳门，已然成为今天地球上最活力四射的粤港澳大湾区最南端、一线潮头的核心引擎，照耀在澳门的阳光，是那样炽热而明净，那陆上和水下彩虹般的“脐带”，必将越来越美丽、奇幻，固若金汤……

我心中的澳门

□ 郑梓敬

前不久，应老友方岩之邀，游了一趟澳门。才发现原来自己看澳门，一直是戴了一副滤色眼镜，只看到澳门纸醉金迷、灯红酒绿的一面，而其他方面，几乎一片空白。

方岩是位诗人，他早我一年从内地移居香港。几个月前，突然搬到澳门居住。问他原因，他说，澳门是属于诗的，而香港是属于金钱的。他的答案，着实令我大吃一惊。在我的观念中，情形应当恰恰相反。澳门是赌城，有东方蒙特卡罗之称，空气中震颤着老虎机吞吐金币的声响，何来诗意？方岩没有辩驳，电话里他只是一再重复：来澳门走走吧！

澳门，我去过很多次了。去的目标和目的却很单一，都是冲着一个“赌”字。出了码头就直奔葡京，在老虎机前在牌桌上碰碰运气。不过，不幸得很，每次总是很快“弹尽粮绝”,铩羽而归。以致至今没闹清澳门究竟是圆是扁。大三巴去过一次,遛了几圈,心不在焉,印象自然是月朦胧、鸟朦胧了。

在方岩的再三敦促下,我决定过澳门与他小聚鸥波。方岩这老兄,四十好几,仍打光棍。兜里经常揣着一张“寡佬证”,好像准备随时逮住一个就结婚,可总是逮不着。他叹息道:我唯一的爱人恐怕只有缪斯了。而现在,他似乎突然发现,缪斯就住在澳门(一笑)。

搭港澳飞翔船,仅一个小时的航程便抵澳门。舍舟登岸,走出入境大堂,老远就看到胖乎乎的方岩在招手。于是,我们钻进一部的士,绝尘而去。我问:上哪儿?答:大三巴。我说去过了。方岩睨我一眼:大三巴每次去都不同。不容分说,他把我“押解”去朝觐这块澳门的圣地。

时值初夏,午后的阳光沿着斜坡,攀上石阶,肆意泼染着牛油般的光乳。石阶尽头,矗立着那座著名的牌坊。我快步而上,方岩一把拽住,叮嘱道:放慢步伐,落脚要轻。你不觉得这阶梯每一行都是历史?都是澳门沧桑的一页吗?

他说得有道理。看来我必须调校一下自己的心态,尝试用文化审视的眼光来解读澳门。

大三巴,这圣保禄教堂焚毁后残余的前壁,像一张历史的拓片,孑然峭立,用它单薄的身躯,击溃一百五十年的狂风雷暴,万劫不坠。我摩挲着花岗岩的石雕,像轻抚饱经风霜的历史肌肤。方岩轻声对我说:每次我伫立在大三巴前,都会有所憬悟,它可以说是一道历史的伤疤,拥有一种令人震撼的缺陷美！说这话的时候,他声调凝重,一脸虔诚。我想,今天如果不把态度放端正,认真感受澳门,准会惹他翻脸。

告别大三巴,我们又登上的士。车子朝氹仔方向驶去。透过车窗,望见新澳氹大桥跨海凌波,像一架白玉雕成的竖琴,横放在南中国海硕大无朋的宝蓝色镜面上。穿梭桥上的小车,宛如滑动的纤纤玉指,弹奏出这个海岛的迷人风韵。

车子在沙格斯大马路一家葡国餐厅前,戛然停下。推门入内,一股浓郁的南欧情调扑面而来。我们登上二楼,择了一处靠窗的雅座,要了一樽红葡萄酒,点了几道葡国风味的名菜:烧牛尾、葡国鸡、葡式蒜茸蒸大虾……方岩意图很明显,他不惜大破悭囊,是要让我细细品味澳门哩!

这间餐厅,环境十分幽静。凭窗外眺,可以看见巴洛克风格的教堂尖顶,在夕阳映照下熠熠生辉。岸边,花影摇曳迷人眼;海上,波光潋滟欲登楼。海鸥在浪尖明灭,我的意绪随之远去。方岩似乎窥出我的内心活动,摇头晃脑地吟了一句打油诗:此时最忆是红颜。我脸上一阵热,嗫嚅语噎。方岩拊掌大笑。

开樽斟酒,几杯落肚,方岩满面酡颜,打开话匣子,如数家珍般向我"推销"澳门的名胜古迹。从黑沙踏浪,讲到镜海长虹，还有普济禅院、龙环葡韵、妈阁紫烟、灯塔松涛、庐园探胜……眉飞色舞，滔滔不绝。他把我的眼睛都吹直了：澳门真有这些？方岩从我的眼里读出了疑惑。为了证明他所言非虚，拉了侍应生作旁证。侍应生是澳门出生的葡裔，能操一口地道的粤语。他一个劲儿地点头连声附和：是的是的……对的对的……这位先生说的一点都不假。一高兴，侍应生自掏腰包送了一瓶酒。方岩这家伙，定是让这位侍应生误以为遇上澳门老乡了。方岩说，让你破费了。侍应生说：老乡见老乡，两眼泪汪汪，一瓶酒，小意思。嗐，果然拧了。

我得承认，以前我看澳门戴着滤色眼镜，而且镜框是用铜钱做的，透过钱孔看澳门，当然只看到葡京、看到老虎机和牌桌。方岩给我补了一课，令我茅塞顿开。

蕞尔小岛澳门，过往很少走进人们的视野。虽然，在中国近代史上它也曾写下彪炳史册的篇章，诸如林则徐曾在这里饬令禁烟，威震夷酋。康有为、梁启超把澳门作为变法维新运动的重要舆论基地。孙中山在这里与党人结为“四大寇”，以这里作为迈向世界的门户和踏入社会的舞台……然而，穿越开埠四百年的岁月风尘，澳门真正成为世界目光的聚焦，让全世界瞪大眼睛看着它，是在 1999 年 12 月 20 日。这一天，澳门庄严宣告回归祖国，继香港之后，为中华民族洗雪了百年耻辱，是葡萄牙在远东殖民统治的终结！

弹指间,澳门回归已经五周年。回归后的澳门怎样了呢?

我正想问方岩。方岩微醺中意气风发,继续发表他的高谈阔论:澳门真是块福地。它由一个半岛、两个离岛组成,恰似一串珍珠,撒在南中国海的海面。它的面积虽然只有三十多平方多公里,人口四十多万,每年吸引的游客却高达两千五百多万。各种各样的人,有着各种各样的律动,东西方文化在这里碰撞融汇,协奏出这个现代都市的交响乐。金发碧眼的,头发卷曲的,肤色白皙的、黝黑的,当然最多的是黄皮肤、黑头发、黑眼睛的龙的传人。人们操着各种各样的语言,唱着各种各样的歌:古筝弹出了黄河长江澎湃的涛声,风笛吹出了地中海的韵律,曼陀铃奏出了暹罗湾如雨的蝉鸣,日本鼓擂出了扶桑粗犷的风情……

方岩越说越激动,霍地站了起来,像面对一大群观众在朗诵。我想那后半部分演讲词可能是他最新的诗作,今天趁机拿出来“骚”上一“骚”。好!方岩的语音刚落,侍应生喝起彩来。方岩豪气干云,仰脖连干了几杯。幸好酒精起作用,方岩嘴唇翕动的频率开始减缓,舌头不大听使唤,话也不连贯了,要不然,他的精彩演说再继续下去,我看那位侍应生会高兴得再掏腰包,把这顿饭的账单也给结了。

这顿饭变成了马拉松,吃了三个多小时。走出餐厅的时候,方岩的脚步有些浮,我搀着他走到海滨走廊。晚风习习,涛声嘤嘤,和软的海风轻抚着发丝,亲吻着面颊,我们深深地吸了几口带有腥甜的大海气息，身心无比舒畅。方岩的酒也醒了许多。我想起刚才的问题，便询问道：回归后澳门有什么变化？方岩说：全世界都用赞赏的眼光注视着“一国两制”在澳门的成功实施。他遥指远处灯火璀璨的海面：你看，那里正在日夜赶工，填海兴建一座人工岛。回归后，澳门开放赌权，引入竞争，三家娱乐业财团将把澳门变得金碧辉煌！那你的诗呢？我诘问，岂不是吟罢低眉无写处了？方岩笑了笑：你呀，还戴着老眼镜看澳门？略停片刻，他深情地说：澳门是包容性很强的城市。你看那澳门的区徽区旗是一朵莲花，澳门的地形、地貌酷似荷花荷茎，所以历来有“莲花福地”之称。你记得宋人周敦颐的《爱莲说》吗？我颔首，方岩便对着夜茫茫的大海高声背诵起来：予独爱莲之出淤泥而不染，濯清涟而不妖，中通外直，不蔓不枝，香远益清，亭亭净植，可远观不可亵玩焉……包容开放，各适其适，多姿多彩，动静皆宜，这就是澳门可爱之处，这也就是我说澳门是属于诗的缘故了！说罢，他临风而立，张开双臂，海风撩起他的衣袂，飞扬如蝶，他似要放歌，似要拥抱这南中国海的万顷碧波！

啊！这就是一位诗人眼中的澳门。他对澳门文化内涵的发掘和由衷的赞叹，如激荡的潮汐，冲开了我的心扉，涌动于我的胸怀，深深地感染了我，打动了我。一个崭新的澳门形象，在我心中冉冉地站立起来！

澳门的命运交响

□ 阎纯德

澳门人是幸福的，无论是走大街，抑或是穿小巷，一不小心，不是会踩住“世界遗产”的脚，就是碰到“世界遗产”的肩。不是澳门人的人也很幸福——当你穿云破雾来到澳门，或是跋山涉水来到澳门，也不用付出太多的劳顿，就像走进人类文化微缩景观群，你可以轻而易举地走进历史，触摸历史，亲切地同“世界遗产”愉快对话。澳门，就是这样，无论什么时候，什么地点，什么事情，给你的是温馨、惬意和方便。

澳门是不大，或者说它很小，但它的历史很深、很远、很长。你听过葡国人那首古老的民谣吗？

“喝了亚婆井的水，忘不掉澳门；要么在澳门成家，要么远别重来……”

澳门是一个迷人的港湾，你不仅可以休息，还可以永久地躺下；澳门值得让人在这块土地上安身立命，让你离不开，舍不得，要是真的让你离开，你可能还非得回来，以至于死而无悔。这就是澳门的魅力！

澳门是温柔的。无论是亚婆井、妈阁庙，或是天后娘娘、雪地圣母，这里的母性精神，养育了澳门的第一性格，滋养出一个“世外桃源”，使这片山水成为温柔之乡。

温柔出自文化，温柔陶冶人性。人在澳门一久，那些古街小巷，夜晚的灯光星光，山上的灯塔，海上的航船，街上飘荡的南音，眼里闪现的笑脸，文化和自然，传统和现代，以及来自重洋悠长悠长的海风，甚至连游人也被陶醉成乐不思蜀，忘了自己是何乡的人。

澳门能让人世代久居的，当然不是它那些许欧陆“洋气”，更不是浓重的“赌风”，而在于它的历史细胞里充溢的文化芬芳和经久不衰的朴实民风。我说澳门像“世外桃源”，不是说人们都“不知有汉”，也不是说澳门压根就没有自己的悲情，而是说，与人世间别的都市相比，澳门多了不少温情。

在历史学家和澳门人的记忆里，澳门也有属于自己不能忘怀的日子：1553年——葡萄牙人借口上岸晾晒贡品而在澳门“微笑”着住了下来；1844年“澳门志士”沈志亮怒杀澳督亚马勒；1999年12月20日——澳门回归而重生；2005年7月15日，这又是澳门一个重要的日子，这个日子无异于一个不是节日的节日。为了这个不曾想到而又藏匿于历史心底中的节日，澳门人一等就是四百五十年。四百五十年,澳门从一个小小的渔村,到一部世人瞩目的文化经典,依托中华五千年,而今它成长为“学贯中西”的文化澳门。

这个不早不晚到来的节日，是澳门的一次伟大正名。为了这一天,澳门人眼巴巴地等待着来自在南非德班举行的第二十九届世界遗产委员会审议“澳门历史城区”(The Historic Centre of Macao)的最后结果。其实,这种等待也是我们中华民族的共同等待。这个等待也是四百五十年！但我知道,澳门的任何等待都不是白等,澳门人杰地灵,澳门人缘好,澳门的任何等待都会有个美丽的答案。

等待,让澳门化作欢呼,喜讯不胫而走,每个澳门人和在澳门的非澳门人一起分享历史赋予的喜悦和骄傲……

电话铃响了:“澳门‘申遗’成功！阎教授,您和李杨教授一定高兴吧？”

“高兴！每个中国人都会为我们的澳门而高兴……”我激动地回答这位曾到北京学过“普通话”的澳门人。

“爸,妈,我看到了‘澳门历史城区’成为世界文化遗产的消息。我好高兴啊！”这是远在巴黎的女儿打来的电话。

为了这个等待和结果,我们夺门而出,到澳门街去感受喜悦,也抒发自己。

这一喜讯传到澳门的第二天,下午五点多,我们走出新口岸的南园大厦，顶着依然火辣辣的阳光，绕过正在改建的何贤公园，一路如坐春风，穿过北京街、嘉思栏花园、约翰四世大马路和新马路，我发现与我们擦身而过的每个行人，不管是行色匆匆，还是优游自在，他们的双眉之下，都像悬挂着一幅写着“喜”字的特大“号外”。一位拿着《澳门日报》的青年拦住我们，就好像拦住了相识的朋友：“14日上午，四十五项‘世界遗产’候选项目进入最后阶段，我们‘澳门历史城区’作为中国唯一的提名，讨论时序排名第八；前七名有五名遭遇否决，而澳门议题宣布改为翌日再论。您看看，这多么残酷，多么让人心焦似焚！当时这个决定澳门人不知道，否则所有的人都会长夜难眠！可是，您别担心，第二天，联合国世界遗产委员会的二十一名代表，将我们澳门五年的准备、半尺厚的文件、三分钟的介绍，之后，您猜怎样？只用了九分钟的商量，便全票通过！哈！他们竟创造了一个‘快’的吉尼斯世界纪录！”

他给我们生动描述南非“申遗”过程时，仿佛有人揪着我的心，我的心跳分明加快了；可是，那最后的大转折，又仿佛正从半空跌进深渊的我，一把被拖到了春天。

他与我们匆匆告别。妻子问我：“你认识他？”

“不认识。他不是你的学生吗？”我反问她。

“不啊！我以为你们认识……”

其实，人在这种幸福欢乐的时刻，“相逢何必曾相识”？忍不住宣泄自己的感情，不管你是谁，不管在什么地方，

"说"出来就是快乐。

议事厅前地是澳门每天游人最多的地方,它像北京的王府井,又像巴黎的香榭丽舍,地方虽小,却是人山人海。磁铁一样强大的引力把我们吸进一圈圈一层层涌动的漩涡。那人流又如一条往返舞动的彩色斑斓的巨龙,而那些"舞手"不仅有澳门人,更有来自祖国内地、台湾、香港和世界其他国家地区的游客。澳门民政署正在向人们派发纪念澳门"申遗"成功的特制"世遗明信片",明信片上用中、葡、英三种文字写着:"澳门世界遗产/Macau Patrimonio Mundial/Macao World Heritage"和"让我们一起欢呼澳门历史城区列入世界文化遗产!"明信片上还印着1860年建成的中国第一个西式剧院岗顶剧院的图案。"世遗明信片"无疑是一个重要纪念,也是一个颇具价值的历史见证,纪念和见证澳门社会发展史上一个重要时刻!而我们,作为"舞手",也成为纪念和见证的一个小小的符号,在心海里留下一份历史的记忆。

一次排队只能领到两张"世遗明信片",可是为了"自私"地多领几张,一个小时内,我们不顾"面子"上的心理压力,硬是高高兴兴地排了三次队;最后一次,有位派发"世遗明信片"的工作人员大约发现我反复排队的窘态,于是笑着对我说:"先生,谢谢您关注澳门。您就不用排队了,还要多少您就说吧,我都满足您!"

听完这友善的话,觉得自己脸上还是孩子般本能地涨红了一下，我不好意思地说："那就再给十二张吧，这样加起来一共二十四张，是个吉祥数，正好是'澳门历史城区'列入世界遗产的数目，不仅象征澳门古老，还象征澳门年轻，我们真诚地祝福澳门好运无边……"在我说出这个数字时，眼前仿佛幻化出一台液晶电视，接着屏幕上出现了妈阁庙、大三巴牌坊、港务局大楼、亚婆井前地、郑家大屋、卢家大屋、主教座堂、圣奥斯定教堂、圣女多尼教堂、圣老楞佐教堂、圣若瑟修院和教堂、岗顶前地、岗顶戏院、三街会馆（关帝庙）、仁慈堂大楼、玫瑰堂、哪吒庙、旧城墙遗址、民政总署大楼、何东图书馆大楼、大炮台、东方基金会会址、基督教坟场、东望洋炮台，以及还没有列入"世界遗产"的其他历史文化胜迹，都一一如电影快速闪过。无论是陈迹还是"现场"，我们不仅一次或多次地看过，还在历史书页里"参与"过。它们不仅储藏在我们的镜头里，更是储藏在我们的心灵中。

我说完，工作人员一面拿"世遗明信片"，一面激动地说："谢谢！谢谢您的美意！托国家和大家的福，澳门会越来越好……"

拿着那些"世遗明信片"，我觉得手里好像托着一个钻石般的澳门。再看看一街筒子的男女老少，每个人都挂着兴奋的表情，心态也许同我们没有两样，都装着喜悦和祝福。

小街两侧的几溜桌子前面挤满了人，人们都弯着腰忙着在明信片上表达自己对澳门“申遗”成功的心情。我因不能找到书写的桌子，便也学别人站在步行街心用手托着写。一位警察见我这把年纪如此站着很辛苦，便对我说：“先生，那边有桌子，您还是坐着写吧！”我说：“不用的！这样也很好！”他笑笑，还是执意把我请到桌子边。由七八张桌子连接起来的写字台，上面铺着绿色的灯芯绒桌布，桌上放着许多黑色圆珠笔，供那些出门不带笔的粗心人使用，每一溜桌子后都站着七八位佩戴工作证的青年男女，专门收取大家写好的“世遗明信片”，然后免费寄往世界各地。桌子已经“空”无虚席，可是那位警察不放我走，对着那些正在写“世遗明信片”的人说了几句我几乎听不懂的广东话，接着便见那些年轻人纷纷站起身来给我们让位子。其实，我不想“倚老卖老”，因为这一溜桌子并不是公交车，不能让人给我腾位置，因为每个人写字都需要“平台”，而我们这一辈子都以笔为“锄”为“犁”耕耘的人，站着写可能比他们更有经验。就这样，那位警察差不多是把我按在椅子上，我也就感激地向他也向给我让座位的人拱拱手表示谢意。我妻子站在我背后看着我、指挥我选词造句。这二十四张“世遗明信片”要写出澳门的历史和精神，却也不容易。但是，我们还是绞尽脑汁，兴致勃勃地选用最简洁最准确的语言在“世遗明信片”上表达我们的心声：

“为澳门骄傲吧！”

“青山不老，历史年轻！”

“历史和文化与澳门同在。”

“澳门是中西文化碰撞和交汇而创造的东方明珠。”

“为澳门骄傲，为中华自豪！”……

我们想对朋友说的话很多，但是此刻，要用明信片上的方寸之地表达出澳门数百年的历史沧桑也太难为我们了，因为那是历史学家、社会学家、经济学家、政治学家的责任和任务。

二十四张“世遗明信片”分别寄给四个国家的十二个城市，它们是法国的巴黎、马赛，韩国的首尔，美国的纽约和我们中国的台北、香港、北京、上海、南京、天津、郑州和长春。收信人都是我们的亲戚和朋友，多是文化人——学者、教授和作家。当我写完最后一张明信片，已是 17 日二十一点，一位坐在我旁边的中年男子神采飞扬地对我们说：“‘申遗’成功让人好高兴啊！‘澳门历史城区’要与埃及的金字塔、我们中国的长城、意大利的罗马竞技场、美国的自由女神像、法国的凡尔赛官、柬埔寨的吴哥窟‘并驾齐驱’了！这些名胜古迹不可再生，它们是人类文明的精华，应该作为镜鉴和教科书得到全人类的尊重和保护。这个变化可能是澳门身份和命运的一个转折点——澳门不光是东方的蒙特卡罗，更是一座历史名城！历史和文化，应该说才是我们的本来面目。澳门曾是一个苦难的地方，文化上说不清道不明，性格上像是也无啥作为，可是，现在可以说清楚了，那是我们自己对自己的误解，我们有我们的理想，有自己的作为，文化上澳门也是一个‘大市场’。我不知你们这些外乡人如何看？”

“我们喜欢澳门。它是中国很重要的一部分，这一部分包括文化、经济和政治，是整体的一部分……”

“我们澳门不只有庞大的博彩业，还有灿烂的文化；澳门人不只有经济意识，也有文化意识、国家意识、世界意识和未来意识。我知道，内地游客来澳门散散心，开开心，试试运气，这无可厚非，但重要的是感受澳门文化、欣赏澳门风光……”

“内地人对澳门没有误解，您放心！我们都喜欢澳门，澳门和澳门人是这个……”这时，我高高竖起大拇指。

我们从下午五点多，一直在喜庆里浸泡到晚上九点。中国龙还在舞，澳门的二十四个名胜组成的“历史城区”不断从我的记忆库里调出来，然后像电影一遍遍重演。这些“生活”在民间的“世界遗产”，百姓伸手可及的文化和历史，是澳门的阳光，是澳门的雨露。

在我们分享澳门欢乐的时候，新马路传来清道的喇叭声，摩托车队缓缓驶过，贵宾车队紧随其后。我知道那是刚刚访问过北京、上海之后的欧盟当任主席巴洛佐来到了澳门，我想他也是为澳门“申遗”成功而来祝贺的吧？

走回寓所的路上，满街的笑脸都开成了英雄花，遍地的元素都变成了世界遗产。我想，这就是澳门人，这就是澳门！

回到家,闭上眼,就到梦里去散步——我听到澳门海涛声依旧,我看到澳门山靓丽清秀。从南湾隐约飘来古香古色的韵律,是那支我熟悉的谣曲:“喝了亚婆井的水,忘不掉澳门;要么在澳门成家,要么远别重来……”幽远悠长的歌声,唱醒了我的心。这时,我看见东望洋的灯塔没有休息,黎明的海上是我们出发的澳门。我还听见,在这个温柔之乡,文化在弹琴,历史在鸣鼓,那是澳门再谱的命运交响……

穿过历史之门

——记游澳门历史城区

□ 杨宓

屈指算来，蛰居在澳门小城也已三年了。独在异乡为异客，总难免淡淡的闲愁，更何况是栖在如斯之小的澳门！

澳门的小难以言喻。谋面以前，梦幻中的澳门即是茫茫沧海上紧闭的小门。两片单薄的木板吹弹可破，忽几个精疲力竭的葡萄牙水手闯来，一挥袖已然夺门而入。可门后却是一整个泱泱大国！怎奈紫禁城中歌舞正稠，天朝上国暮霭沉沉，竟无人顾念万里孤悬的微渺国门，先是听之任之，终于拱手与人。

待到真的来了，知道澳门并非只是扇门户。然而循着地图走去，小街小巷、小摊小肆，仿佛残梦犹未褪尽似的，四面八方依旧罩着挥之不去的小的乱影。住得愈久，不但眼为所迷，看尽这城市眉目上的小巧，连心亦摇动了，瞠目于这小城魂魄深处的精微。所谓小城魂魄正显灵于一城百姓身上。同是朝九晚五的寻常生活，别处的众生奔波劳碌，惶惶不可终日，这里的人们却总是气定神闲、张弛有度。若到了假期节日，他们就愈发比旁人悠闲几分、平静几分，眼神淡然如水，脚步婉若游龙。即使再促狭的巷子，再逼仄的公园，他们亦浑然不觉，怡然自得于其中，仿佛已与这小城融为一体，彼此相忘于江湖了。

袖珍的小城与逍遥的百姓相得益彰，但对于初来乍到的大都客，却诚是格格不入。那些惯于放眼纵览的双眸，耐不得狭巷小径的局促；久于远足长行的双脚，也忍不住栏杆拍遍的寂寞；最无奈的是几多澄清天下的野心或深不可测的城府，在这小城寡民的冲淡平和中，总不免辗转难寐，无所措乎手足。

然而年复一年，宏都巨府的大人竟也磨丢了棱角，流入到小城恬静的小民生涯中去了。而唯到此时，小城生活的逸趣才油然而生，泉涌一般地纷至沓来。行慢几步，细细辨认葡国石子路上的花纹，或海浪，或帆船，或沙鸥，忽然就生出莫名的欣喜，仿佛已腾云驾雾、凌波御风；执着一点，背着人流走去，往往在巷底不起眼的小馆中得到最丰盛的款待，不但品着粤式、葡式、泰式的地道美食，还能听历尽沧桑的老板娓娓讲述一段尘封的历史；更有趣味的是，小城实在太小，街头巷尾每一张面孔都似曾相识，你还想不起他来，他已对你笑得灿若桃花。初时还不免仓皇，暗怪自己的健忘,久而久之,竟亦能坦然地回眸一笑。相逢何必曾相识,都市中看尽炎凉,此时的暖暖温情实在是弥足珍贵。

看惯了、看懂了,甚至已悄悄爱慕上澳门的小,本以为和它心心相印,颇有几分相见恨晚之慨。孰知正自缱绻,这小城耸然一变,自小巧骤化博大,须臾间就大得浩如烟海、深不可测。对面相望,竟惶惑得如同隔世。我强抑住心神,良久才清醒过来。原来并非是又一个梦境,而是正夹在如鲫游人中,行走于刚刚荣膺世界文化遗产的澳门历史城区。这方回忆起来,本是满怀欣喜,如同朝圣一般,想再一次拥抱熟识的小城。可不想蜿蜒数里的小路,城越走越宽,人越走越小,好似久识的爱侣忽如陌路,也难怪自己如此的意乱情迷、忘乎所以。

站在大三巴前,夕阳半斜。霞光从每一个孔洞中透出来,虽只是一垣残壁,却殊显得巍峨、辉煌。人影散乱,四处游客的喧嚣、树间禽鸟的吟鸣,以及不远处街市上车流的呼啸,混杂着响成一片。忽然有个清晰的声音直贯入耳:“大三巴是圣保禄教堂正面前壁的遗址。该教堂于1602年开始修建,1835年毁于一场大火……教堂在当时附属于圣保禄学院,它是远东地区第一所西式大学,由其培养的传教士,除到日本、中国外,还到越南、泰国、柬埔寨等地传教……”一席话落,眼前的世界竟然天翻地覆。那飞舞的似乎不是彤霞,而是火焰;那喧闹的也不是嬉笑,而是福音、圣诗。只有人影依旧散乱，却非眼前的芸芸众生，而是四百年来去匆匆的往世生灵。我这才晓然，这金碧辉煌的断壁绝非沧海一粟的砖石布景，实乃一道秘而不宣的时间之门，不知者惘然穿梭，可一旦了解，却将能循此步入深广无涯的历史宫阙。

夕阳西坠，熊熊烈火也似渐渐式微。我抚到墙壁上，在一切被黑暗吞噬前，匆匆打量那一壁的雕刻。不看则已，越看却是越奇，越看竟然越惊。这壁间的雕琢看似漫不经心，既有中国的舞狮、日本的菊花，又有希腊的廊柱、欧式的帆船，玫瑰、骷髅、天使、怪兽，无奇不有。冷眼扫去，只觉得东拼西凑，突兀抵牾。可待得覆上几层夜幕，眼路已失，无奈只好用心眼格物，凭着记忆追索，却竟倏忽水乳交融，豁然开朗。原来眼目只看见无语的顽石，而唯心灵才能穿透石壁、时间，参破始作俑者的深旨。这作者哪里是要雕几个花饰点缀风景，竟是要将这城市的百年兴衰、爱恨情仇，皆藏在几个平平无奇的简单符号中一语道尽！可叹小小的澳门，却能养育如此的心胸境界。而一叶知秋，面对这样的绝壁，谁还敢小觑澳门街，谁又能轻视濠江人？

看懂了大三巴，见微知著，澳门便亦懂了。原来这众人目中的弹丸小城，虽在空间上小巧玲珑，但在时间上却是沧桑浩瀚，另有一番博大气象。只不过两者双影交叠，若即若离，红尘中眼只看见它的小处，非得穿过历史之门，抚今追昔，才能发“逝者如斯夫”的轻叹，而自己已渺小得如同恒河一粒。

还想再乘兴前行，无奈天色已暝，遂只得随意撞进间茶肆，沏一杯香茗，捧出地图来，让眼睛继续旅行。别看只是小小一方地图，制图者的用心竟丝毫不逊于前辈，几个简明的符号，整个澳门的乘车、餐饮、娱乐、住宿就皆一目了然。而专为澳门历史地区制作的宣传册则更是精致，一路二十余景不但配制了洵美插图，更有详尽的介绍文字。按图索骥，手掌般大的一段行程，走来不过个把小时，看去竟是上下五百年。待得毕览一通，一盏好茶已半凉了。

澳门历史城区西起妈阁庙。清人汪兆镛《澳门杂诗》称："据《澳门记略》云：葡人初入中国，寄碇澳口，是处有大庙宇，名曰妈阁，葡人误会此庙之名为地名，故以初到所见者以名其地，各国历史称中国澳门为'马交'，其名当起于此。"由此可见，妈阁庙不但是澳门历史城区的起点，更是澳门乃至中国近代与西方碰撞的起点。可想不到这历史性的初次接触竟是从一场小小的误会开始。澳门历史城区东止于东望洋炮台，炮台高踞于澳门半岛最高峰东望洋山之巅。1996年，政府在对炮台内的圣母雪地殿圣堂进行修护时，发现了湮没已久的壁画遗迹。这些壁画描绘的皆是圣经故事和人物，而所运用的却尽是中国绘画的技法，整个画面乃是中西文化和艺术的大汇。据此可知，东望洋炮台亦不但是澳门历史城区的终点以及澳门半岛的制高点，而更因其包藏有中西文化融合的集大成者，不啻澳门历史文化发展的高峰。

从起点到终点，从误会到融合，人的设计与历史的安排在此不期而遇。而由点及面，历史城区中二十余景，或香烟古庙，或辉煌教堂，或明清院落，或西洋别墅，风格迥异却近在咫尺，道不相同相偏毗邻而居。如此种种看似寻常，可一旦念及那个遥远的起点、那次滑稽的误会，一下就肃然起敬，诧异于这络绎相连的建筑竟是肇始于一群相隔万里的心灵！可想而知，从天涯到咫尺，绝不会是一条坦途。只不过岁月无痕，今日阳光普照、风平浪静的小城，早已磨灭了往昔的刀光剑影、血雨腥风。而徜徉在宽容的广场、宁静的小巷，谁还会再忆起那些荡气回肠的爱情、铭心刻骨的仇恨。百思不解，世人梦寐以求却总是镜花水月的“融合”二字，在这海疆小城中怎能如此的平淡从容、浑然天成？

莫非是人？别看只是区区一隅，澳门却从不缺少英灵。郑家大屋主人郑观应（1842—1922），宦海失意后悄然身退，正是倚在澳门祖屋的寒窗下，凝心写就了一部《盛世危言》。下笔无声，却对整个中国振聋发聩。在这个踯躅于晚清末世的独行者眼中，欲“富强救国”必得求鉴于西方。而另一端，亦不乏来者。马礼逊（Robert Morrison，1782—1834）远涉重洋而至，集毕生心血译成了《新约全书》中译本，并编撰了世界第一部汉英字典——《华英字典》；钱纳利（George Chinnery，1774—1852）踏遍大街小巷，摹写澳门风土人情，开拓出将西画技法融贯东方神韵的崭新境界。虽然两人最终客死于斯，埋骨在澳门基督教坟场，但他们所悄悄推敞的中西文化交流之门却从此再未关闭。

不过人力毕竟微薄，融合亦非那个世纪的主音。我惊奇地发现，安魂在澳门基督教坟场中的，不但有马礼逊、钱纳利这样的文化使者，也有鸦片战争前后东来淘金的巨商富贾和在华亡故的英军宿将。这不禁让人慨叹，本是异路之人，狂潮一卷，竟终同归一穴。这也让人置疑，历史中挣扎的人们，身犹不能自已，如何还能改变一座城市？难挽帝国倾颓的郑观应，被鸦片、炮弹埋没的马礼逊、钱纳利，是他们将融合培植于此，还是小城用融合感化了他们？往事如烟，青冢无言，而这疑问恐怕也已永无对证。

可若非是人，还能是什么？对这澳门的融合之谜，我始终纠缠不清，却又欲罢不能。正当心灰意懒时，忽然读到这样一段文字："亚婆井前地，这里曾是澳门主要的水源，也是葡人在澳门最早的聚居点之一。亚婆井的葡文意思是'山泉'，澳门葡人歌谣称：'喝了亚婆井水，忘不掉澳门；要么在澳门成家，要么远别重来。'"短短数句，却是回味无穷。吟诵再三，不觉眼前一亮。莫非这就是答案？莫非真有冥冥天意，在这世外桃源中独设一眼甘泉，以此化解了世代情仇，贯通了中西文明，使得无论华人、葡人，其乐融融、不知魏晋？且不论是非，单单这个曼妙的想象，已着实美轮美奂，使人如痴如醉，满腹狐疑倏然尽忘。也罢，何妨就让这如诗的答案陶醉我这般的匆匆旅人，而将那沉重的拷问，留给穷坟掘典的学者、好战轻仇的领袖，且由他们去冥思苦想，任他们去救世惠民吧！

夜已深了，霓虹尚自斑驳。我沿着周折的石子小路，踩着自己的影子踽踽归家。还是那个熟悉的澳门小城，今天却似走在沙漠、漂在汪洋，迷失于浩瀚的历史烟波中。然而历史不但使人渺小，亦能使人丰满。昔日种种都已化作虚无，但这虚无却煞是繁华，叫人流连忘返。小路引着我前行，指间的流风，如同是滑落的记忆，而缥缈的街灯，又仿佛守望的生命。虽然终究只是短暂的栖居，唯得欣慰的是，在一座融合的小城中不难期待平和与诗意，这对我莫不是最幸福的归宿？

古老殿堂中的天籁之声

□ 龚晓庄

听音乐会？咱们到教堂去吧！

澳门真是一个奇妙的地方！仅仅三十多平方公里的小城，居然有二十座教堂，而且历史都相当悠久。每次当我向来自海峡两岸的媒体朋友们介绍的时候，都会自豪地补充一句：这些教堂都是"活的"，不仅每个周末堂堂都有弥撒，好多教堂还经常举办免费音乐会呢！这注脚总是引得热爱音乐的朋友垂涎三尺。

在北京做了十年演出经纪人，安排了许多世界级的古典艺术演出，说来惭愧，真正静心洗耳地欣赏音乐会，还是在我"淡出"北京文化圈来到澳门之后：指挥家邵恩、鲍罗丁四重奏……只有在澳门、在澳门古老的建筑中，我才第一次如此近距离地面对他们的艺术。

在澳门的教堂欣赏音乐会,对于我这个“老演出人”来讲是有趣的体验,仿佛又回到了童年。澳门有个不成文的条例,凡是在教堂举行的音乐会,一律免费。为了体现公平原则,所有听众都要在教堂门口排队等候“派票”,像我这样的老乐迷,尽管在文化局有许多好朋友,也从来不敢要求留一张票,怕引起众怒呢!每逢有我心仪的音乐会、我又能按时下班的话,我会早早地跑到教堂门口等着。站在碎石铺成的人行道上,仰望教堂巍峨的钟楼,琢磨外墙上漂亮的花纹,端详庄严紧闭的大门,环顾街上熙熙攘攘、五颜六色的人流在大大小小的时髦店铺中涌进涌出,一个来小时的排队等候时间倒也好打发。

身穿黑色制服的工作人员终于到了。派票啦!等候的人们都精神一振。一人一张票,不准加塞儿,不准代领,派票的过程又快又安静。拿到票的我会直接冲到紧闭的教堂大门前,虔诚地等着开门,常常招得善良的菲律宾裔警卫劝我,还有半个小时才开门呢!先吃点东西去吧,来得及!我总会认真地回答,不行,我要坐前边的好位子,教堂音乐会不对号入座,就一定要第一个进去。

教堂的大门终于打开了。在警卫略带同情的目光下,我兴冲冲地一路小跑,坐到第二排靠中间走道的位子上。每次,都仿佛找回了小时候在爸爸任教的大学操场上,提着小板凳排队等候看电影的感觉。年龄不一样了,场地不一样了,欣赏的艺术样式不一样了,但是,那份期待、那份欣喜却仿佛从来没有变过。

玫瑰堂中的红玫瑰

在教堂听音乐会，是真真正正的赏心，悦目，悦耳。感谢特区政府的精心保护，澳门每一所教堂都漂漂亮亮，窗明几净，地上纤尘不染，枝形吊灯闪闪发光，圣像、十字架、祭坛都是新簇簇的，嫩黄色的内墙也总像刚刚粉刷过一样。场地并不算大，加上教堂特有的建筑风格，音乐的直达声效果好得出人意料。

有着四百一十九年历史的玫瑰堂，坐落在澳门最热闹的步行商业街中间。虽然四周店铺林立，但是，碎石铺就的街道，整条街上保持完好的一栋栋淡黄色、纯白色的欧式楼房，使得富丽堂皇的教堂虽雄踞其间却并不显得突兀。曾经看过旅居澳门二十七年之久的英国著名画家乔治·钱纳利（1774—1852）笔下玫瑰堂的素描，那是十九世纪上半叶的作品了，一百六七十年的时间，教堂前供奉十字架的凄凉的小土丘早已成了人潮滚滚的街道，教堂边大屋顶的岭南式民宅、草棚下的商铺也被钢筋水泥的楼房取代，但是，你只要看一眼那画，就马上能够准确无误地说出这就是玫瑰堂，因为不仅上下三层、门楣窗框都被精心装饰过的华丽外观没有改变，连肃穆出世的教堂与熙熙攘攘世俗氛围形成鲜明对照的感觉，都没有变。

在玫瑰堂中，我欣赏过柴可夫斯基的弦乐重奏《佛罗伦萨的回忆》，澳门乐团的艺术家们把俄罗斯作曲家笔下浓墨重彩的意大利演绎得淋漓尽致，在这里，我也欣赏过法国浪漫派钢琴家福雷、肖松的钢琴弦乐重奏作品，出乎意料的荡气回肠，让我在音乐会后很久还激动不已。

2005 年 10 月的一个晚上，又是一个多小时的等待之后，我坐在玫瑰堂的长凳上，欣赏"乘爱飞翔"艺术歌曲演唱会。

艺术家上场了。次女高音茱莉·尼斯拉拉一袭曳地大红长裙，明亮的吊灯照着她乌黑的卷发、圆润的肩膀，会说话的大眼睛顾盼流芳，水晶项链、耳坠宛如清晨绽放的玫瑰花上的露珠。吉他演奏家丹尼尔·博尔舒瓦一身黑色正装，举手投足都流露出帅气和潇洒。

音乐比人更美。

歌唱家演唱了许多西班牙民谣，有古典的，也有现代的。在吉他幽幽的伴奏之下，曲调是那么那么的悠长，在高大宽敞的教堂里回旋、上升，久久不绝于耳。听着听着，艺术家身后淡黄色的高墙似乎变成了土黄色的、一眼望不到边的大山，吊灯投下的光影变成了灿烂的阳光。唱着那悠悠长调的，是安达卢西亚山区的牧羊女，还是祖国西北大山里送哥哥走西口的姑娘？从来没有想过，受摩尔人影响的南欧民歌和我们西北地区的长调，竟有如此之多的相像，而让人发现这相似之处的，竟然是在澳门古老的教堂中！

圆润的女高音，水汪汪的大眼睛，一颦一笑，一举手一投足,都在给你讲故事:大画家戈雅情人的丈夫追踪到了画家的画室,竟没有发现画布下露出的那双大眼睛就是自己的老婆:“如果漫不经心,最美的东西就在你身边,你也看不见。”假托大画家之口却也道出了人间真情。你我何尝不是这样?经常路过玫瑰堂的门口,每次都是步履匆匆。如果不是这音乐会,怎能体会到它和艺术天衣无缝的结合,怎能想象到,它能赋予艺术不同的意境?

随着时光的流逝,那悠扬的旋律已经渐渐淡去,但是,淡黄色包围下露珠晶莹的红玫瑰,红玫瑰旁边的黑衣骑士,却似一幅绚丽的油画,印在了我的脑海里,印在了我的心中。

穹顶下的和声

一个晚春,爱唱歌的好朋友向我发出邀请:我们合唱团在三巴仔教堂演出,能赏光来听听吗?对于欣欣然的我,为人一贯低调的朋友提醒:我们可是业余的,别期望太高!

仅仅是在三巴仔教堂演出就已经够吸引人了。三巴仔教堂是澳门教堂中我的最爱。不知道有多少次,我带着来自海峡两岸的朋友参观,指着教堂前高高的台阶:看,多宏伟,有点儿南京中山陵的味道吧!多少次,环视着豪华的巴洛克风格的金黄两色火炬形廊柱,面对着华丽的祭坛,仰望着十数米高的穹顶,我感叹:如果我是个年轻姑娘,我会在这里结婚的!当然,我也不会忘记把朋友们拉到门口一块小小的标牌前：联合国教科文组织颁发的奖牌——结构保护、建筑修复优秀奖！

朋友的话没有错。合唱团的确是业余的，歌者有政府机关的公务员、教师、商业公司的职员、医务工作者……不过，乐团刚刚唱出第一个乐句，我就知道朋友的确太谦虚了，唱得真好听呀！

到男声合唱了，男高音声部的人们站在教堂后边二楼唱诗班的位置，中低音声部仍然站在祭坛前的小舞台上。歌声一起，我被震撼了，教堂高高的穹顶变成了一个巨大的混音器，我们面前、身后不同的声部在穹顶之下碰撞，其雄浑、其激越，第一次有了这样的感觉：我是在音箱之中，而不是在音箱前边欣赏音乐！

又是一曲，身后教堂的门打开了，所有女歌者手捧乐谱，踏着歌声，一步步走向祭坛。她们本是一群普普通通的女子，相貌平平，年龄不一，高矮胖瘦各异，可是，在动听的歌声中，在庄严的教堂里，她们的步伐是那么雍容，她们脸上的笑容是那么优雅，倏然之间，她们每个人都变得那么圣洁，那么美丽！

岗顶剧院的鲍罗丁

在我为记者朋友精心设计的参观路线中，岗顶剧院总是被列为一定要去的地方。

斑斑驳驳的树影掩映之下，岗顶剧院新古典主义风格的、带有白色镶边的淡绿色门廊、深绿色木护窗，深闺贵妇般的娴静优雅。小小庭院，铺地的碎石苍苔泠泠，默默地述说着剧院一百四十六年的沧桑。不知有多少次，我小心翼翼地撩开布满灰尘的幕布，蹦蹦跳跳地绕过地面上堆着的砂石，站在小巧的舞台最前端，对着分散在楼上楼下观众席的朋友们，自豪地大声说：瞧，这就是远东的第一个西式剧院！别看它小，乐池、化妆间一样不少，也有四道侧幕呢！大家不要责怪这里没有灯光设备的位置，剧院建成的时候，还没有爱迪生呢！每次，我总会满腔期盼地补充一句：不知道什么时候才能进来听音乐会呀！

这一天真的来了。2005年10月，文化局特别计划处的林处长高兴地告诉我：岗顶剧院修缮完毕，鲍罗丁四重奏音乐会就要在那里举行！

星期六下午，我特意提前到了，剧院一直紧闭的大门敞开着，提供服务的志愿者恭候在两边，原来寂静的庭院今天充满了生气，静止的油画变成了动感的电影场景。

快步走进剧院，先各处转转，向重新装扮完毕的老朋友问个好：吊灯的辉映之下，前厅地板干净得发光，映在墙上拭去灰尘的大镜子里的，是我自己兴高采烈的脸。蓦地，镜子里的场景变了，衣环鬓影，粉妆玉琢，名媛淑女们，裙裾飘飘，在悠扬的音乐中，在身着燕尾服的优雅绅士陪伴下，翩翩起舞……剧场前厅过去真的是澳门上流社会举办舞会的地方！

踱步到窗边，悄悄撩起深红色金色交织的厚重的窗帘，明净的玻璃窗外，木质护窗板挡住了午后的骄阳。舒适的扶手椅换上了深红色的座套，据说这是一百多年前剧场初建时用的颜色。没忘了坐在大厅一侧咖啡厅的藤制沙发上，品一杯香浓的奶茶，也没忘了去张望一眼四白落地的新式卫生间。

曾在多少有些没落之感的剧院里穿行，如今，焕然一新的一切真得让人好开心！

开心之中，音乐会开始了。

小小的圆形剧场，音响效果真好，连乐章之间音乐家轻轻嗽一下喉咙都能听得清清楚楚。

业余作曲的化学家亚历山大·鲍罗丁的A大调弦乐四重奏，深沉感人，不知天才的作曲家在音乐中施加了什么魔法，两把小提琴、一把中提琴、一把大提琴，就把俄罗斯大地母亲宽广温暖的胸怀、伏尔加河的开阔、白桦林的茂密、大草原的苍茫、蓝天白云的宁静深远，都捧在了你的面前。美妙的天籁之声厚重得让人不由得怦然心动，那是一份多么深沉的感动！我听着，用手按着跃然跳动的心房，大气都不敢出，生怕沉重的呼吸会破坏那美妙的音乐……

音乐会结束了，我走入暮霭之中，再望一眼灯光下典雅的剧院，轻轻地拉了一下裙裾，腰挺直了，脚步轻盈了，平时风风火火的我不知不觉之间居然也淑女起来。

我生在北京，长在北京，北京是我魂牵梦萦的故乡。无论春夏秋冬，无论雨雪阴晴，巍峨的故宫，蜿蜒的长城，永远以那帝王之气、阳刚之美给我视觉的冲击、心灵的震撼。

转瞬之间，居住澳门也已经五年有余，教堂顶楼悠扬的钟声，庙宇中缭绕的香烟，暮色里西式的街区，朝阳下岭南风格的建筑……不经意之间，总会轻轻地触动我的心弦，给我一种柔柔的感动。当我离开澳门以后，我想，澳门会让我魂牵梦萦！

澳门最后一个疍家女

□ 周毅如

阿莲走了！

放下电话，我脑子里瞬间变成一片空白，仿佛突兀而来的海浪过后的黑沙海滩，足迹、杂物……全都被冲刷得干干净净，只剩下一片柔和、平坦的沙带，隐隐地散发着淡淡的鱼腥味，亲切而温馨……

澳门，是我的第二故乡，是我童年时代生活了将近九年的地方。我与澳门同胞共同经历了整个抗日战争的艰难岁月，记忆是刻骨铭心的。时光的流逝，许多事似乎早已遗忘，但一有契机，不仅一一再现，而且更加鲜明、生动。半个多世纪以来，有关阿莲的人和事，此时此刻，又栩栩如生地展现在我面前。思潮如涌，欲罢不能……

一

二十世纪二十年代大灾之年，澳门一家鱼栏老板万寿臣，用两块银元从一个渔妇手中买下了一个小女孩，就是阿莲。从此，阿莲以丫头的身份，陪伴着万家只比她大一岁的独生子阿洪玩耍、嬉戏，甚至一同读完了小学，真可说是青梅竹马，情如兄妹。阿洪升入中学后，阿莲则成了万太太的贴身丫头，深得女主人的怜爱。阿莲聪明、能干、温顺、善良，在鱼栏街街坊里有口皆碑。她与阿洪从两小无猜到情投意合，也是人所共知的，只有从不管家事的万寿臣蒙在鼓里。但是，纸是包不住火的，一天他目睹了两个年轻人亲昵的样子，顿时怒火千丈。他借口阿洪应学做生意，将其派往香港开海鲜店的小舅子处，然后应允一位有生意往来的五十多岁的经销商的要求，让阿莲给其做小妾。平日百依百顺的阿莲公然拒绝，并于当天晚上失踪了。万家到处寻找，毫无结果。

其实，“失踪”的阿莲，成了我家的女佣。

当时母亲带着五岁的我和三岁的冬冬住在荷兰园的一座两层的葡式楼房里，能干的吴妈说自己新添了一个孙儿，无法再做女佣，推荐一位比自己更能干更年轻的，就是十七岁的阿莲。

三天后，不仅证实了吴妈的举荐，而且完全超出了妈妈的期望。阿莲把偌大的一层楼，扫、抹、洗、刷……到处收拾得干干净净，地板真是光可鉴人。令我们母子更为欣喜的是，她居然能烧出一手好菜。再往后，妈妈完全放心地将我们两兄弟托付给她。除了做家务之外，她还教我背唐诗，教会了冬冬从一到一百数数。她给我们讲了许多故事，无论是人、神、鬼都是和大海有关的。至今我还记得她唱的一首渔歌的歌词："疍家疍家，水上人家。风里浪里，捕鱼捞虾。妈祖娘娘，善心菩萨。保佑疍家，平安回家。"

可惜这样的时日太短促了，阿莲在我家不到一个月，吴妈又来传递信息，说万老板悔恨不已，回绝了那经销商，并且当众发誓，只要阿莲回去，绝不追究。就这样，阿莲要离开我家了。我妈给了她双倍的工钱，还送给她一身新衣服。最舍不得她走的，当然是我兄弟俩，冬冬干脆抱着她的腿，号啕大哭……

阿莲走后只有一个星期，吴妈把一封信交给我妈，说是阿莲写的。妈妈看了以后，才知道阿莲要出嫁了。她嫁给了万记鱼栏的一位渔工——陈世祥。陈世祥已经三十多岁了，还有一个十一岁的男孩，但确实是阿莲自己要求嫁给他的。

二

日本侵略军占领了广州，切断了澳门与内地的邮路，汇兑困难，我家无法在贵族聚居的荷兰园居住了，在阿莲的帮助下，我们搬到了贫民聚居的聚龙里。

自此，阿莲常挺着个大肚子，满脸笑容地来我家，帮妈妈干这干那。妈妈非常不好意思，一再劝阻，完全无效，但彼此之间的称呼却改变了。在妈妈坚持下，“陈太”变成了“陈嫂”，而“阿莲姐”也成了“阿莲婶”。

阿莲的丈夫阿祥对她怜爱有加，虽然很劳累，生活得却很快乐。唯一美中不足的是，阿祥前妻遗下的阿寿始终不肯叫阿莲“妈妈”。

澳门水上人家流传着一句话：“行船走水七分险。”一年后，一场剧烈的海上风暴毁坏了阿祥所在的渔船，尽管阿祥冒着极大的危险砍倒了船上的桅杆，挽救了十二个渔工、水手的生命，但他自己却身负重伤，成了再不能下海的终身残疾。阿莲在命运的重击下没有消沉颓唐，毅然挑起了一家人的生活重担。每天用背带背着不到一岁的女儿小阿福，领着不肯叫她妈的阿寿，驾着小船在近海捕鱼捞虾。她依然是那样亲切而温顺，只是额头眼角上增添了几丝皱纹。

那时候妈妈靠着年轻时候在女子学校所学的缝纫技巧和一台缝纫机维持着一家三口的生计，但常用裁剪剩下的布头给小阿福缝件小衣服，阿莲也常会提着几条鱼或者半篓虾给我们改善生活。在这艰难的日子里，两家之间充满着真挚的友情。

三

1940 年以后，日军虽然没有入侵中立国葡萄牙管辖的澳门，但却在水路、陆路封锁了这个半岛，澳门物价飞涨、粮食奇缺，人们生活极为困难。

渔村里妇女中最能干最勤劳的阿莲，既要养活一家四口，又要给阿祥赚钱治病，入不敷出，日子过得十分艰辛。她常在街头吆喝着卖鱼虾，身旁还站着小阿福。无情的岁月在她的脸上又刻上了一些皱纹。其实，她才不到二十岁。噩运并不因此而终止，阿祥因为无法再回到他所眷恋的大海中去的精神压抑，以及驱不走的浑身疼痛，变得异常暴躁，而且开始酗酒，阿莲母子成了他发泄的对象，只有聪明可爱的小阿福成了他慰藉心灵的止痛剂。

万家少爷万锦洪回到澳门，当天的上午，他走进了阿莲在海边的吊脚楼，看到了小阿福，立即想起了人们的传言，八个月生下的小阿福长得极像自己，他断定小阿福是自己的骨肉。阿莲抑制住重逢的复杂情感矢口否认。交谈时，醉醺醺的阿祥出现了。他似乎已经听到了一些他们谈话的内容，一进门就大喝一声“滚”，继而扬起了拳，万锦洪在阿莲的护卫下狼狈而逃。阿祥愤怒地要殴打阿莲，突然，阿寿挡在了阿莲的前面，并抄起一根粗木棒，厉声喝道：“爸爸，你要是敢打我妈，我就跟你拼了！”阿祥不知所措地愣住了。一副男子汉模样的阿寿却对阿莲说：“妈妈，我们走，让他一个人去过。”阿莲一下抱住了阿寿，从不落泪的她却已是泪流满面。

一场风波就此结束了。

四

1942年太平洋战争爆发后，香港沦陷，大批难民拥入澳门，人口从二十多万猛增至四十多万，从不生产一粒粮食的澳门再加上日军像铁桶般的封锁，这座小城经历着历史上从未有过的苦难。更可恨的是，日军竟然禁止渔船出海捕鱼、货轮到内地运粮，这无疑是雪上加霜。

“屋漏偏逢连夜雨”，阿祥旧伤复发，大口吐血，住进了医院。除夕，阿莲为了筹集病危的阿祥的急救费用，奔走了一天，一无所获。

夜深了，阿寿和阿福都熟睡了，在绝望和无奈中迷茫的阿莲突然一咬牙打开了她家唯一的木箱，翻出了她出嫁时万家老太太送给她的一件旗袍，对着镜子化起妆来，含着泪走上了街头。

澳门之夜，是这座城市的另一面，由于逃避战祸，大批东南亚、香港的富豪们也都群集本埠，依然过着一掷千金的生活，形成了一种畸形的繁荣。赌场、妓院、酒楼……生意兴隆，街头上当然也会有众多的流莺，阿莲也将要坠入其中。她站在街头黑暗的骑楼下，战战兢兢的，既绝望又期待。突然一个醉汉踉踉跄跄，走到离她几步的地方，醉倒在地，几个乞丐和妓女一拥而上，偷抢财物。醉汉挣扎着反抗着，阿莲借着路灯看清这人竟是常帮渔栏修理马达的葡萄牙技师帕拉索。她猛地冲了过去，推开了围抢的人，架起帕拉索,嘴里喊着“该死的,又喝醉啦”,然后大叫“警察——”,趁火打劫的人们一哄而散。

帕拉索是生活在澳门的葡萄牙人的第三代,他技术精湛,会讲一口广东白话,还是阿祥的好朋友。帕拉索在阿莲的搀扶下回到家中,喝了阿莲的一杯冷茶后,完全清醒了,他上下看了一下阿莲的打扮,心里明白了几分,他问阿莲:“阿祥出事了?”阿莲只说了“病危”两字,帕拉索打断了她的话,从抽屉里取出了一沓西纸(澳门币),塞给阿莲:“你快去!”

阿莲匆匆赶到医院时,阿祥已停止了呼吸。

五

生活在继续……

帕拉索帮助阿莲在她的小船上装上了马达,阿莲的船成了近海捕鱼最快收获最多的“快艇”。困于生计的渔工们想仿效阿莲改装小船,纷纷求阿莲出面请帕拉索给予支持,帕拉索开的机器修理行的仓库里确实有几十台战前准备装小游艇的马达。阿莲考虑再三,要求以借贷的形式请帕拉索装备十条小船,由渔民分期还款,帕拉索答应了。渔工们喜出望外,集体请求阿莲顶替倒闭的渔栏经销他们的水产。

阿莲做上了渔栏老板。她自小生活在万家,对渔栏生意的运作了如指掌。澳门的高级酒店、餐厅对水产品需求量甚大，阿莲成了他们最重要的供应商，她不仅很快还清了马达钱，小船队也迅速扩大到三十多艘。

其时，帕拉索的机器行被一把大火烧光，一生积累，付之一炬，陷入绝望深渊的他，竟动了轻生的念头。阿莲闻讯赶去，加以劝阻并倾囊相助，机器行得以重建，在帕拉索坚持下，机器行以股份的形式加盟阿莲的渔栏。

另一突发事件加快了阿莲发迹的进程。十五岁的阿寿竟然瞒着她到轮船公司应聘当水手，并随葡澳当局与日军达成协议后第一艘到广州的运粮船出海。这是十分危险的，因为即使通过了日军的封锁线，海盗们也在虎视眈眈地盯着过往的船只。一周后，阿寿竟平安归来，并带回了二百斤大米，说是得到的奖赏。在公海海盗拦截运粮船时，阿寿机敏地将负责购粮的何先生改扮成烧火的炉工，并将他那根沉甸甸的腰带藏在煤堆里。运粮船顺利到达广州，阿寿才知道，腰带里藏着购粮的几十根金条。从此，阿寿成了何先生最器重的人，并让他学习驾驶技术。一年后，他成了轮机手。与此同时，葡澳当局谈判代表何先生成功地促使日方解除了对大渔船的禁令，他随即将使用六条大渔船的合同交给了阿莲。

阿莲成了澳门红极一时的水产供应商。

1945 年 8 月 15 日，日本投降了。爆竹声连续响了三天三夜，澳门市中心的主要街道上，爆竹的残骸足有一尺多深。很快我父亲发来了电报，要我们取道香港返回上海。

离别的日子,帕拉索驾车陪阿莲母子前来相送。妈妈看了看帕拉索,又看了看阿莲,说:“阿莲,帕拉索是个很不错的人……”阿莲沉默了片刻,说:“帕拉索会是我终生的好朋友!”

汽笛声响了,就在要登船的一瞬间,我心里郑重地对阿莲婶和所有帮助过我家的澳门同胞说,“我一定要再回澳门来的!”

但我完全没有意料到,我重返澳门时已经是半个世纪后的事了,那是 1998 年,我以电视连续剧《澳门轶事》编剧的身份回到了我的第二故乡。再次见到阿莲婶时,她已是澳门有数的企业家了,帕拉索仍然追随着阿莲婶,但他们始终保持的是一种真挚的可贵的友谊。

遵照阿莲的遗愿,没有开追悼会,要把她的骨灰撒向大海。身在国外的何先生叮嘱阿寿用他的豪华游艇为阿莲送行。

黎明时分,游艇悄悄地离开了码头,轻盈地向深海驶去。大海的尽头,出现了一线鱼肚白,将天穹和大海清晰地展现在我的眼前。我站在船头,迎着亲切的鱼腥味的海风,深深地思念着阿莲婶。阿莲婶的经历,既是一位疍家女的一生写照,又是澳门历史变迁的见证。她既具有中国传统妇女的优秀品质,又具有西方文化熏陶下开放女性的风骨,所以她更可贵。

这时,天亮了,东方泛出了红霞,波光粼粼的大海显得格外的庄严肃穆，抛撒骨灰的仪式即将进行了。

再见了，我亲爱的阿莲婶……再见了，澳门最后一个疍家女！

三代澳门情

□ 李英治[荷兰]

我从小就知道澳门。澳门的许多故事，是外婆哄我入睡的时候讲给我听的。炎热的夏夜里，她一边给我摇着葵扇，一边娓娓动听地给我讲述当年澳门的事情。其中最让我害怕的，是歹徒拐骗儿童，剖腹藏鸦片进行走私的故事。是肝肠寸断的母亲，在澳门关闸认出了襁褓中死孩子穿的袜子，这才破了案。这个故事令我如此胆战心惊，以至于当我跟外婆从中山到澳门时，总要把她的手抓得紧紧的，生怕被歹徒拐骗了去。

当然，外婆给我讲得最多的，便是我外公在澳门的故事了。也许是经历得太多了，她那饱经风霜的脸上，已很难看到大喜或大悲了。她以一颗平常心，泰然追忆往事。她的故事，总是不紧不慢，如泣如诉。既有谋生的辛酸，也有成功的喜悦；既有国仇家恨，也有儿女亲情。从她的故事中，我断断续续地勾画出我外公极富传奇的一生。

澳门在被葡萄牙人占领之前，是属于我们老家香山，也就是今天的中山的。由于香山靠海，出外谋生的人很多，近的走澳门，远的就从澳门漂洋过海了。这就如同山东人闯关东，山西人走西口一样。我的外公就是当年到澳门的千千万万淘金者之一。他自幼丧母，十二岁只身前往澳门谋生，二十岁开始创业，在水坑尾医人庙侧开设了菜馆“先先楼”。当时欧战米价昂贵，经济不景气。外祖母已经身怀六甲，还要每天半夜四点起床推磨，准备早茶市的点心。但生意还是失败，先先楼负债结束。我母亲也在这时来到了人间，嗷嗷待哺。外婆一边把酒楼剩余磨粉煮糊当奶，一边推着摇篮哼起幽怨的歌谣：“煮熟猪头无眼看，怕我嫁女无红裙。”外公连声接道：“别怕，我嫁女会有二十箱嫁妆。”就在这一天晚上，外婆做了一个梦，说是明天有贵人来。果然，外婆的父亲第二天到来，他为外公在港澳线瑞泰轮找到了一份当书记的工作。外公初上轮船晕浪，回家仍呕吐不止。早上四时起床上船，晚上十时才能下班回家。为生计所迫，他仍挣扎奋斗，终于习惯成自然。三十岁那年，他与友人合资创办浩兴轮船公司，经营港澳线货运，先租木船，后购“新国庆”“新民庆”“新安”等轮船，并筑浩兴码头。二十年间，他的事业如日中天，先后出任澳门旅业行主席、澳门商会理事、孔教会主席、足球总会主席、崇实中学校董、思思中学董事长等职。

抗日战争爆发,1938年中山沦陷。大批中山同胞逃难到了澳门。外公外婆乐善好施,收留众多前来投奔的亲友。在烧灰炉口的“雨庐”故居,最多时住过四十七人。外公不堪国土沦丧,认为振兴教育才能兴国。他抱着满腔的热忱,创办了“雨芬中学”及其小学部,以解除逃难青少年的失学之苦。

1940年,逃难到澳门的同胞更多。外公投下巨资,将雨芬中学迁至荷兰园,学校有宽敞的校舍和游泳池、溜冰场等设施,学生达到一千多人。我母亲从广州国民大学毕业,返回澳门主持雨芬中学小学部的工作。外公购下了新口岸的一块地皮,并派人与中山大学联系,准备在澳门创办一所大学。然而,他这一抱负和他所有的事业,却在香港沦陷后彻底破灭。

香港沦陷后,船运被迫停航。澳门沦为孤岛,商场冷落,米珠薪桂。日本人在澳门暗杀爱国人士,外公亦遭恐吓,迫不得已变卖产业,把学校迁往罗定。但因罗定地近广州,敌机起航,瞬间可达。目睹颓垣败壁,已受战祸波连,不得已再入广西。不料日寇为贯通大陆及印支战场,进兵桂南,遭激烈抵抗后回师。桂南各地复遭蹂躏,盗贼蜂起。颠沛流离之中,外公在大洋墟遭劫,彻底破产。三十年事业和心血,顷刻之中化为乌有。

抗战胜利后,“雨芬中学”迁回中山,我父母也回中山主持学校工作。青春作伴好还乡。从南宁经梧州，沿西江水路直奔广州。在逃难中出生的我，此时才回到了故乡。那一年，我五岁，已经开始记事了。

那一年，舅舅要结婚了，外婆要到澳门去。我舍不得外婆离开，就缠着外婆要跟她一起到澳门。就这样，母亲匆匆给我收拾了几件衣服，我就跟外婆上路了。

在我幼小的心灵中，澳门是一座神奇的城市。熙来攘往的新马路，弥漫着烤牛肉干的熏烟的十月初五街；那满档都是生蹦活跳鱼虾的下环街市；那绿树成荫的白鸽巢公园。然而，我更想看看外婆故事中所讲的地方，它让我更为神往。“婆婆，哪里是泰安栈？哪里是义兴码头？哪里是总统轮船？”每当我提出这样的提问，总引起外婆的黯然伤神。

假期很快就过去了，我又回到了中山。接着是解放军进了城，雨芬中学升起了五星红旗。我记得，学校里唱起了“解放区的天”；庆祝胜利游行的队伍里有舞狮、舞龙。可是，在这欢庆的过后，自由往来的关闸的门关上了。澳门和香港，被说成了国民党反攻大陆的桥头堡，是藏污纳垢的地方。港澳关系也变成了比花柳梅毒还可怕的东西，谁要是沾上一点边就会一辈子倒霉。而我的母亲和父亲，正是这些政治运动的见证者、经历者和受害者。

母亲是一位非常称职而富有爱心的老师。在南方小城中山，具有像母亲的学历和经历的教师并不算多。她的学生说她对学生如同子女一般。她作为优秀教师，调入在武汉的中央民族学院中南分院任教，过了五年两地分居的生活，又回到中山教师进修学校任教。她为人正直，做事谨慎认真，在学生和同事中很有威望。尽管她在开头的多次运动中平安过关，然而却在劫难逃……

母亲不无遗憾地走了，那一年她才五十四岁。她没能挨到云开月明的那一天。澳门，她生于斯长于斯，但因人为的藩篱所隔，从澳门的关闸关上的那一天，她再也没能够回去。她甚至不能够流露出对她成长的度过青年时代地方的留恋和怀念，也不能和她港澳的亲弟弟有什么往来。为了避嫌，她从来没有对我们子女提起过关于澳门的事情。但我曾经看过，她久久端详着她当年在澳门南湾雨芬中学前拍的照片。在人人自危的岁月里，人们对澳门的怀念，只能是埋藏在心底里。

我的姨祖母为她在澳门的竹林寺安了一个灵位，让她的灵魂回到她出生的故土安息。虽然澳门和中山近在咫尺，但我能够前往拜祭她的灵位，却是她去世十八年之后的事了。

1992 年，我在荷兰接到了澳门大学的聘书。在这之前，我的一位在新华社香港分社任职的亲戚曾写信给我说："你到香港来工作吧，这对国家，对香港，对你自己都有好处。"然而，在我的心底里，我对澳门的一份情感却更为强烈。我说不清是为了什么，是为了寻找童年朦胧的记忆，是去追溯外婆讲的故事，还是寻觅先辈的足迹？就这样，我接受澳门大学的聘请，前往澳门大学科技学院任教。在澳门大学短短的半年中，我度过了一段难忘的时光。

我惦念着的第一件事便是到竹林寺去拜祭母亲和外公外婆的亡灵。我的舅妈为我准备好了香火、一些小费和施舍给寺门口乞丐的零钱。竹林寺是坐落在闹市之中的一方净土，在热闹的大街上就可以看到几座亭台楼阁掩映在翠竹之中。进入山门，便看见几座古色古香的殿堂和供人们上香烧纸的焚香炉，密密麻麻地安放着许多灵牌。舅妈领我拜完外公外婆的灵位后，来到了我母亲灵牌前边，我们放上了拜祭的生果和糖果点心，点上了香火蜡烛。“妈，儿子来看你了。”我顿时泪如雨下。生死相隔的十八年，多少辛酸，多少委屈要向母亲倾诉；又有多少成绩，多少荣耀，可以告慰亡灵。“别哭了，都过去了。”舅妈对我说。

在澳门的日子里，同事冼伟光先生曾陪我走街串巷，寻找童年的足迹。我去了当年住过的十月初五街，也到了我拍过照片的白鸽巢公园。童年的每一点回忆都是那么亲切和珍贵。南湾街的新都酒店，是当年雨芬中学和雨芬小学的旧址，我依稀认出，在那对开的海湾，便是母亲当年留下照片的地方。在一个周末的傍晚，表弟领我到外公的故居“雨庐”，这是坐落在烧灰炉口的一座葡式的大宅，现在已是怡和洋行的物业了。围墙内有一个精致的花园，一座淡黄色的西洋楼。听我舅妈说，这座楼是抗战前买下的，当时花了六万多葡币。外公在此为二舅迎娶郑家第一个儿媳妇。当时拍下的迎亲场面,就是当年“雨庐”兴旺的真实写照。然而,时过境迁,繁华失落,令人感叹唏嘘。

在澳门大学科技学院,我有幸结识了许多朋友。有来自国内高校的,也有澳门本地和葡国的。不管大家来自何方,我们共事都很和谐融洽。姚伟彬先生和我都是力学出身,大家常常一起切磋学术问题。我和陈俊教授一见如故,总有许多相同的话题。后来出任澳门大学校长的周礼杲教授、姚伟彬教授和出任科技学院院长的李怡平教授,都是当年学术委员会的同事和朋友。

由于当年在澳门仍不能家庭团聚,也不能自由进出,我最后决定返回荷兰。虽然十年过去,澳门的故事,澳门的经历,仍然魂牵梦绕。而且在海外飘泊越久,思乡的心情越是迫切。三年前,我惊喜地接到了姚伟彬教授的电邮,他希望我和他一起带一位研究生,继续做我在牛津大学的题目。我更高兴的是,2002 年,我在荷兰电力科学研究院接待了四位来自澳门大学的朋友。为了加强与欧洲工业界的交流,澳门大学派了一位研究生来我处实习。余永贤教授提出了成立 KEMA-MACAU 办事处的设想。也许是一种缘分,让我能有机会在欧洲与澳门之间架起桥梁,让我有机会为澳门的发展尽一份绵力。

“沉浮沧海几十年,风尘缕缕化云烟。今朝告慰先人笑,雨后濠江影碧天。”由于战乱,外公在澳门办大学的愿望未能实现，而如今澳门已经有了四所大学。外公在“文革”中辞世，当时连追悼会也不让开。在他去世二十年之后，在第三届世界中山同乡恳亲会上，八十多位雨芬中学校友相聚中山，缅怀澳门雨芬中学在国难时期办教育的功绩。一个澳门人的命运，以及整个澳门的命运，其实是和祖国的命运紧紧地联系在一起的。我高兴地看到，澳门回归了，祖国兴旺了，澳门关闸的大门又重新打开了。但什么时候，才能像儿时跟外婆到澳门去那样，说走就走呢？

澳门印象

□ 喻丽清[美国]

一

在澳门没有人不知道“大三巴”的,可是对我们这些外来客而言,真的不知是吃的还是穿的。到了那里才知道所谓“三巴”原来是圣保禄(St.Paul)的翻译。

后来看到妈祖庙,他们叫妈阁庙也就不好再大惊小怪了。

广东人自己的方言那么复杂,据说有九音,令外地人闻声兴叹。可是他们说起外文来却俭省得厉害,语尾词能省则省,能凑上中文的则愈简愈妙,譬如这圣保禄变成了三巴。我刚到加州时老华侨说三姐姑(San Diego)柏文(apartment)等等,我也十分茫然。后来我的朋友庄因把 Palo Alto 译成“跑了丫头”,就有点青出于蓝的意思了。

“大三巴”实际上是一座中西合璧式的石壁,远看它完全是个庄严宏伟的欧式大教堂,近看却原来是一块牌坊式的平面建筑,好像好莱坞影城中专给拍片用的场景似的。如果说起它的历史:它建于十六世纪,后来惨遭两次大火,把教堂本身和相连的圣保禄学院都烧毁了,所以如今只剩下这教堂的正面前壁和教堂前的石阶,本地人觉得这前壁跟中国的传统牌坊很像,就把它修成了今日的大三巴牌坊。

啊,四百多年前的遗迹,可是它没有废墟的苍凉,也没有贞节牌坊那控诉礼教的血泪故事,这是个多么奇特的世界遗产!这就是澳门给我的第一印象。那个印象好像是关于葡萄牙人的:他们不在乎长久,只希望曾经拥有。

除了大三巴,澳门满街卖的是干鱼干贝干海鲜,葡式蛋挞和双皮炖奶。但新建的赌场争先恐后欣欣向荣,恨沧海来不及变成一个大赌盘。繁荣的朝气是随处可见的,这是我对澳门的另外一个第一印象:它是关于赌博的,赌客们在美国的沙漠里创造了一个奇迹式的拉斯维加斯,现在澳门要成为亚洲的拉斯维加斯。赌客们,押注吧,这是一个经济带领文化的时代。

二

有华侨的地方,几乎都有关帝庙。在澳门,却还有哪吒庙和女娲庙。

哪吒庙在大三巴牌坊后面,是圣保禄的邻居。而女娲庙我却是逛街时在城里邂逅的。见它低檐灰瓦的跟左邻右舍打成一片,显然女娲在此非但落地生根并且很能安享退休之乐的样子。

一直被我们当作受葡国殖民统治的澳门,其实它跟香港比起来,骨子里更加的中国。直到今天,本地人也从没有像香港人那样的买办气。

教堂在望着海洋的主教山上,哪吒和女娲就在民间。各安其位,各取所需。澳门地小人少,名胜古迹一天都能走透,可是跟着香港一同回归祖国,它终于扬眉吐气。两个被中国送出去和番的女儿,回娘家时地位变得一样了。澳门小沾香港之光,但没有香港的财大气粗,反而讨人欢喜。

没有人会想到鸦片战争之前,它的地位其实比香港重要。那时候这里的圣保禄学院(大三巴就是它所附属的教堂)是天主教耶稣会在远东培养传教士的大本营,它也是南方丝路的转运港,多少洋人在这里贸易和度假,多少丝绸茶叶从这里运走。多少鱼虾变黄金,多少黄金变枪炮。多少童养媳般的岁月终于柳暗花明,一国两制带给它无限希望的前景。澳门这个赌家,如今春风满面,正在小赢,好像翻本之日近在眼前。

三

澳门最可爱的地方是城中心的喷水池,最好吃的是甜点。

喷水池边的建筑，颜色亮丽而和谐，地上铺着海浪一样的黑白色石板，很有南欧风情。小巷子曲折通天，有点儿像旧金山，可是旧金山有歌剧院有科学院有亚洲博物馆和深厚的人文气息，澳门难道只有赌场吗？

幸好观光小店里不时派送一些免费试吃的小小甜点到我们这些过路人的手中，我们吃了嘴软，竟也觉得南欧风情还是没有我们中国的人情温暖。

澳门，我还是比较希望你像蒙特卡罗，而不是拉斯维加斯。赌就赌出贵族气来，我们并不需要俗气。因为俗气的跟我们连在一起会被误解。

骰声灯影背后的澳门

□ 刘登翰

质疑一个公式

灯光喧哗着，从海上、桥上，从错落有致、装饰华丽、有如层峦叠嶂的巍巍高楼汹涌而来！夜幕降临的时候，无论你从哪个方向望去，澳门都宛若浮在海上的一座镶满珠玉的童话迷城。

几年不到澳门，澳门着实变了模样。

朋友带我在夜的澳门闲逛。从路环，到氹仔，马路仿佛变得窄小了，两旁新的建筑却一座更比一座高巍而华丽地向你威逼而来。旧葡京已经徐娘半老，新葡京犹如戴金插银的时尚女郎向你眨着妖冶的媚眼，新的去处是更大规模的“金沙”，和两壁与藻井都复制着意大利文艺复兴时期壁画的“威尼斯人”，连我们下榻的五星级酒店，也日夜不停地响着“百家乐”和“输盘赌”的骰子声……

迷失在澳门的街头，灯火从四面八方向你袭来，使你恍然置身于幻境之中。这是在哪里？这就是那座充满迷人欧陆风情和神秘东方情调的温馨小城澳门？那座伤痕累累的中国南部大陆伸入海上氤氲着妈祖香火的半岛澳门？

朋友的眼中掠过一丝忧郁。我深知这位阅尽澳门沧桑的朋友眼中忧郁的分量。

我是为出席一次学术会议而来的，白天我们高谈阔论，争说着澳门的历史、澳门的文化、澳门的身份和定位……我知道人们习惯用一个公式来概括澳门——

从东方的梵蒂冈到东方的蒙特卡罗。

那意思是：澳门的昨天是一座东来传教士聚集的宗教圣都；澳门的今日则是一个赌场遍布、伴以酒楼和当铺的销金之窟。

然而，对于生死于斯的中国人，对于曾经在中西交通史、贸易史和文化交流史上扮演过重要角色的澳门，仅仅这样一个公式，公平吗？

越过骰声和灯影，我们寻找另一个澳门的存在。

而质疑这一个公式，便成为我们走近澳门的开始。

“MACAU”：西方代名的背后

1553年，当葡萄牙船队进入南中国海，在一角潮流平缓的大陆突出部弃舟登岸，这些碧眼红须、饱历风波之累的水兵，迎面看到一座香火氤氲的寺庙，顿感一种东方的神秘和温馨。他们找来一个黑发黄肤、麻衣短褂的东方人打听："这是什么地方？"人们在惊慌中指着那座寺庙答说："妈阁。"

于是，"MACAU"这一音译的葡萄牙文，便成为澳门的代名。在西方各种史册、典籍和著作中，流浪了四百多年。

然而此时，澳门在中国版图里，已经一千八百多年了。

澳门最早见诸文献的记载，至少可追溯到公元前三世纪。当秦始皇统一中国，澳门是绘入版图的南海郡番禺县的一部分。尽管那时，南海郡在中原人的眼中，不过是一片化外之地，澳门更在这片化外之地的边缘。然而澳门的血脉延系，不能不从这遥远的年代算起。

不过，澳门真正有定居村落出现，要迟至十三世纪的南宋末年。在此之前，它只是闽粤商船和渔民随季风而来的临时寄泊之地。据稗史所记，南宋末代皇帝端宗赵昰率十余万军众泛海南下避难时，因台风而临时驻扎在澳门，凭借妈阁山的高峻地形抗御追击的蒙古大军，而后又从这里入海渺亡。这段历史为澳门的正式登场涂上一重神秘的色彩。至明代，澳门村落已渐繁盛，望厦、濠镜、南湾一带和今日的灰炉头等地，均有人居住。清代举人赵允清在《重修澳门望厦村普济禅院碑记》中称，赵氏先祖赵彦方原籍浙江，"家自闽宦""改官之香山"，卒于任上，其后迁入望厦村，"遂世居澳地"。这是见诸文字的最早入居澳门的官宦之家或文人之家。如果说，最早进入澳门的闽粤移民，带来的主要是平民的世俗文化，那么到这时，作为中华文化另一精粹层次的士族文化，便也开始植根澳门了。

相传闽人初来时，妈祖化身一老妪，登舟随行，夜驰千里，安抵澳门后即渺身而去。此后闽人往来澳门，舟楫多赖圣母保佑。为感念神灵圣恩，便将妈祖登岸的地方称作“娘妈角”，并在此建妈祖阁，奉祀发祥于福建莆田的海上保护神林默娘。初名海觉寺，又名正觉禅林，俗称妈祖阁。其半山的弘仁殿，有碑可考，始建于明孝宗弘治元年（1488）。由此可以推见，妈祖阁的初建，当还在此之前，迄今至少已有五百年以上的历史了。

这里就是后来葡国船队最初登陆澳门所见到的那座香火氤氲的庙宇了。西方人说他们发现了“MACAU”，可是在他们“发现”之前，“MACAU”澳门已经作为中国南方大陆临海的一角，存在十几个世纪，并且已经有了数百年中华文化的薪火承传了。

“上帝”眷顾东方什么？

十六世纪是葡萄牙称霸海上的世纪。

当葡萄牙航海家华古士·达·伽马率领的船队在十五世纪末绕过好望角抵达印度，他们兴奋地发现，这就是他们梦寐以求的古老、神秘、博大而富饶的东方，一批批冒险家便循着他们的脚印，来东方开拓他们的伟大“事业”。

他们来东方寻求什么呢？

达·伽马这位揭开西方世界向东方殖民序幕的冒险家毫不掩饰地回答："我寻求基督徒和香料。"

其实，驱动西方殖民者原欲的，首先是财富，其次才是为了聚敛财富所采取的宗教手段。诚如一位澳门的文化学者所说的："意识形态的诱惑和经济上的冒险，有共生关系。"

澳门是一个很典型的例子。

南中国海的四通八达和中国大陆的广博富饶，燃红了西方冒险家贪婪的眼睛。鉴于明朝政权对葡萄牙殖民者的戒心，他们的船队只能在南中国大陆的周边即从广东的屯门到福建的月港和浙江的双屿一带逡巡。直到1525年，他们总算买通了广东前山都指挥使，将市舶提举司迁往澳门，并允许葡萄牙商船以别国名义进入澳门寄舶和互市，葡萄牙商人这才在自己梦寐以求的中国土地上找到一处贸易的落足点。然而，他们并不满足。1553年，他们托言舟触风涛，水渍贡物，以借地晾晒为名，在重金贿赂下，明目张胆地盘踞澳门，并凭借武力，"筑室建城，雄踞海畔，若一国然"。

立足澳门的葡萄牙殖民者，实现了他们以澳门为基地对欧洲、东南亚、中国和日本的贸易垄断，大量财富开始源源不断地流入西方冒险家的口袋。

然而这还只是在中国的边缘。偌大中国市场的诱惑，使他们无法抑制永远不能满足的财富欲望。为了进入中国，他们想到了万能的上帝。

1540年，葡萄牙船队易旗进入澳门不久，葡萄牙国王就呈请罗马教皇派传教士来中国开辟东方教区。1541年，第一个负有到东方开辟教区使命的耶稣会元老沙勿略，便从欧洲出发来到东方。1552年，即葡萄牙盘踞澳门的前一年，沙勿略在广东香山县附近的上川岛踏上属于中国的土地，但当年就染病去世，留下他未能进入中国传教的永远的遗憾。

1556年，葡萄牙盘踞澳门第三年，最早的一座教堂便随之在澳门建成。此后数十年，教堂越修越多，越建越大，澳门成了会聚西方传教士向东方进军的大本营。

“上帝”终于随着殖民者的船队来到东方。

历史的补偿：属于中西文化交流史的澳门

真正进入中国并不容易。

在七世纪的唐代和十三世纪的元代，基督教曾经两度传入中国，都未能立住脚跟。其原因种种，主要的大概还是当时中国的儒家文明远高于西方的基督教文明。到了十六世纪，西方的科技进步和经济发展，才为基督教重新进入中国铺就了阶梯。

有了两次前车之鉴，东来的传教士便格外小心翼翼。

在十五、十六世纪，西方的科学技术，大都隶附于神学院之中。因此，经过神学院正规训练出来的传教士，往往都是术有专长的饱学之士。但要来中国传教，还必须熟知中国文化，才能进入中国社会的深层和高层。于是，始建于1563年的圣保禄教堂，即今天烧剩一堵高墙的“大三巴牌坊”，便附设有一座规模宏大的圣保禄学院。这是西方教会在东方创办的第一所西式大学，其目的是教给西方传教士进入中国的方法。从十六世纪以来，澳门确实荟萃了一大批日后在中西文化交流史上扬名的各国传教士，如意大利的利玛窦、德国的汤若望、法国的金尼阁、葡萄牙的徐日升、比利时的南怀仁等。他们以传播西方的科学技术和尊重中国文化传统的儒雅谈吐，博得文人学子、达官贵胄乃至当朝皇帝的青睐，从而不同程度地影响了中国社会和文化的发展。

作为西方列强殖民东方历史的一部分，基督教传入中国，夹杂着许多宗教以外的并不神圣的目的；但作为传教士个人，他们往往有着令人感动的虔诚和献身精神。据说当年利玛窦为了进入中国传教，曾经竭诚在圣保禄学院修习了两年；来到广州后，为了能够进入北京，他甚至宣布脱离自己的国籍，愿做中国子民；而后又剃发去髭，穿上僧袍，俨然一个洋和尚；最后才重新换上儒服，交结官员文士，经过这一番努力，总算进入中国上流社会。

有着这种虔诚的献身精神，他们的业绩当然令人刮目相看。他们本身就是西方文化的承载者，来中国传播西方的哲学、数学、物理学、天文学、地理学、舆图学、医学、建筑学、语言学、文学和艺术，以西方的科学理性，改变了中国传统知识分子崇尚的玄学清流，使明清之际经世致用之学蔚然成风。另一方面，他们来中国久了，广泛地接触中国的社会，深知中国的文化传统，因此同时又成为东西方文化交融的承载者，热心将中国古代的典籍著述，译介到西方。利玛窦在万历二十一年(1593)翻译“四书”；金尼阁也在天启六年(1625)用拉丁文翻译了“五经”；之后又有殷铎泽和郭纳爵以《中国的智慧》为名翻译《大学》；殷氏后来又以《中国的政治道德学》为名翻译《中庸》。其他如《易经》《诗经》《礼记》等都有多种拉丁文译本出现。1585 年由传教士多萨撰写的《中华大帝国史》，以及 1658 年由传教士卫匡国撰写的《中国历史》(上古部分)，相继在欧洲出版，并译成多国文字，风行一时，大大促进了西方对中国的认识。这些传教士在回国复命时，还携回了大量的中国书籍。如柏应理返罗马时带回了四百多册书，藏于梵蒂冈图书馆；白晋返法时将三百多卷中国图书送给国王路易十四。法国国家图书馆的前身傅尔蒙皇家文库，藏有数千卷中国图书，大都来自这些传教士的搜罗。

这一切都是经由澳门——中国最早一个开放门户——进行的。历史给予这块备尝殖民之辱的中国土地的补偿，是在中国南部大陆的边沿，站立起了一座属于世界交通史、世界贸易史和中西文化交流史的历史名城。

记住澳门，不是记住它曾经显赫的教堂，而是记住它在东西文化交流史上曾经拥有的不可替代的地位和作用。

澳门的“中国”和中国的澳门

一位研究澳门文化的葡萄牙学者，潘口明神父，曾经考察了百年前澳门洋人和华人的居住情况。他从半岛的中部划一道线，中部和东南部古城一带是“洋人区”：在“具有葡萄牙建筑风格的住宅和小巧别致的宫殿及其花园和西方果树”的异国情调中，“从晨曦微露到夜幕降临，教堂悠扬深沉的钟声，兵营里阵阵撼动山岳的战鼓声与雄浑激越的军号声，赋予澳门以独特的色彩。”而从妈阁庙到莲峰庙的内港沿岸是“华人区”，传统的衣着打扮和生活习俗，大同小异的一层或二层的小楼，以及穷人用土砖砌墙、茅草盖顶、木桩支撑的棚屋，使你直觉是走在南方某个古老的村镇。面对在不及五平方公里的小小半岛上这种界限清楚、互相对峙的文化差异，这位神父不能不感慨：“葡萄牙和中国两个社会，隔墙相望，和睦相处。”

这也是澳门独特文化生态的象征。西人东来，悉心研究东方文化，但他们在澳门的生活并不愿有太多东方文化浸入其间。同样，居住在澳门的华人，虽然满眼洋玩意儿，仍然不为所惑地按照自己民族的文化传统生活。可以把这种二元乃至多元文化在澳门的共处，比喻为一种“鸡尾酒现象”。从表面上看，澳门文化的多元性如鸡尾酒一样五彩斑斓，但细加审视，各种文化的相对独立性又如鸡尾酒一样层次分明，虽然在不同层次之间会有一道小小的过渡，但绝不是融合或化合——除了那被称为“土生”的葡人与东方人混种的后裔，是澳门一个特殊的文化现象，是人类学研究的一个特殊命题。

这样，尽管被异族盘踞而华洋杂处，澳门仍保持着自己民族文化的发展脉络。它一方面是历代由中原南迁的汉族移民的世俗文化，构成了澳门社会的中华文化基础；另一方面是明清以来，随着大批士人入迁携带而至的中华文化的另一精英层面——士族文化，进一步提升着澳门中华文化的层次。

这自然与澳门的政治环境密切相关。以租借为名的葡人的盘踞，使澳门逸出中国的政治旋涡之外。明末以来社会多变，便有一批批不愿趋势附庸的先朝名士，将澳门视作世外桃源和东山再起的将息之地迁居而来。他们既超凡尘外，又关切事变，他们留下的大量作品，开拓了澳门文学充满忧患意识的优秀传统。

自晚明以降至民国之初近三百年，澳门有过一个传统文学的辉煌时期。这一时期数量不菲的墨客骚人，一为避难而来的前朝遗民；二是宦旅澳门的各等官员；三系四方来澳游历、设席的文士；四是皈依天主前来学道读经的汉族教徒。他们特殊的人生经历和不同的世情心态，以及澳门独特的自然景观和多元的人文背景，构成了这一时期澳门文学的特殊风景,为近代中国文学添上精彩的一页。

因此,当你走过灯红酒绿的葡京大赌场,你千万不要以为这就是澳门;你走进澳门市街,看到幢幢红白相间的欧式建筑,你也不要以为这就是澳门;你还需要进入寻常的澳门人家,流连在那香火氤氲的寺庙和民居,感受浸透其中浓郁的文化气息和人伦天道,你才真正走进澳门社会的核心。这才是澳门的"中国",才是中国的澳门!

跌落和回升:重塑澳门形象

1835 年,一场大火把有着两百年辉煌历史的圣保禄教堂烧剩一堵前壁,那个培养了无数传教士的西式大学圣保禄学院也被这把火烧得无影无踪。

这成了澳门历史的象征,澳门开始陷落了。

五年之后,一场不光彩的战争使香港沦入英国殖民者手中。如同英国代替葡萄牙成为十九世纪的海上霸主,香港也代替了澳门在东西方交通、贸易和文化交流的中心地位。

葡人踞澳比英人踞港早了近三百年。但葡人显然比英人缺乏远见。他们只忙于眼前的生意和如何进入中国内地,却忽视对澳门自身的建设。长久以来,半岛的澳门既没有铁路,也无机场,港口也较落后,更来不及发展现代工业。因此,一旦它在贸易和文化的中心地位失去之后,便不知干什么了。香港禁设赌场,赌场便建到澳门来。于是澳门便成为香港人眼中的“澳门街”。豪商大贾携带万金来赌，家庭主妇每天挎个菜篮子也来赌。小赌怡情，大赌搏命，澳葡政府便成了主要靠收取赌税营生的不光彩的幕后庄家。烧剩一堵高墙的“大三巴”只供人凭吊过去，而一座鸟笼式的葡京大赌场则成了澳门醉生梦死的象征。

然而，绝大多数澳门人并不赌。尽管有人估计，澳门大约有一半的家庭在赌场及其相关的企业供职，换句话说，赌场及其相关企业曾经养活了澳门不止一半的人口。但这只是职业的无奈。我数度到澳门，认识不少澳门朋友，他们都极少涉足赌场。有朋友来也止于带他们到赌场观光一番，买两百元角子让朋友在老虎机前试个新鲜而已。可见近墨者也不一定都黑。澳门人依然保留着自己勤劳、克俭、重情、好客的淳朴民风。

历史有如潮汐，潮来将你推上浪尖，汐去陷你落入谷底。陷入低谷的澳门，终于等来了重新跃起的转机。1999年澳门回归，成为二十世纪落幕之前最牵动人心的中国的最后一件大事。

当葡萄牙不得不缩回染指澳门窃据长达四百多年的那只“脏手”，连同这只“脏手”一道卷起铺盖的，还有那个靠赌场坐收渔利的葡萄牙在海外最大的钱袋子——东方基金会。

澳门正在经历一场既闹哄哄又静悄悄的变革。

我们坐在面对大片海域的会议室里，用不同语言高谈阔论澳门的历史、文化，楼下车流人潮，又将我们拉回今日澳门的现实。旧的延续和新的鼎革，造就了一个特殊的澳门。重现繁盛容颜的澳门让我们刮目相看，但今日的景气与特区政府适度开放赌权不无关系。它既为澳门社会的发展提供了重要的经济基础，也使澳门失去了昔日小城的温馨，带给许多澳门人如我的朋友那样忧郁的眼神。然而这只是澳门的一面。与博彩业同时兴旺起来的还有澳门的旅游业，以及地产业、服务业和国际贸易。闻名而来的五大洲的游客，以及跨过昔日莲茎小道拥入澳门的内地同胞，更多是为瞻仰澳门的风采和寻找商机而来。充分认识到自身区位优势的澳门人，正极力施展自己的文化魅力，建树澳门的品牌。东亚运动会的隆重举办，“澳门历史街区”的申遗成功，各种各样的国际会议，从政治协商、经济互动，到学术研讨、文艺展演和体育竞技，许多都选择在澳门举行。弹丸小城的澳门，却有着广阔的国际空间。回归十年，澳门正在逐渐成为我们这个多元化星球可以共享的一个公共空间，仿佛当年所扮演的中西文化交流中心的角色，又重新归来。所不同的是，昔日是历史无意的补偿，今天却是澳门主动担当。

我想起 1984 年在澳门的一次文学聚会，澳门的文化人提出了一个震烁古今的口号：重塑澳门形象！这是在澳门回归之前就开始萌醒了的澳门人的主人公自觉，它也是一个大题目，期待回归之后的澳门人和十三亿的内地同胞来共同完成的一篇大文章。

只有这个时候，当我重提二十多年前的这个话题,我发现,我的朋友忧郁的眼神,才灿然舒展开来。

到澳门，给灵魂放个假

□ 徐怀谦

冬日的太阳已经升得很高了，可是只有斜斜的几缕穿过旁边高大的居民楼投射过来，给鸡蛋花树黝黑的躯干镶出一道道耀眼的金边。毕竟是澳门，周围的树还浓郁地绿着，只不知眼前这两排鸡蛋花树为什么褪光了叶子，铁骨铮铮地黑在那里，像是黑了几个世纪。是那种刚毅的黑，让人想起忠贞的卫士；是那种夜的黑，渲染出周围一片肃穆的气氛。是该肃穆的地方，这里就是澳门的第一座基督新教坟场。

坟场很静，安歇了数十位昔日英国东印度公司员工的灵魂。除了我们三位慕名而来的拜访者的脚步声，还有一种声音在这寂静的周六上午显得格外响亮，那是一位女护工在用刷子蘸水擦洗石棺盖。女护工姓唐，四十多岁，戴一副眼镜，很斯文的样子，不善言谈，说她守护坟场已经四年了。说话的时候，并没有停下手里的活计。她先拿水管把石棺盖上的尘土冲洗干净，然后拿一柄长刷顺着棺盖的纹理，唰唰唰地刮擦起来。她个不高，而棺盖很长，所以她要弯腰躬背，每一个动作都做得卖力而又认真。我想澳门这地方雨水应该很多的吧，犯得着这么用力擦洗吗？一个个石棺盖，擦洗得那么干净又有什么用呢？

我们向她询问马礼逊的墓地——正是这个名字吸引我们前来。她用手一指，原来就在墓地的把角处，很好找，有块中文墓碑是1934年立的，那是他去世一百周年的日子。碑文说："先生体弱而公忙，遭际陋劣而险恶，除长子追随左右外，家人复远留故里……处兹苦境，仍努力不懈，用能奠中国教会基础，厥功伟矣。"1807年，当苏格兰传教士马礼逊绕道美国，乘纽约船坞公司的船前往中国的时候，有位船员以轻视的口吻对他说："马礼逊，你以为靠你一个人，就可以改变中国过去几千年来对于偶像的崇拜吗？"马礼逊的回答像一句名言："我不能，但我相信神能。"他于当年9月4日抵达澳门，后被聘为东印度公司高级译员，任职二十五年之久，翻译了第一本中文《圣经》，还编纂了一部重要的汉英对照字典《华英字典》。1834年8月1日马礼逊在澳门去世，妻子则是1821年坟场开辟时的首批入住者，长子随他身后而去，现在三人的墓仍紧紧偎依在一起。

坟场依山坡地势分上下两层，马礼逊的墓处在下层，上层有一座更为高大的墓碑挽住了我们的脚步。不看不知道，一看吓一跳，原来竟是大名鼎鼎的英国画家钱纳利的墓。钱纳利生于伦敦，曾追随雷诺兹学画，十八岁进入皇家美术学院学习，二十八岁的时候，据说是为了逃避妻子和债务而离开英国，先在印度尼西亚住了二十三年，后来在他五十一岁的时候来到澳门，这一住就是二十七年，直至去世。钱纳利是一个高产画家，他用油画、水彩和速写等方式，描绘以澳门为主的南方口岸的风光以及风土人情，一生作画逾万。单听那些画名，什么《南湾》《妈阁庙》《玫瑰堂》《中国帆船》《澳门渔女》，就知道钱纳利对澳门的风景和世情有多么钟爱了。大家熟悉的大三巴牌坊曾于1595年、1601年和1835年三次失火，钱纳利在1834年10月，即最后一次大火发生之前，曾画过圣保禄教堂全景(即《火灾前的大三巴教堂》)，在照相机还未发明的年代，这些素描作品无疑成为相当珍贵的历史文献。这里也有一通中文墓碑，是1974年5月30日，为纪念钱纳利诞生二百周年而立的。碑文很有些诗意，我把它抄录了下来："他从遥远的出生地而来，发觉这里是一个足以逃避其青年时代所遭受的忧患与烦恼的温暖的庇荫所，也深受这个社会的爱戴，直至离开尘世为止。他毕生以其声音和彩笔来颂扬基督第一的福音——'融洽共处'"。

怀一腔敬慕之情离开基督教坟场，向右一拐，就是白鸽巢公园。朋友介绍说这里曾住过葡国大诗人贾梅士，嗬，一个上午得遇三位文化名人，如此良机焉能错过，于是毫不犹豫地进了公园。公园以前不姓公，十九世纪的时候，这里是葡萄牙富翁马葵士的私人别墅。此公酷爱养鸽，多时达数百只。成群的白鸽在澳门上空漫天飞翔，成为一大景观，当地居民称之为“白鸽巢”。马葵士去世后，此寓所被捐赠给葡澳当局，用于纪念葡萄牙著名诗人贾梅士。而贾梅士与此地结缘远早于马葵士，他生活的年代为十六世纪。由于他才思敏捷、出口成诗，得到葡王约翰三世的赏识，可以自由出入宫廷，也因此受到一些王室贵族的嫉妒。不久，他与宫女相恋被人告发，先是被发配到非洲从军，在一次战斗中不幸失去右眼。1553 年，郁郁不得志的他应征入伍到了印度，不久又因讥讽印度总督而被流放澳门两年。今天白鸽巢公园内由巨石搭叠的一个石洞，就是他当年低回吟咏的地方，据说他一得佳句，立即在石上记录下来。在澳门，他不仅收获了一段爱情，而且完成了其长篇史诗之作《葡国魂》的最后部分。1849 年，这里的主人马葵士为贾梅士塑了一座半身铜像，置于洞中，并将洞门构筑成葡萄牙风格的门拱，洞前石壁上用中葡两种文字镌刻着：“才德超人，因妒被难；奇诗大兴，立碑传世。”葡国这两个不同时代的人士在澳门这同一个空间相遇，虽然一个写诗，一个经商，似乎不搭界，却惺惺相惜，衍成一段佳话。

徜徉在白鸽巢公园如茵的绿色中，我一直在想，澳门向来被人称为弹丸之地，蕞尔小邦，却为什么可以接纳贾梅士、钱纳利这两个流浪的灵魂，成为马礼逊传达上帝福音的目的地？当贾梅士由葡萄牙而非洲而印度，身心俱残，来到澳门，徘徊在白鸽巢石洞的时候，是什么抚慰了他的灵魂，并激发出他如火的诗情和灵感？当钱纳利由英国而印尼，最后逃奔澳门，背着画夹，穿行在澳门大街小巷的时候，是什么让他如此着迷而乐不思蜀？当马礼逊由苏格兰绕道纽约来到澳门的时候，是什么力量鼓舞他战胜孤寂，以苦为甘？钱纳利、马礼逊各有自己的祖国，却为什么以澳门为家，把自己的骨灰都留在了澳门？

澳门，你的魅力在哪里？

来过澳门的朋友听说我要到澳门参加笔会，极力推荐一定要到路环尝一下葡式蛋挞，就跟她是蛋挞店的形象代言人似的。我对小吃一向不感兴趣，可是架不住内地来的几位笔友也总在耳边念叨，心里就不由得多了一份期待。澳门基金会还真为我们安排了这一行程，那是一个下午，车子离开半岛进入路环的时候，觉得好像一下子从繁华的都市来到了偏远的郊区。不见了高楼大厦，不见了车水马龙，满目田园风光。车子在葡式蛋挞店前停下，门前排着长队，都是慕名而来欲一饱口福的游客。店出乎意料的不起眼，一栋破旧的两层小楼，坐底一个开间那么大，只在一楼经营，除去操作间，仅容四五个人立足，和它远播的名声实在不般配。店的招牌也不起眼，写的是“安德鲁饼店”，创立于 1989 年。蛋挞不算贵,七元一个,作家苏北一下子买了十来个,人均一个,趁着热乎劲儿,赶紧吃,一口下去,蛋酥层焦脆得直掉渣儿,蛋黄层松软香甜,比内地所谓的柴鸡蛋还嫩。三两口吃完后,把刚才拿纸盒兜住的蛋酥层掉下的渣儿,一股脑儿倒进口中,细细咀嚼,下咽,真是齿颊留香啊。

听澳门基金会的朋友介绍说,这家店的创始人是英国人安德鲁, 已于 2006 年去世。安德鲁饼店在澳门只此一家,别无分店。1996 年,安德鲁和妻子玛嘉烈离婚后,玛嘉烈另起炉灶,在澳门半岛、香港和台湾开了几家连锁店,生意甚好,带动许多商家跟进,一时间在港澳台卷起一阵葡式蛋挞的旋风。葡式蛋挞的原料很简单,就是猪油、面粉、水和蛋,恐怕这也是商家乐于跟进的原因所在。可就是这么简单的原料, 别人做出来的味道怎么也不如玛嘉烈,更不如安德鲁,所以吃来吃去,许多雨后春笋般冒出来的蛋挞店又纷纷倒闭,只有玛嘉烈和安德鲁的饼店还一枝独秀着。这实在是一件有趣的事情。

更让我觉得有趣的是,生意再好,安德鲁一直不搞扩大再生产,不引进现代工艺,还是手工作坊,小本经营,对比内地的许多老字号,迫于时尚的压力,不是改良工艺就是改换门庭,真让人不胜感慨。

有了吃葡式蛋挞的经历,加上朋友的推荐,我这个不太爱买土特产的人,离澳前竟也买了不少咀香园饼家的糕点，有杏仁饼、鸡蛋卷、牛耳酥等，回京分送友人，吃后没有不口舌生津的。

想起笔会期间，一位澳门学者说的一句话：澳门人是用心来做一件事情。是啊，一个小小的蛋挞，一块不起眼的杏仁饼，他们能做得那么精致，那么独一无二，肯定不只是技术的问题，更是心灵的问题。那个使劲擦洗石棺盖的女护工，不也是在用心守墓吗？澳门人用心、用爱来做事情，也用心、用爱来待人，却那么低调，不事张扬，这恐怕是贾梅士、马礼逊、钱纳利对澳门情有独钟的重要原因吧？

钱纳利墓碑上有四个字："融洽共处"。在澳门旅游，你时时会感受到华洋杂居、东西方文明"融洽共处"的情态。就拿大三巴牌坊来说，它本来是圣保禄（其中文音译即为"三巴"）教堂的前壁，遭火焚烧后，主体建筑化为灰烬，只留下门前的六十七级台阶和用花岗岩建成的前壁，很像中国的牌坊，于是一座西方建筑得了一个绝对中国化的命名。教堂由意大利神父设计，中日两国工匠施工，是东西方携手打造的成果。其昔日的辉煌无缘得见，单看硕果仅存的牌坊，上面的浮雕精美绝伦，被称为"立体的圣经"，这"圣经"里有"圣灵怀胎""永恒之火""生命之树"等故事，也有"圣母踏龙头"、祥云纹等中国本土化的元素。

更奇的是，在巍峨耸立的大三巴牌坊旁边，居然有一座小小的哪吒庙，门联写的是"乾坤圈镇妖邪灭，风火轮添泽国安"，庙虽小，香火却很旺。

类似的景观在白鸽巢公园也有。公园内有贾梅士洞，有韩国神父金大建的塑像，公园边上却是香火不断的药王庙、土地庙，各拜各的神，倒也相安无事。

澳门的专家介绍说，在早年，如果一个外国女人嫁给了一个澳门男人，男人出海打鱼，逾期未归，女人就会先进教堂为自己的男人祈祷，再到妈阁庙进香，上帝、妈祖两个神一起拜，并没有觉得有什么抵触或不妥的地方。我想，这可以叫“礼多神不怪”吧？

我们习惯了大一统思维的人，总是喜欢单一，不喜欢多元，在我们看来，多元就是矛盾就是困惑，我们惧怕多项选择，或者乐于把这个选择权交给别人。可是澳门不是这样，它把选择权交给百姓自己。于是我们看到，在有“东方蒙特卡罗”之称的澳门，一边是各地富豪灯红酒绿，挥金如土，一边是澳门百姓安分守己，安居乐业；一边是静谧的坟场，一边是高大的居民楼和喧闹的公园；一边是佛笑楼的葡式西餐，一边是卖肉饼的中式小店。毋庸讳言，不同的文化、文明之间肯定会有冲突，但是既然它们共存于三十平方公里的澳门，那么只有两种结果，要么打得头破血流，要么和谐共生。所以，选择和谐共生，与其说缘于澳门人对文明的深刻理解，倒不如说是出于对现实的考量。想想中东战争，想想地球上连绵不断的炮火，你能不佩服澳门人的聪慧吗？

在澳门，东西文明的共存并非井水不犯河水，当然会有交融。华洋通婚自不必说，华人信基督或者洋人信佛教都不是什么新鲜事儿。我之欣赏澳门除了它的包容，还在于它的开放心态——那么多的历史文化遗产，大多免费参观；那么多的教堂，每天开放，你前来游览也好，进去小憩也罢，随便你拍照，随便你待多长时间，没人打扰你。你可以称之为文化宣传，但总比内地许多教堂只对信徒开放，让普通人对它敬而远之要高明吧？

英国大哲学家罗素说："参差多态乃是幸福的本源。"中国人追求："各美其美，美人之美；美美与共，天下大同。"东西哲人对文化多元化和文明多样性的宽容的理解，可谓殊途而同归。这"融洽共处"的文明土壤，这包容、开放的文化心态，恐怕是贾梅士、马礼逊、钱纳利钟情澳门的又一个重要原因。

离开澳门已经很长时间了，耳畔却时常响起基督教坟场擦洗石棺盖的声音，明亮而温暖，让我觉得这个冬日不再寒冷，觉得澳门是一个可以安歇灵魂的地方。这么说，不是劝你定居澳门，而是说，如果有机会，你不妨去那里走走，给灵魂放个假，给自己的生命添些明亮而温暖的色彩。我不能，但我相信澳门能。

澳门的心

□ 韩小蕙

一到澳门,我就被澳门的心吸引住了:她里外透明,很朴实,很纯正。

甚至没到澳门之前,早在差不多十年之前吧,我就已经很知道这一点了——那一年我们在厦门召开交流会,来了两位澳门报界的女记者。在亮亮丽丽的台湾女记者面前,在风风火火的香港女记者面前,在轰轰烈烈的大陆女记者面前,两位澳门的女记者总是很低调,很谦虚,甚至有些羞涩和木讷,逢到要她们讲话时,两人总是羞赧地笑笑,简单地说上两句,就躲到大家的目光之外去了。那是我第一次接触“澳门同胞”,尽管没有亮亮丽丽,没有风风火火,没有轰轰烈烈,但我对两位澳门女同仁留下了极好的印象,我喜欢她们那种内敛、实在和安静,喜欢她们的少说多做，沉默是金，也从她们身上看到了澳门的心，很朴实，很纯正，踏踏实实，重剑无锋。

可是我现在到了澳门，一时却恍惚了，不知道澳门的心在哪里？

我执意去找一找。

二

大三巴牌坊面前人流涌动，热闹非凡。来自全世界的游客，肤色白的、黑的、黄的，服饰红的、绿的、花的，长得美的、帅的、丑的，人人兴高采烈，纷纷在情绪高昂地拍照留念，唯恐辜负了这大美的景观。

大三巴牌坊是澳门最具代表性的名胜古迹，被誉为“立体的圣经”，是澳门的名片。我第一次看到它的照片，是在澳门回归那一年的春天，一位不知名的热心读者，从澳门寄到编辑部一包明信片，上面第一张就是大三巴牌坊。呀，刚看到它的第一眼，我的心就被它天国一般的精美绝伦震撼了，当时人的视野还很原始，互联网之手远远没有像今天这样随心所欲，想看哪儿轻轻一磕“老鼠”，就能够尽情地、没完没了地看个够。我把大三巴的照片夹在自己通讯录本子里，随时随地就拿出来看看，同时在心里做出一个瑰丽的梦，将来有一天，我一定要去澳门，亲眼看一看大三巴。

今天我终于来了！来之前，当然做足了功课，大三巴牌坊是 1850 年竣工的圣保禄大教堂的石雕前壁，其后面部分遇火已不存。大三巴糅合了欧洲文艺复兴和东方古代建筑的风格，巍峨壮观，雕刻精细，单是这座牌坊的造价，三百年前就已高达三万两白银，可谓珍贵至极。细细欣赏牌坊上面的石刻，各种圣经人物、花鸟、文字、图案等等象征中西方文化的符号，各得其所在，各显其意义，和谐共处，共生共荣，真是既彰显了欧陆建筑的华丽风格，又结合了东方文化沉稳深厚的传统，体现出澳门在数百年前，就已在探讨中西方文化的结合问题，并且取得了令人惊异的成功。

在后来的参观中我发现，这也是当代澳门文化特色的一个突出现象。常常是在绿叶低垂的长长的浓荫里，可以看到中西合璧风格的房子，伴有繁茂的花枝从里面探出身影。在香烟缭绕的中国妈祖庙毗邻，亦矗立着天主堂、基督堂、清真寺，还有其他一些宗教建筑，在宽敞的大马路上或一弯一弯的小街角，不时会突然闪出或花枝招展或灯红酒绿的葡萄牙、泰国、印度、越南、马来西亚等等各种风味的餐厅，都宾客盈门，都欢声笑语。在大街上熙熙攘攘的人流中，更是欣欣然走着汉族、回族、满族、高山族以及葡萄牙人的后裔，他们都是中国澳门行政区同胞，和谐地共同生活在这片土地上……

那么是什么，把这些天涯海角的、迥然不同的文化元素，雕塑在一起的呢？

我向天空发问——我向大海发问——我向大地上的绿叶鲜花发问——

从历史深处飞来的信鸽"咕咕"叫着，告诉我说，澳门除了被侵略、被蹂躏的时期之外，基本上都是一块宁静的乐土。澳门人心地善良，生活目标纯粹，不贪心，对未来的生活不存非分之想，也不嫉妒别人，所以大家都能和睦相处，这无论是在西方还是在东方，都比较少见。

在我们离开大三巴时，牌坊下，支起一张桌子。有天主教会的工作人员站在桌前，开始分发《澳门导游》等小册子。游客们都自觉地排起队，安安静静地领取。我排的那个队伍的工作人员是位中年妇女，我看到她一边分发小册子，一边满脸笑容地对每位游客说："神爱你！"

轮到我的时候，她也是对我一脸灿烂，亲切地说："神爱你！"一瞬间，我的心被一股强大的温暖所软化。虽然我不信仰耶稣基督，也明白这位女士是在向我做宗教的宣传争取工作，但当亲耳听到有人对我说"爱我"时，一颗心还是止不住快乐地摇曳起来。

这就是澳门的心吗？

嘿，她对我说，她爱我！

二

仔细端详，澳门的每一片大大小小的绿叶上，都有着极其美丽的纹路，像澳门的每一处景点。

不，像澳门的每一寸土地。不不，更像澳门的每一颗心。

历史的风吹来了，它们在风中起舞。我到处看见它们。

比起北京的国家博物馆，澳门博物馆似乎既关注国家社会，亦重视人间烟火，有着浓浓的人情味。除了那些庄严的宏大叙事，我还看见了澳门普通人的身影，和他们生活中的诸多情节、细节。比如一个家庭的居家日子，一个厨房的锅碗瓢盆，一个木雕艺人的精雕细刻，一个渔民收获的大鱼大虾，一碗粉面和一锅杏仁饼的诞生过程。我甚至分享到一个新嫁娘梨花带雨的出嫁喜泪，听到了一个婴儿唱歌般的啼哭声，嗅到了一个小杂货店沁人心脾的杂物的混香，看到了店主人童叟无欺、诚实待客的心……

而当我走进何东爵士捐赠给澳门民众的何东图书馆，一眼就看到一群十五六岁的中学女生正在宽敞的回廊下做作业，几位年纪不等的市民在藤萝架下读报看杂志。这座精美别致的园林别墅式图书馆，主楼是一座南欧风格的三层楼房，前后环绕着绿肥红瘦的中式园林，是一座集历史、文化、艺术于一体的建筑，也是中西艺术结合的典范。1955 年何东爵士以九十三岁高龄病逝，其后人根据遗嘱将故居做成图书馆，期望能帮助澳门民众提高文化水平。今天，何东老人的心血果然没有白费，他双目炯炯，满心欢喜地看着市民们在读书……

我又走进海事博物馆。它的所在地就选在当年首批葡萄牙人登岸的地方，其造型模仿一艘扬着白帆的三桅船，停泊在澳门的心脏妈阁庙前面。昔日的一号码头已开放为博物馆和休闲场所,供游客浏览以及与大海亲近。本来在进馆之前，习惯性的思维方式让我以为又是一场血雨腥风,却丁点没想到,它讲述的重点是澳门与大海之间的传奇故事,还有中国和葡萄牙在海事方面的历史,以及海洋在人类文明发展史上所具有的重要性。它给我的强烈信号是,澳门已经长成一个非常成熟沉稳的成年人了,他的心是爱心,在这颗心里留下的,不是刀光剑影,而是合作,发展,积极地向前看……

走上澳门历史城区的土地时，我情不自禁弯下腰,仔细端详着脚下的沙粒,感觉有一股天外罡风从远古的深处吹来。据说,这是中国境内"现存年代最远、规模最大、保存最完整和最集中"的历史城区,上面中西式建筑交相辉映,既有妈阁庙、哪吒庙,也有岗顶剧院、玫瑰堂等二十多处历史建筑,充分展示出近几百年来,各种文化在澳门这块土地上互相碰撞、交流所结晶出的魅力。另外,只是说它"在2005年被光荣地列入《世界遗产名录》",似乎太冷静了,没有表达出澳门炽热的心跳;我更愿意听澳门朋友们说起他们的节庆连年,一年十二个月,澳门月月有节日,无论是中国的传统节日春节、清明、端午、中秋,还是西方的复活节、花地玛圣母像巡游、圣诞节,或是佛教的浴佛节,以及独具澳门特色的国际音乐节、国际烟花会演、格林威治大赛车……

哦,澳门的心,天天都浸泡在举城欢庆的日子里。

三

第三天, 我们迫不及待地集体登车, 一往无前。目标——氹仔岛上的一家蛋挞店。

澳门特别行政区包括澳门半岛、氹仔和路环两个离半岛。澳门半岛北面与中国大陆相连,南面分别由三座大桥与氹仔岛连接。氹仔岛和路环岛则由二点二公里的连贯公路相接。不知是谁听说的,氹仔岛这家蛋挞店,不仅全澳门最好,能做出各种口味的蛋挞,能把人香得黏在那里七天七夜不走,而且还举世无双。我们便来了这次集体行动。

谁知到了那里才看见,那是一个非常小的、貌不惊人的小门脸,甚至说它是一间大厨房也不为过。只有一个门,玻璃擦得亮晶晶的,似乎连一个指纹都不存。东、西、南三面柜台,前店后厂,顾客们只能在门外排队等候——好在澳门到处花树林荫,海天空阔,无一处不风景,置身其中,如同在公园里流连。

此时,还真有大队人马在排队,极耐心,不仅是肚子里的馋虫勾的,更主要是想体验一把澳门最佳。可是真的太慢了太慢了,比蚂蚁爬还要慢,因为需要一边做一边卖,熟了一"锅"卖一"锅"。

像我这个岁数的人,对"排队"还记忆犹新,更心有余悸。想当年“十年浩劫”中，内地物资极度匮乏，许许多多的东西都是凭票证配给的，比如过一个春节，每人才配给三两花生二两瓜子，那还是在首都北京。说来现在年轻孩子们都“哧哧”嘲笑，那时候上街，只要看到排队，不管三七二十一，先排上，然后再去问卖的是什么，再回家取钱。我最有成就感的是有一次在王府井百货大楼，刚好碰上从哪国来的一批进口涤纶男裤，我竟然排了六个小时，才给老爸抢购了一条，等我喜气洋洋地捧着裤子回到家，父母正着急哪，连说：“这孩子上哪儿去了？丢了吗?！”

世事沧桑，白云苍狗。今天，许久许久没排过队的我，居然在澳门又排队。

然而人是物非，人间和心情都彻底换了样，性质完全不同了啊！

这些感受，跟身边的澳门朋友说，他们不一定能体味。不过，要是跟他们说起当年俺们这些内地“老土”对来自港澳的所有货物，都新奇、都羡慕、都高看一眼、都显摆不已，他们一定乐。而现在的我，自从来了澳门以后，就一直在犯愁，给家人和朋友们买回去点什么呢？如今的大陆什么都有，什么都不新鲜了啊！

我灵机一动，要不，就买这举世无双的蛋挞？哈！

花费了让人心疼的将近一个小时，我们终于吃到了金贵的蛋挞。啊，酥脆绵软，到嘴里就化成一股特殊的浓香，那个销魂啊，真的能把人黏在那里七天七夜不走哇——可惜我的港澳通行证哟,总共才给了七天时间!我不由得“抱怨”说:“这个店老板的观念,太保守啦,他怎么不到处开个连锁店啊?要是在内地,生意这么火爆,早纽约、巴黎、伦敦、东京的到处开花了,放着大钱不赚,就守着这么个小门脸,我都替他着急!”

澳门的朋友笑了,慢悠悠地说:“这就是我们澳门人啊,做事讲究一板一眼,不越矩。开店得先保证品质,要是没有扩张的实力,索性不做,也不能砸了牌子哦。”

我有点儿尴尬。他却不动声色地为我解围道:“我们澳门地方小,所以店铺也都开得小。不过呢,看着门脸普普通通的,品质却都维护着不丢。码头那边有一家粉面老店,比这蛋挞店还小,门脸还旧,可是做的粉面那叫好吃啊,连特首夫人都去排队买。但是那家也是这个传统,每天就打那么多粉,不多做,一般到中午就卖完了。”

为什么不多做呢?

“怕影响了质量啊。做多了厨师必然就累了,累了就容易马虎,质量就不一定能保证了。我们澳门人是用心做事的,心思哪怕少一分,都必然会有影响的喽。”

啊,这不由得叫我想起大自然最普通的一件事。一粒种子被播入地下,仁厚的大地用心地孕它生了根发了芽。从此,和煦的阳光用心地照耀它,滋润的雨露用心地浇灌它,风儿用心地梳理它的叶片,白云用心地为它塑造体型,蓝天用心地导引它向上拔节,农民用心地打造它锻造它成就它。就这样,经过长长的、复杂的、艰苦的生长,终于,它也用心地长成了，它变成了百粒千粒万粒的丰收的硕穗——大自然又收获了一个用心生长的季节,人类又收获了一个用心做工的典范。

我也想到了人类社会最普通的一件事,一个生命的种子被植入母亲的子宫,仁慈的母亲用心地孕育了他(她),将他(她)领到世界上来。从此,母亲对他(她)的用心就是终其一生的了。用奶水哺育他(她)成长,送他(她)上幼儿园、小学、中学、大学读书,又把他(她)送上工作岗位,再为他(她)娶妻(嫁夫)生子,甚至还为他(她)照顾下一代儿女……母亲就这么用心地将自己的血肉、体力和精神,一点一滴地灌注给儿女,全部给完了之后就悄声离去了,轮到下一代母亲又继续用心地浇灌,人类就是这么一代又一代用心地递交而绵延繁衍的……

用心就是呕心沥血。

要想把我们这个世界变得更好,无它,大家都必须用心地做事。

成功其实很简单,就是用心地做好每天应该做的事。

用心做事的澳门人——澳门的这颗心啊!

四

最后还要庆幸的，是我在澳门学到了一个词——“手信”。

其实对澳门和广东沿海一带来说，这已经是古往今来、世代沿用的一个 long long ago(非常非常古老)的词汇了,可是我真的是第一次听到,所以很新奇。什么是“手信”呢?澳门文友们解释得比较唐诗宋词,“手信”就是“驿寄梅花,鱼传尺素”。哦,我似乎懂了,就是古代“鸿雁传书”的那个“书”,是通过手温传达的、寄予着浓烈感情的家信。

可是后来我发现,“手信”还有内涵更为宽阔的俗和雅两种解释,用下里巴人的说法,“手信”就是人们出远门回来时捎给亲友的小礼物。过去走海人重感情,每次归来时,都要把街上叫卖的杏仁饼、牛肉干、猪油糕、光酥饼、姜糖、花生糖等等零食信手捎回家,长此以往,就渐渐地把它们统称为“手信”了。而以阳春白雪的解释,则“手信”最原始称呼为“贽”,《左传·庄公二十四年》:“男贽,大者玉帛,小者禽鸟,以章物也;女贽,不过榛栗枣,以告虔也。”意思是说,古代外出访友的邦客必须带着礼物“贽”,男人的贽礼大到一块玉一匹丝织品,小到一只禽鸟,显示的是礼物的贵重。女人之间的贽礼不过是一把榛子、一包栗子或者几枚红枣,表达的是虔诚的情感。

澳门朋友又告诉我,澳门还有“手信”一条街,密密麻麻开着数十家“手信”商店,摆满了澳门特色的“手信”食品,各国游客欢天喜地游走于各个店铺之间,大包小包,把澳门“手信”带回到世界各地……

好形象、好生动、好诗意的一个词呀!这个带着澳门体温的词，非常温暖地感动了我，马上使我想起了家里的老父老母和远在英伦的女儿，此刻，要是能把我的“手信”立刻捎到他们手上，该有多好啊！人世间，最美丽的情感就是亲情。

我深深地吸了一口气，澳门的海云天风，都是甜的呢。我觉得自己的一颗心被浸得柔柔的、软软的，眼睛不由得湿润了起来。我把“手信”二字写在本子上，又存入手机里，并且先自己把它刻在了心上。

——“澳门手信”，不也是澳门的心吗？

给里斯本捎个信

□ 卢岚[法国]

从意大利乘船，经西班牙到葡萄牙，沿着地中海岸经萨沃纳、巴塞罗那、马拉加，再穿过直布罗陀海峡到加的斯城，一路上你有的是地中海感觉。唯是转到大西洋，进入塔古斯河口上的里斯本，看到“四月二十五日桥”，看到河口上高几达百米的耶稣像，你被干扰了一下。你想不在乎，让它过去，不成，这个地方绝非从来与你不相干，走过以后也永远不相干。你想起眼下这个面向大洋，一切活动与海洋有关的国家，曾经从海路去到澳门，成为澳门的租客，一住四百年。四百年的岁月，是一张很长的记忆卷轴画了。到1999年回归，历史翻过一页，即将进入第十个年头。这时节，你刚好有机会走走葡萄牙。

作为一个家乡与澳门同属一个县份，小时候在那里生活过的炎黄子孙，来到葡萄牙的首府，想对里斯本人说的第一句话是：澳门还好，还在你们离开时候的位置上，没有动，在珠江口西侧。城里的大三巴、白鸽巢花园、妈阁庙、炮台等依然如故，保护得很好。不过，说没动，还是动了。为建国际机场填了海，这个你们也知道。眼下填海工程还在继续，土地在逐步增加。机场在你们走后竣工，飞机可以到达国内一些城市、东南亚某些国家。一个仅仅五十万人的小城，却拥有机场，算得上豪华城了。比起里斯本，谁更豪华？要说清楚也难。在塔古斯河口上，我们看到担当岗哨角色的“Belém 塔”，反映一个面海国家航海绩业的“探险家纪念碑”，商业广场上的“凯旋门”，还有“Belém 皇宫”“议会大厦”等沿岸名胜，城内的“Queluz 皇宫”“圣母马利亚教堂”等古老建筑物都挺华丽，冉冉散发着殖民国家的富贵气。唯是七个山丘上的民居，横街窄巷间不少屋宇显得陈旧、破落，外墙石灰掉下，露出砖块。电线、天线纷乱，阳台晾着“万国旗”……不好意思，挑这个毛病。这里没有一群群从地上拔起的新建筑，没有气势不凡的赌场，没有旋转餐厅，欧洲也不时兴这个。然而，你们的殖民地曾经遍布拉丁美洲、非洲，巴西、安哥拉、莫桑比克、亚速尔群岛、绿岬……当年就不知运过多少黄金回来，在港口上一箱箱搬上岸。这是的士司机 N 先生说的，还将那个码头指给我们看。六十万人的里斯本，怎么没有用黄金包装起来？葡萄牙在西欧国家中经济最拮据，不少人到法国找生活，做泥水匠、园丁、家庭工……他们在法国的声誉非常好。而澳门的失业率几乎为零。

香港回归后，马照跑，舞照跳。澳门呢，狗、马照跑，钱照赌。美国人在氹仔起了威尼斯人赌场，还有金沙赌场，澳门的赌业已鼎立三足，越赌越起劲，越赌越出息，越赌越发财。银角子多得怕撑坏了荷包，实行储财于民，三千五千分派到每个居民头上。皆大欢喜。回归后高楼越起越多。地方浅窄，气派却有点儿像大都会。

如果你们想了解更多，可以亲自回去看看，不时回去走走。可以自家儿去，拖男带女去，与朋友成群结队去。回去时候，不用踮起脚尖静悄悄地走侧门，不妨大摇大摆从正门走进去："哈啰，我们是以前这里的'红毛鬼'，现在回来走走。""红毛鬼"是澳门人给你们的别号，而你们自己也开口闭口自称"我们这些鬼"。中国人觉得挺逗趣，大家的距离反而拉近了。回去时候，你们的语气或笑容可能不太自然，放弃一个地方撤回老家，到底不是喜庆事。但心里不要存芥蒂，相信也不会有芥蒂。任何一户人家，听说红毛鬼回来，都会乐于打开门，给客人斟上一杯茶。因为大家没有发生过正面冲突，倒是你们赔上了一个澳督。也是一件大事。泄愤出自于民间，我们不便说什么。谁叫你们来的呀？不过，来了就来了，就有了另一番风景。从来没有葡萄牙人的澳门？不曾设想过。中国人大抵没有怨愤，大体上好来好去。作为住客，你们走的时候，墙壁上没有打洞，地板没有撬起，玻璃没有砸碎，门是门，窗是窗，灶台抹得干干净净，都很妥帖。日子有功，澳门也从小渔村变成一个都会。哪像土耳其人，1458年，雅典落入他们手的时候，奥斯曼的一位苏丹——穆罕默德二世，还为雅典城的辉煌宏伟惊叹不已，但他们却将雅典娜神庙改为清真寺，后来在里面存放火药，被威尼斯人围攻时，中弹炸毁，经过数百年风吹日晒，成为今天的废墟；公元前五世纪建成的卫城山门，也用作火药库，最后炸得无影无踪。雅典城一再被劫被烧，全希腊莫不如是。1806年，夏多布里昂到希腊，在随笔《从巴黎到耶路撒冷》中，对当时的情况有所记载。伯罗奔尼撒半岛上的拉科尼亚（Laconie）曾经是一个强大王国，但夏氏看到的情景是："整个拉科尼亚区域已经荒芜。炎炎烈日静静地，将坟墓的大理石晒得如焚如煮。当我看到这个荒凉景物时，没有一棵植物为残墙败瓦作装饰，没有一只鸟儿，没有一条小虫来给它一点儿生气……一个废墟预示着更多的废墟。"到1830年希腊独立，雅典变成一条小村落，几百间平房，居民约四千人左右。现在希腊还是西欧的穷国，连废墟也所剩无几。要看古希腊，还得到西西里去。

想起可怜的希腊，咱们真是心平气和得紧。1553年你们来到广东香山县属地"妈港"，在那里登陆，要租一块地做仓库，存放货物。千里万里从海路来敲门，当然非偶然事件，因为从十六世纪中叶开始，欧洲殖民风主义起云涌，都向外边捞银角子去了。1543年，你们已经去到日本的种子岛；后来西班牙去阿根廷；英国开始到印度；法国人越过大西洋到美洲加拿大。你们看中妈港，相信这片沿海地方有利于你们的买卖，方便中途落脚。眼见心谋，自有你们的道理。而于嘉靖皇帝，那片地方是鞭长莫及，是住着“南蛮子”的“瘴疠地”。“逐客无消息”，一贯用作放逐罪犯的边疆。妈港当时大概只有几户渔家吧？既然有人上门来，肯从腰包掏出银子交租，何乐而不为？皇上一拍板，澳门的故事，中国人与“红毛鬼”的故事就开始了。开端很平和，没有枪来弹往。不过，鸦片战争后，如果咱们没有记错，你们好像开始赖租，或者是，忘记了交租，以后再没有缴过一个银角子。然则，在咱们枪炮当头的年代，赖租也算得上君子行为啦！澳门给你们带来好处，逐渐发展成为一个城市。幸好绝非单向行车，中国后来大批的丝绸、茶叶、漆器，就从这里输出。输向欧洲的第一批瓷器也从这里出发，成为中国瓷器西行的最初出发点。一条与北边的丝绸之路平行的海上贸易之路，就这样产生了。

这片当初只有十六平方公里的地方，所负载的商业量已经超重，但还嫌不够，传教士们又望着这个小小的目标从西方泛海而来，希望从这里敲开神秘中国的大门。1581年，意大利传教士罗明坚进入中国前，先到澳门学习中文，了解中国的风俗习惯，跟着利玛窦也去了。1583年，两位神父一起从澳门进入中国，神秘中国的大门从此被打开。后来所有传教士，如金尼阁、邓玉函、汤若望等神父，都是从澳门上岸，再进入中国内地的。澳门就这样成为西方神父向中国传教的基地，成为中西文化思想最初碰撞和短兵相接的地方，也成为他们向东南亚和日本等地方传教的基地。1949 年后，时代变迁，教士们被先后驱逐出境，又按照来时路返回澳门。因为无工可做，无教可传，只好从事文化工作，各国教士联合起来编写辞典，就有了史无前例的，以中、英、法、匈、拉丁文五种语言编成的《利氏大辞典》。从那里开始，又在那里结束，教士们这个大圆圈，也是在澳门完成的。

从清开始，澳门还担当了一个使中国人哭也不是、笑也不是的庇护所角色。孙中山当年跑到澳门以行医来掩护身份，这是 1892 年前后的事；抗战时期，又有多少人士从沦陷区逃到澳门；抗战后，成为 1949 年前异议人士的庇护所，1949 年后，位置颠倒了，又成为另一种人士的庇护所。澳门关闸看尽往来不同政见的人。但所谓不同思想、不同政见，你们无知无觉，谁来到就庇护谁，无敌无友，一视同仁。总之，谁也不能指责你们藏污纳垢，除非你承认自己也是污垢。这个弹丸之地，容纳了中国人不同的政治思想和政见的分歧，谁对谁错，在你们眼里毫无价值，谁来就给谁方便。这种偶然碰撞所产生的后果，是大家不曾意想到的吧？

天旋地转，世事变化万千，殖民主义在欧洲大行其道数百年，现在已经走到尽头。“非殖民化”变成一种呼声，一切要返回到从前,联合国就来扮演这个敦促角色。此次经过的直布罗陀，联合国曾经提示英国佬把它交还西班牙。但 1967 年直布罗陀举行了全民投票,三万居民投票结果,是拒绝回归。英国佬真不蠢,使出了这个绝招,其实生活在直布罗陀的,主要的不就是英国人吗?西班牙以关闭边境威胁,不顶事,事情就不了了之,直布罗陀依旧倚在女皇的裙边过日子。中国不时兴投票这个玩意儿。投不投,全不在话下,澳门始终要回归。

澳门就这样在鼓乐喧天中回归中国。你们走了,没有葡萄牙人治理,澳门继续存在,生活继续运转,重要的是狗、马照跑,钱照赌。天没有塌下来。年年月月过去,还挺发财的哩。这个年头,大家最记挂的莫如发财。不过,这倒叫人明白,世界从来就不因为缺了某一个伟人,缺了某一派政治势力而停止运转。所以,咱给里斯本捎的第二句话是,澳门的生活在继续,澳门人会理好自己的事。请放心。

时间的同一个源头

□ 陈奕纯

一

我平生画花无数，且收获天地之间它们的一些香气、一些美，我想谈谈有关莲花的美的话题。

比方说，在我的面前有一张画案、一片宣纸、一碟五彩、一支笔，绘画之前，我首先把自己想象成一朵充满灵性的莲花，半开半闭，半梦半醒，就像等待爱情一样发呆，就像在等你。这细节，发展下去应该是这样的：画她的美丽轮廓，画她多愁善感的样子，画她小心翼翼地呼吸，画她的唇，画她的眉眼，究竟是五六片还是七八片？笑成了一条直线还是笑成了一道波浪？是的，就是这种小感觉，不一定非要别人看清楚，或者干脆让他们什么也看不见，但要你自己看清楚她才行，才好继续你的下一笔。我想这下一笔，不再是画她的骨架，而是画她白里透红的皮肤、皮肤颜色的变化、变化时的自然法度，半个春天过去了，一整个夏天过去了，然后是秋天、冬天，一个人啊，每天每夜工笔，一点点在宣纸上还原她圣洁的美、高远的美，这美，千年一瞥，惊心动魄。

画完了一朵，是下一朵，直到把盛景里的莲花一朵朵画尽。后来，才想起那些荷叶儿，才捡起那些大如雨伞的荷叶儿慌张着画，很乱，没了章法，但心事还是有次序地保留了的。如同在狂风骤雨里以荷叶为翠盖的元人王冕，小小年龄反成画痴，这“王冕画荷”的传说，妇孺皆知，代代流传，不也成就了中国古代美术史上的一段佳话吗？荷叶儿太过嚣张、霸道，和画莲花相比，应该是朝张扬里画，朝狂野里画，一片比一片墨绿，一片比一片墨，绿到极致的那种墨，水墨的墨，怕是这盛世的主打色了。盛世盛景里，这莲花、这荷叶儿是画不尽的。

比方说，南唐的一个花鸟画大家，叫徐熙，自诩为一朵性情放达、志节清高的莲花，单就《宣和画谱》所记录下来的徐熙的画迹，竟有二百五十九件之多，开创了隋唐五代时期“水墨淡粉”的画风。从绘画史上看，画中国花鸟，已有七千多年，比画人物、山水都早。乃至魏晋南北朝时期，才出现了擅长花鸟的画家，至唐代，花鸟画才逐渐形成独立画科。我在《中国隋唐五代艺术史》一书“花鸟画”部分，曾经就徐熙独创的“落墨”画法有过单独的小节论述，每每画花，他是先用墨写出枝、叶、蕊、萼，然后在某些部位略加一些色彩，便神气突出、意趣生动了。说徐熙“以墨笔为之，殊草草，略施丹粉而已”（沈括《梦溪笔谈》），又说徐熙“却因梅雨丹青暗，洗出徐熙落墨花”（苏东坡《杏花图》），大都是后人一千多年来对徐熙画花的一种肯定。爱花画花之辈，不止徐熙一人。比方说我，喜山野池塘的莲花，喜湖天一色的莲花，喜静静午睡的莲花，更喜子夜妖娆的莲花，这些无不受益于他。一次次游历，一次次画她，不想，老没有那感觉，找不对那感觉，毁了重新画，再毁，再画，痛苦万状，如此反复。

再比方说，忽然一个下午，就想，“我，倘若有一天画莲花了，我当怎样才能做到意出古人之外呢？”想，“倘若我不仅仅是一朵莲花，倘若我被别的一些事物替代了，我，还会不会是一朵圣洁的莲花呢？”又想，“倘若不让我画莲花，我当怎样？”

就不敢往下想了。

就紧闭上双眼了。

就听见茶几上电话铃声大作。

“陈奕纯老师，你好！明年是澳门回归十周年，人民大会堂正在征集澳门厅主画，你能不能送稿参选？”电话里，北京人民大会堂管理局的一位领导急切地问。

“好！”我很兴奋。

“你打算画什么？”他的声音里分明有一种更大的急切。

“工笔莲花。”我脱口而出。

“好！莲花是澳门特别行政区的区花，代表了中华民族盛世和谐、美丽圣洁的今天，画莲花太好了！”他接着问，“你到底有没有把握？”

“有！”

“我现在要的就是你这个字！”

二

2008 年 4 月 18 日上午，北京，第三届海内外华语文学创作笔会颁奖仪式现场。

十时二十九分，我突然接到北京人民大会堂管理局的一个电话：“陈奕纯老师，你好！祝贺你的作品《盛世之歌》获得了评审团的全票，将成为澳门厅的主画！”

“谢谢，谢谢。”我万分兴奋，但在会场，又不得不压低声音说。

返回广州之后，我一连四五天，吃饭不顾，睡觉不顾，什么都干不了，一心想着该如何画好我们亭亭玉立的盛世莲花，满脑子都是“新澳门”“新莲花”这些字眼儿，整个人简直疯掉了似的。

我要把《盛世之歌》画成一幅至少五百平方尺面积的大型工笔画，一幅要成为人民大会堂目前最大的工笔画，要天下最大！

可是，我不禁为自己这样的冒险之举担忧：工笔画本身就是对画家本人的毅力、体力、创造力的综合考验，尤其是体力这一关，很多画家心有余而力不足，结果半途而废。我如果画这么大的工笔画，能行吗？万一失败了怎么办？然而转念一想：没有冒险精神，哪来他日的成功！更何况，我的体力超级牛，不怕不怕！

二十一天后的中午，我三易画稿，携稿北上。

当天十九时零五分，北京人民大会堂澳门厅，我按捺不住内心汹涌澎湃的喜悦，把《盛世之歌》小样第三稿一层层打开。一刹那，宛如盛世莲花怒放的一刹那——大家都惊呆了。

是的，她太美了！

仿佛看见 1999 年 12 月 20 日零时，离散了四百四十二年后的澳门，二十世纪中华民族的最后一个女儿，终于回家了。

看着看着，我们集体泪奔了。

这是盛世强国之威啊！

三

澳门回归十周年庆典的时间在一天天逼近。

第一稿，第二稿，第三稿，第四稿……

夏天过完了，秋天过完了，冬天过完了，一眨眼，就是2009 年的春天了……

世界消失了，俗事消失了，一切的一切全都消失了。每天每天，我闭门作画，基本上只睡两三个小时，打乱了作息时间，画到有些关键位置，甚至七天没离开画室一步。这幅画是由九大张泾县特制宣纸拼接的，六百多平方尺大。夏天，为防止汗水滴到宣纸上破坏画面，每次创作前，我都要包裹一身棉布，蹲趴在偌大的宣纸上勾画；到了冬天，作画时我不敢穿太厚的衣服，担心把宣纸磨破。我决心倾尽全力，画好《盛世之歌》，以一个普通中国人的方式来庆祝澳门回归十周年。是啊，一部中国近代史血泪斑斑，百年屈辱，任人宰割，一次次被迫签订不平等条约，一次次被迫向外国列强割地赔款，怎不令人愤怒！自古以来，国弱民弱，落后就要挨打，又怎不令人无奈！每每想起这些，我的心都在滴血，于是后来，就在画面上勾画出几抹薄薄的雾，缭绕在万千朵莲花间，诗化地表达了人的一生当中可能要遭遇许多风雨坎坷。但风雨总会过去的，日出东方，盛世来临，一朵朵莲花显得分外美丽芳香，这香气，飘越万里，一枕千年……所以，每每落墨之间就想，回归十年后的澳门，难道不正像一朵悄悄打开的美丽莲花吗？

绘制画卷中心位置时，我感慨万千，为今天的澳门而欣慰：1999 年 12 月 20 日，澳门特区在"一国两制"的政策下，享有"澳人治澳"、高度自治的权利；2001 年，澳门立法会正式通过了《娱乐场幸运博彩经营法律制度》（俗称"博彩法"），为澳门的"开放赌权"提供了法律依据；2003 年 7 月，内地多个城市陆续实施居民赴澳门自由行；2003 年 10

月 29 日，中央政府与澳门特区政府签署《内地与澳门关于建立更紧密经贸关系的安排》，直至 2009 年 5 月，中央有关部门和澳门陆续签署六项 CEPA 补充协议；2004 年 12 月 19 日，国家主席胡锦涛亲莅澳门，出席澳门回归祖国五周年庆祝大会暨特区第二届政府主要官员就职典礼，并为投资五点六亿澳门元的澳门西湾大桥（澳氹第三大桥）落成纪念碑揭幕；2008 年年底，港珠澳大桥澳门落脚点设计及各项研究完成，大桥采用桥隧结合的方案，主体长二十九点六千米，位于澳门的登陆点选定在澳门东方明珠；2009 年年初，国务院总理温家宝强调，港珠澳大桥将在 2009 年年内开工……报章上这些林林总总的新闻告诉我：回归十年，澳门正在用前所未有的热情创造出一个个奇迹！难怪，全国政协原副主席马万祺赋诗《人民大会堂澳门厅颂》曰：

历变沧桑四百年，思亲情切众心坚。
和风霭润莲花丽，祖国关怀镜海妍。
幸籍会堂偿夙愿，喜同各族庆团圆。
欣期九九回归日，大业赓歌一统篇。

我不舍日夜。

专注的创作，使我忘记了疲惫，更没有想到有一天，病魔竟然会悄悄盯上我。

四

2009年2月6日,牛年正月十二,是我的生日。虽然几天前,许多亲朋好友就不断打电话约我,打算热热闹闹给我过生日,但我想到人民大会堂澳门厅主画创作任务这么急,还是一一婉言谢绝了,继续回画室埋头创作《盛世之歌》。这样,从6日的早上到7日的中午,我连续画了二十九个小时,下楼之际,我累得连走路的力气都没有了。

此刻,这幅六百多平方尺的大型工笔画,只剩下大约十二平方尺的面积没有画完,胜利近在眼前!

十四时二十六分,午饭后,我如释重负般坐下来喝茶,感觉到整个人特别累,全身无力,麻木,不自在,老以为有点儿感冒,就打电话给私人医生,托他买些感冒药过来。十六时十分,医生拿药过来,我服完感冒药后,然后送走他,就倒头睡了。

2月8日早上五时五十七分,一觉睡到天光大亮,挣扎着起床,身子异常僵直,再挣扎,从五十厘米高的床上一骨碌掉在地上,整个身体贴在冰凉彻骨的大理石地面上,想站起来,却怎么也站不起来,而且从胸口到下体一点儿知觉都没有,双脚不会走路了。我内急,想扶着床沿站起来,然后扶着墙走,拼命努力了很久,但一步也走不了。怎么办?我只好从卧室爬向卫生间,不料,爬一步,"咚"一下扑倒,再爬一步,还是"咚"一下扑倒,等到艰难地爬到卫生间时，我连自己扑倒过多少次都记不清了，疼痛一阵阵袭来。更加糟糕的，我竟然尿不出来，任凭怎么努力，一点儿都没有用，莫非我真的是得了什么大病？慌里慌张之间，拨打了七八个电话后，我就昏了过去。

闻讯赶来的，是助理小严，还有其他几个好友。临走的时候，我有一种好像要出远门的不祥预感，怕是躲不过这一劫了，就瞥了一下书桌上的两袋资料：一是《盛世之歌》的画稿小样和创作笔记，一是有关散文的书和杂志。我想让他们替我带上，不想连说话的力气都没有，只好用手指了指，小严会意，帮我拿上了这两袋资料。东北大汉小杨身高力大，背起我就往外边跑，坐电梯，出小区，打的，去广东省人民医院、协和医院……一路上几乎都是小跑，我越来越后怕，一句话都说不出来了，我会不会回不了家了？

医院诊断是：急性脊髓炎。

从胸口以下身体部位完全失去知觉，需要立刻做腰穿手术！

紧接下来的每一天，是吃中药西药，打激素针，做针灸电疗、按摩……我很灰心，很失望，恨自己为什么在这么关键的时刻掉链子，就问主治医生："得住多久？"医生对我说："保守地讲，至少需要两三个月时间。而且由于使用激素药，人会渐渐浮肿，整天昏昏沉沉，极为消极颓废。得了这么严重的病，肯定会留下什么后遗症的！"医生后面的话，我一句也没有听进去。看来，我的病不是一般的严重啊！可是，我的澳门厅主画《盛世之歌》完不成怎么办？我突然打了一个激灵，我不能倒下！如果我倒下了，《盛世之歌》岂不成了我今生今世的憾事？我画画还有什么意义？我必须振作起来！

人的精神状态好了，一切都变好了。病中的第十二天，医生解除了我身上的导尿管，我能下床了，能上卫生间方便了！之前，我是一个整天躺在病床上、大小便不能自理的重症患者。

3 月 8 日，我感觉身体恢复得差不多了，加上整天想着《盛世之歌》的重大创作任务，就吵吵着要出院。但无论我怎么吵，医生就是不同意，说再观察一段时间，等我的身体完全康复了，那时候再考虑出院也不迟。医生说得有理有据，我实在没有理由不答应她。

这样，就一直住到了 3 月 23 日。上午十时三十分，在办理出院手续时，医生看着康复如初的我说："没想到你的身体恢复得这么快！这么好！简直是——奇迹！"我笑呵呵地说："我是变形金刚之身啊！"医生忽又严肃道："即使出院了，你也要注意身体，千万不能加班熬夜啊！而且今后一段，你每天必须打两个小时的激素针，身体才会无大碍……"我说"好好好"，其实我的心，早已飞到我久违的画室里去了。

大病一场，加上药物的副作用，导致我患上了高血压，落下了眼疾，让我深刻体会到"身体是革命的本钱"这个道理,更收获了“艺术创作比人生更痛苦”的感悟。这痛苦,一刻也没有停歇,因为我知道,一旦这种痛苦消失了,我的《盛世之歌》的艺术创作也就死亡了。

还有什么比死亡更可怕的事情呢?

五

我想,有三个时间是流入我蓝色的血管里的——

2009 年 3 月 27 日,我创作的大型工笔画《盛世之歌》顺利运至北京人民大会堂。

2009 年 6 月 26 日,《盛世之歌》作为主画(裁剪后,成品为五百六十九平方尺),正式悬挂在北京人民大会堂澳门厅,以此向澳门回归十周年隆重献礼。

2009 年 7 月 18 日,北京人民大会堂管理局的刘水生局长,亲自给我颁发了“人民大会堂收藏证书”。

时间的同一个源头,是一朵朵盛世莲花簇拥着的澳门。

澳门这莲花宝地上，镌刻的就是一个“和”字

□ 张晓林

或许是黄皮肤的中国人的缘故，我书房里挂着一幅中国地图，自己常盯着它看。懂得华夏历史的人都知道，百年前，中国人是背负着八国联军侵占北京的民族耻辱进入二十世纪的。当时的家国，山河破碎，风雨如磐，豺狼当道，列强横行，东部沿海多地被分割给列强。如著名爱国诗人闻一多先生《七子之歌》所述，列强霸占了我们七块土地；祖国母亲被掠去的七子分别是：香港、澳门、台湾、九龙、威海卫、广州湾和旅大（旅顺大连）。“中华七子”，是民族罹难、国家浩劫的象征啊！

一百多年来，一代又一代的中华儿女为了国家富强、民族独立挺身而出，抛头颅，洒热血，前仆后继，上下求索，谱写了一首首恢弘壮丽的历史诗篇。中国人民不屈不挠追

求统一的意志汇成不可阻挡的洪流。一子又一子,相继归来了,澳门是第“七子”。

在人类新千年来临之际,在距离上个世纪末还只有十天时,悲怆过去,喜悦来到,中国大地上出现了二十世纪的最后一声靓丽的回响——九九归一,昂首新世纪,第七子澳门,终于和其他六子一样,回到母亲怀抱。回想闻一多先生《七子之歌》中一首“澳门”,啊,真是如泣如诉!曾令很多人落泪哟——

> 你可知“妈港”不是我的真名姓?……
> 我离开你的襁褓太久了,母亲!
> 但是他们掳去的是我的肉体,
> 你依然保管着我内心的灵魂。
> 三百年来梦寐不忘的生母啊!
> 请叫儿的乳名,叫我一声“澳门”!
> 　　母亲!我要回来,母亲!

悠悠百年啊,沧桑巨变。放眼神州,今天,彻底摆脱百年屈辱的曾经的“中华七子”,又如同一串美丽的珠链环绕在祖国的东海岸了。

还记得那一年的那一天,我专门从香港来到澳门,去见证那世纪末中华民族最辉煌的一刻。1999 年 12 月 19 日夜,澳门文化中心花园馆内灯火通明。二十三时五十八分，葡萄牙国旗和澳门市政厅旗像帆一样滑落，20日零时零分，五星红旗和绿色带有莲花图案的澳门特别行政区区旗，准时升起。看着身边很多人激动的脸孔和眼中的泪水，看着那由欣欣向荣的澳门绿，绘出的五星、莲花、大桥、海水的图案，看着这块土地上呈现山水绿色的澳门区旗及区徽，感到真动人，真和谐，真美！

中葡两国政府就在这一刻完成了澳门政权的交接。

第七子回家了，澳门回家了！

九九相约，又是二十年过去了。

历史从1999迈进了2019。这二十年，我去过澳门几十次。看着澳门区旗上的澳门绿和莲花，我感慨良多——

回望当年悲哀的九——久久期盼回归自己的家
迎来四个开心的九——一九九九的十二月十九
走过新世纪第一九——二〇〇九的回归十周年
走到本世纪第二九——二〇一九的回归二十年
望向未来的九九九——久久沐浴着喜悦的情怀

对澳门这座城市，我曾经在八年前写过一篇文章，表达过自己的看法：澳门，这个城市其实很温柔。

二十年过去了，澳门，从稚子到青年了；看着澳门蓬勃发展的样貌，我脑中又跳出了一个汉字——和！

这二十年，澳门，刻在我心坎的，就是这“亲和”“柔和”

“平和”，所包含的“和”字。

中华民族能绵延几千年，代代相传，屹立不倒，靠的就是这个“和”字。中国人尊崇这个“和”字。在澳门这块莲花宝地上，我们看到了这个字闪耀的光彩。

在澳门这个莲花宝地，我们看到了“亲和”——

血缘关系，对娘亲的感情，怎么也抹不去的。在澳门与祖国的重新团聚的二十年中，我们看到了这种“亲和”。两年前，我看到康冀民先生的一首诗，直觉，就是给“亲和”做的注解。康先生是首任中葡联合联络小组中方首席代表，在 1999 年 12 月 20 日凌晨四时，澳门回归交接仪式后，他回到下榻的京澳酒店，兴奋不已，当即写下了《庆回归》一诗：

降旗升旗，殖民撤离；
百年耻辱，永远血洗；
特区成立，扬眉吐气；
澳门明天，更加美丽。

上一代人的情怀，又传给了新一代人。最近，有一天，我去信德大厦办事，上扶手电梯时，忽然，看到从港澳码头走出来的一个十一二岁的小朋友，他穿的 T 恤衫上，印着六个字：“童心里的中国”。我忙走过去，竖起大拇指，对孩子说：“太棒了。”孩子笑着对我说：“我是澳门的，我们澳门正在举办‘童心里的中国’才艺大赛，我参加了这次比赛。所以喜欢穿着这件衣服。”巧的是，当天晚上，我又看到了这则新闻：2019 年 6 月 28 日，新濠与澳门国情教育协会联合主办了“新濠与澳门之星”——青少年才艺大赛，主题是“童心里的中国”，参加者十分踊跃。哦，这真像是给澳门人和母亲之间的“亲和”，注入了新生代朝气蓬勃的青春活力。因为这种童心里就是妈妈，就是祖国啊！看着电视银屏上澳门区旗上的莲花，倏忽之间，我想到了诗人屈原，“制芰荷以为衣兮，集芙蓉以为裳”，以碧碧芰荷皎皎莲花，寄寓自己的皓皓之白耿耿忠肠。澳门的一代一代，都在莲花的薰香中成长着，将最好的情献给自己的妈妈。

在澳门这个莲花宝地，我们还看到了“柔和”——

《国语·晋语四》中谓：“亿宁百神，而柔和万民。”韦昭注：“柔，安也。”

此谓安和。澳门亦是宗教圣地，教宗在讲道时也说：缺乏柔和，人会变苦，会心硬。在澳门，我总感悟到，空气中，到处洋溢着“柔和”这一元素。

佛说过，柔和的人心中都有一朵清静的莲花。我想，澳门人心中大概就有这朵莲花吧?！他们，笑看花开，心情好；静看花落，境界好。

2009 年 12 月，我和家人去澳门游玩，住进了一间酒店，就在我出门购物时，一下子让我遇上了两件事，终身可记。那天，我在澳门街头，突然下雨了，我要过马路，雨下得很大,没法过。站在骑楼下,我几次欲冲过去。都碍于雨太大,又没有伞,只好再站住。就在此时,一位先生看出了我的无奈,走过来,为我撑开一把伞,对我说:“来,跟我过去。”我善意地望了对方一眼,便走进他的伞下,跟着他从人行横道,走到了马路对面。突然,他望我笑笑,一转身,又走回马路对面。那一刻我都明白了,他不是“顺便”,而是“专门”带我过马路。我用深情的眼光,看着他的背影。随后,我上了去酒店方向的一部巴士。然而,要付车票时,我才发现,我只有百元的澳币,无法支付车票。唉,怎么都让我遇上了!我又陷入另一种尴尬。我下意识地看了一眼身边的一位女士,不好意思地对她说:“小姐,不好意思,我没有零钞付车费,能换给我一百元零钱吗?”那位女士打开钱包,看了一眼,说:“哎呀,我也没有这么多零钱。嗯……对了,对了,我帮你付吧。”说着,她从钱包掏出十元澳币,还没等我阻止,她已将钱放进付款箱。面对这一幕,我一迭连声地说:“谢谢,谢谢……”她只是微微笑着说:“没关系。”

十年过去了,想想那一天,偏偏让我遇上了这样两件无限感慨的事,我不知道这两个帮助我的人分别叫什么名字,但我知道,他们是澳门人。澳门人对人的柔和、善良,像一泓清流,婉约而来,柔柔的,亮亮的,滋润着我的心。

在澳门这个莲花宝地,我们更看到了“平和”——

很多人都说,澳门是一块莲花宝地,心有莲花,岁月染香,情愫纯美。象征和平与安宁的绿色,怎么看,都透出“平和”两字。你看，历史上两次世界大战，还有一些局部战争和灾劫、瘟疫、动乱，澳门都能安然避过，没有经历太大的灾难。真是平和呀，真有福分呀！

澳门有座莲峰山，我曾专门去看了莲峰山下的那座莲峰庙。1839 年钦差大臣林则徐来澳巡视禁（鸦片）烟情况时，就在这座庙里接见葡萄牙官员。走出莲峰庙，林则徐观天、看地、望海以后，就曾喟叹：“上天有眼，此地有福。”

不同于香港的繁华，澳门，给人一种舒适安静的感觉。澳门人亦给人一种善意且耐心的感觉。

记得去年，我去澳门游玩，朋友带我专门去往日不曾去过的龙环葡韵这个特别的小住宅看看。龙环葡韵住宅式博物馆，榕荫蔽日，荷塘苍翠，点缀其间的是最富澳门风情的建筑。行走在这样的街头小巷，有一种时空错位的感觉，不经意间以为自己来到了近代的南欧。

澳门很小，却拥有丰厚的历史底蕴，且是中外文化荟萃之地。博物馆是凝固的历史和传承的文化。位于澳门氹仔岛的这个“龙环葡韵”，是一个不同文化交汇地的最典型示例。在这儿，穿越于西方与东方，你既能向圣母祈祷，也可念阿弥陀佛。中西融合，十分平和。

哦，二十年过去了，融合未变，平和未变哟！

这莲花盛开的地方，总是云霁风轻，温和熏香。这荷香莲韵啊，将二十年来澳门的每一天，梳理成一道道诗意而浪漫的风景。

今天，欣欣向荣的澳门绿，仍然辉映在南中国海上。

你没看到，莲花盛开的地方，现今，已经汇入了港珠澳大桥的一个节点上了吗？

你没看到，莲花盛开的地方，现今，已经汇入了“粤港澳大湾区”了吗？

就让我们再望向未来的九九九吧……

致澳门

□ 汪文勤[加拿大]

一个人和一个地方的关系，很像是一个人和另一个人的关系。一个人可以对一个地方一见钟情，当他身处那个地方时，他情愿花时间用双足去丈量每一寸土地，用双眼去欣赏一草一木。当他离开了那里，他会想念不止，会在心里盘算着，有一天再回去。

澳门，是一个让我长久想念的地方。

就澳门这个地名而言，一片水域，一扇门，一半空茫，一半烟火。可观望、遐想，亦可沉潜、浸染。寄神思于宇宙洪荒，何妨做山中渔人、水边樵夫，茶酒一壶，开门问问疾苦，闭户阅阅沧桑。有一处地方可以微缩寰宇景观，将天上人间尽收眼底，既可揽月九天，又能阅尽人间春色，澳门正是这样一个所在。

好山好水是令人神往一个地方的缘由，但是，也不尽然。有时候，我们偶然遇见的一个人，可以让我们深深地爱上一个地方，最终有可能把这个地方当成故乡。再回首时，就是一片思乡的情怀了。

偶然遇见的恩哥

2009年夏天在香港开会，有一天空闲，便带孩子们去澳门玩儿，街景、美食已经叫人流连忘返。

在快船码头买票回香港时，遇见了在码头做主任的陈锦恩先生，通常可见的情景是，主任不拘大小，都是在办公室抽烟喝茶训人的，但是，澳门码头的这一个主任却不同，他在柜台前干活，给人家的行李贴标签。只见他笑容可掬，一遍又一遍地给那些赌得天昏地暗、不知今夕是何年的内地游客解释关于航班、船期、行李等等的疑问，实在是不厌其烦，其耐性、爱心完全超过职业要求。他是那样真诚，好像兄弟对着自己的手足一样。后来，听他的手下都恩哥长恩哥短地叫他，我也觉得这一个称谓的级别比主任高得多，更能代表我们感谢他的心思，从那以后，我就叫他恩哥。

那天，我带着两个孩子，一堆行李，心中正写着一个愁字呢，恩哥说：在澳门一切都不用担心，一切都可以变得好方便。那个意思是说，你所有的不方便，已经有人想到了，并且解决了。果然，我们不必去香港，然后再去赤鱲角机场，而是在澳门船码头直接办理行李托运手续，下快船，就可以甩着两只手直接上飞机。多好啊！我欢喜得不得了，忍不住千恩万谢的，恩哥红着脸说，应该的！

本来，我只是买船票去香港。恩哥的细心，叫天堑变通途，解了我心中的愁烦。

或许对于善于计划、精于打算的人来讲，他们留意各种信息来方便他们的日常生活，而我是一个糊涂人，被自己的文字拖着，对人间的太多事情，不甚了了，不明就里。恩哥那天在不在柜台，对我太要紧了。拖着孩子，带着大堆的行李赶路，真的是可怕的梦魇。

恩哥是我的天使。他谦卑、柔和，没有一句豪言壮语，看着他的笑脸，我不禁自问，什么样的水土才能养育出这样的人？

那天以后，想到澳门，就想起恩哥。其间，曾寄过一张感谢卡去澳门，恩哥也托他的同事带手信给我。因为恩哥，澳门成了一个暖洋洋的记忆。门前扎扎实实站着的恩哥，让我出门进门之间，肩头都是轻松的。

2011 年夏天女儿曹禅的音乐剧《时光当铺》全球巡回演出。剧组近三十人，清一色的斯坦福大学生，带着乐器道具从旧金山出发，经韩国大邱到澳门，行李越走越重。在离开澳门进入中国内地之前，孩子们清理出大约二十四个箱子，想直接运回北京。孩子们轻松了，欢喜上路，前往成都。当时，我一位大姐已经在澳门码头办理了手续，就是之前恩哥告诉我们的路线，坐快船去香港，再由香港飞成都，去和剧组的孩子们会合。就在我们即将登船之际，接到电话，说因种种原因，孩子们留下的二十四个箱子，无法按照原计划运往北京，这势必会影响到孩子们的演出，如果再有丢失和损毁的事情发生，更不好向孩子们交代……

这难道不是在澳门吗？

我们不是在澳门码头吗？

恩哥不是在这里吗？

恩哥仍在柜台前忙碌。恩哥仍然笑着说，没关系，我可以帮到你。如果你能在开船之前十五分钟把行李运过来。

恩哥亲自推着行李车在门口等着，恩哥帮忙计算超重行李托运的费用，并看着手下给行李挂好标签，数点清楚，飞快地运到船上。

看着这个过程，我又惊喜，又感动，同时还觉得难以置信。

面对笑眯眯的恩哥，我们不知道应该怎么感谢，恩哥好像看出我们的心思，慢吞吞地说，没关系啦，朋友就是拿来用的，要不然怎么做朋友呢？我知道，如果我有什么难处，你一样会帮我的。

真希望能为恩哥做点儿什么，写一封表扬信，或打一个电话给恩哥的上级部门？如果澳门特区有评选劳模的机构，或许我们可以推选恩哥当劳模？或者请媒体报道一下这个普通的澳门公民，他是澳门最好的形象代言人，他的脸上反映出澳门的表情厚道、淳朴、真诚、热情……

澳门，面水而居，烟波浩渺，水域之上一扇门，风行自由，渔火不眠，对着远客，对着乡邻，从古至今都是张着双臂，拥抱，迎迓。澳门深知地球是圆的，远行的终将回来，水带走的，兴许会御风而归。

澳门码头上的恩哥，知道每一个他送上船的人都有可能再回来，他站在那里就是让我们相信，澳门欢迎我们，他在等待，他希望看见我们再回来。

对于澳门，像有一个无言的承诺，潮自涨，汐自落，我是忍不住会一去再去的。

为的是纪念你

如果提起澳门，你只记得那些金碧辉煌的赌场，老虎机用金属的嗓音唱着欢歌，各色人等消弭了性别、种族、身份，只剩下一双双贪婪的眼睛盯着飞速旋转的轮盘，蹦蹦跳跳的色子，让一颗心一时冒出嗓子眼儿，一时又滑到脚后跟儿，云霄列车在五脏六腑里翻腾。如果你以为澳门只有赌场，那就大错特错了。博彩业是澳门的特色产业，成熟的赌场文化，是澳门的美丽风景，赌场是成年人的游乐场，了解赌文化，可以更好地了解人性。

其实，澳门真正的美在赌场之外，在那些晨曦初照的寻常巷陌，那些一不小心推开门就可以行进去的院落里，有一些名字被叫出来，不是在惯常的纸张上，当他们一旦和院宇、床榻、脱了线的绣花旗袍和一把斑驳的油纸伞连在一起时，这些人就立刻变得鲜活起来了。墙壁间浮出他们的笑脸，你会发现有许多的时光停留在那里，不曾逝去，亮汪汪的，一如明眸皓齿的美人。

第二次去澳门，更多地被这样的美打动。

2011 年清明前应澳门基金会邀请参加澳门笔会，会后安排了丰富的游览参观活动。有一天的早晨，导游带我们来到了著名的基督教墓园。小雨淅淅沥沥下得缠绵，墓园就依傍在东印度公司东方基金会的花园旁边，那真是寂静的一角啊，雨珠掉在叶片上的声音被放得好大好大。墓园是见证生命庄严的最好地方，一走近墓园就不由得会放慢脚步，生怕惊扰了逝者的深睡大梦。

不期而遇，不期而遇啊，透过沉寂的光阴和青褐色的水迹，我努力地辨认着那一个又一个熟悉又陌生的名字，马礼逊，马礼逊的夫人，戴德生的岳父、岳母，一个刚出生的小小婴儿，他们仍背着耶稣的十字架。小婴儿也驮着个小小的碑，上面写着："让小孩子到我这里来……"那么小的碑，仍然是他不能够承受的重。

这些异乡人，传教士，福音的使者，受耶稣的差遣，不远万里来到中国，澳门是他们到达的第一站。茫茫大海，迢迢水路，面对着久违的干地，双脚甫一触到泥土，不知道有没有感受到来自地心深处的那一个相识的悸动。是什么样的生命故事，用了这样的方式来讲述，是来完成耶稣关于一粒麦子的比喻吗,落进泥土,再结出无以计数的籽粒来。福音是一个好消息,他们要把好消息传到地极,让全地都听到好消息。他们来了,一个接一个,心甘情愿,前仆后继。

马礼逊,第一个来。租住在一间破旧的地下室里,学习中文。他第一次把圣经翻译成中文。

那些溽热难耐的夏夜,雨也是这样下着吧,像一种绵延不绝的叙述。

在世人眼里,他是多么孤独的人,但是,他从来没有一天停止过诉说和聆听。

马礼逊把自己献给了中国。

戴德生来了。他说:假如我有千条生命,我绝不会留下一条而不献给中国……

他们来了,不再回望,好在是一条水路,没有烟尘可以三年回望。水波抚平水波,没有印迹。

他们来了,在这里生儿育女,不再回去。

一百年过去,两百年快要过去,这些传教士取了最奴仆最柔弱的样式,多么喧哗的年月都以默然应对过了,多么苦难和伤痛的时日,都以甜美的样式消解了。

直到有一天他们息了劳苦,再一个挨着一个,睡在雨中的大地之下,静静地等候一个日子。那是号角吹响的日子。

生命永恒,灵魂不死,想必这淅沥的雨声是在报告春消息吧。清明过后,江南江北,麦浪起伏,抽穗,灌浆,一片耀眼的金黄。想必这就是他们一直为之祷告的异象吧。

那一天，因为雨，因为行程紧密，我们无法在墓园久留。

离开时心中有诸般不舍。好像有一个心愿没有达成，一个仪式只有方案，一个故事只听了一半儿，一种交通有来无回。

离开澳门那一天的早晨，我独自一人赶去墓园，晨光是青绿色的，相信那是海和天对视的颜色。我沿着小巷四处走，想找一家花店，不拘莲花菊花海棠芍药，穿越大街小巷只有几家卖早点的开门，再三问询，都说附近没有卖花的。

心中沮丧，暗暗想，清明节到了，中国人都在纪念故去的亲人，当日的报纸报道说，山东菊花价格高涨，差不多要十五元一枝。实在也是无奈，我们向着挚爱亲朋的这一颗纪念的心，难以表述，反倒要靠几朵小小的花瓣来寄托……难道说花可以识透人心吗？花能解语传情吗？如果花是这么要紧，我怎能两手空空进墓园呢？且不说这些客死他乡、长眠异域的传教士们有着多么圣洁的理想，达成了怎样的愿望，只要想到每一个远在他乡的游子，都是他家乡里守望他回去的那个母亲的心肝宝贝，他是怎样被宝贝地生出来，在母亲的臂膀和眠歌里长大，谁能忍心看见他们在异乡忍饥挨饿受逼迫，生前不被理解，死后无人纪念呢？澳门的伟大之处就在于他过去和现在都张开双臂接待来者，为死者给出一片安静地，让灵魂驻足，休憩……

正思想着，一抬头，只见一辆小小的推车上架着一座花山，颤颤悠悠向着我径直走来。我不由得张开了口，倒吸一口冷气，我简直不能相信自己的眼睛，莫非是想花想得入迷，产生了幻觉。我冲上去拦住花车，这才看见推车的是一个年轻的女子。真是大喜过望啊，我差点儿上去拥抱那女子。

你是从哪里来的？

女子指指身后。而我却相信她是从天上掉下来的。

花卖吗？

当然卖了。

我们在路边搬下了花山，菊花、玫瑰、马蹄莲、康乃馨……一把一把拣，价格比我想象的便宜许多，菊花有黄有白，而且，没涨价。

这个早晨，我抱着一大抱鲜花，穿过成群结队晨练的人群，走遍基督教墓园和旁边的白鸽巢公园。在白鸽巢公园，我去看了韩国的金牧师像，这位曾在澳门接受和学习福音，后在韩国传教时被杀害的牧师，被澳门人民长久纪念着。最后，我去看望葡国伟大的诗人贾梅士。在诗人写诗的洞口前，有一位富态的老太太正在练功。

澳门，你的美可以融化我，回望远年，一个小小的渔村，摇橹解网，捕鱼捉蟹，靠着一片水，晓得出门的路，更记得不误归期，以水为土，千百年深情耕种，水带来世界给你，你的世界又被水带去远方。大海上，你迷失过，曾有人为你点燃渔火，所以你总不会忘记，向远方的来者递上手臂，拉他们上岸。

澳门，向着大海，你是最初那一块垫脚的石头，你的门半敞着，渔歌唱着；你安心地倚靠着你背后的大陆，你不用看见，只需要记得那些名字，抽象一点儿都没有关系，那辽阔的莽原，雄起的群山，之后，是平原平原……那都是你的后院。那么，背靠大陆，你临水而居，是远嫁给水的女子，旱地里枝丫上的那一点儿嫩绿，娘家兄弟唇角的那一滴润泽全要仰仗你。

澳门，实在要感恩，你偏于一隅，像是会被人忘记，但是，你莲花一样静好，曼妙，又怎么能忘得了。造化奇妙，放你这么一块风水宝地，一个风情万种的文化花园，一个可以在手中把玩的万花筒，一座人文生态的地质公园……今天，我们已经看到你的宝贵，对国家而言，你是一个祝福，对于世界又何尝不是呢？

《时光当铺》所为何来？

音乐剧《时光当铺》是我女儿曹禅自编自导自己制作的一部音乐剧作品，在商量全球巡演的城市时，我们冒险地加上了澳门。那时，我刚离开澳门不久，神思还在那一片岛屿之间游弋。澳门笔会结束前夕，一个晚宴上，澳门基金会主席吴志良博士知道我的阅读爱好，特送我一套非常珍贵的《马礼逊文集》。打开来看，只是序言部分已经让我心跳加快。

和吴主席就是一面之交，但是对于澳门基金会的工作早有耳闻，或许和他是历史学博士有关吧，他是一个有文化理想的人，懂得将自己投放在历史长河中去思考和行动。对于澳门的未来，在文化上如何定位，在教育上如何走一条既持守优良传统，又有新的突破的路子，他有许多思考，在他的讲话和文章中都不难发现。那个文化是全球视野的大文化，教育也是大教育的概念。初识之下，就感受到这是一个有情怀的人。我一向以为，人无情怀，不足为伍。

感动之余，就想为澳门做点什么，恰在这时，要确定《时光当铺》全球巡演的城市，澳门这个美丽的地方，自然而然就进入了我们的视线。但说是一个冒险的决定一点儿都不为过。因为离开始演出不足两个月的时间，剧场在哪里？观众在哪里？太多的不确定。

甘大姐帮我写信给吴志良主席，商量《时光当铺》在澳演出。吴主席满口答应，立刻安排曾翠仪小姐和剧组接洽，在有限而短暂的时间里，很快安排了演出的场地和演出期间的各项交流活动。高效，专业，专注细节，体现了独一无二的澳门特色，给接下来的巡回演出做出了榜样，剧组的孩子们和所有参与工作的朋友都深有感触。澳门基金会的工作团队和美丽善良的澳门人，在大家心中留下了不可磨灭的美好记忆。

事后我们才知道，澳门基金会担负着对内对外文化教育交流活动的重任，一年四季做不完的活动，迎来送往，是澳门对外宣传交流的一张名片。基金会下并没有一个庞大的机构，有限的几个工作人员都有自己负责的项目。就在《时光当铺》在澳门演出期间，四五个文化交流活动在同时进行，都不是一个萝卜一个坑，而是一个萝卜好几个坑。曾小姐、梁小姐、梁华全先生等，每天从早到晚在现场，不讲分内分外。他们不仅仅是把手头的事当工作来做，而是当事业来做，做出热情，做出创意。文化交流，说到底是人的交流，不是单纯做一个又一个的活动，乃是打开心门倾倒善意和祝福，又是打开心门拥抱不同和别样的过程。每个活动都是一程人生的片段，可以有丰富的经验留下来。同时，因为爱，因为热情，这些过程都会变成美好的记忆，时光流逝，记忆永存。

活动过程中，梁先生以朋友的古道热肠、专业的摄影技术为大家记下了一个又一个美好的瞬间，常常是活动当天，刚刚发生的瞬间就被定格下来，呈现在每个人的眼前，一张张照片在孩子们手中传看，温暖和感动永远留在心间。

导游杨先生更是一个妙趣横生的人，他不仅把一个活色生香的澳门介绍给大家，同时，他还把一个努力打拼、永不知疲倦的自己呈现给大家，那么真实、生动。他身兼数职，白天做导游，晚上还给报馆写稿，动辄洋洋洒洒数千言，真让人敬佩。

他们用生命书写澳门精神，以努力每一天来奔向明天。

正是这一张张美丽的面孔拼出了澳门的表情……

所以被感动和激励的孩子们用加倍的热情投入演出，使得《时光当铺》在澳门的两场演出格外成功。

澳门的第一场演出，有两位中年妇女坐在我身后，一边看，一边感叹，男主人公和妈妈诀别时，两个人都唏嘘不已。演出结束后，两人不停地鼓掌，对我说，太好看了！她们感谢澳门基金会能为澳门百姓安排这样高水准的演出，让大家有机会了解那些远离我们的国家和族裔在经历什么样的生活，她们说，真愿意有这样一个《时光当铺》，可以赎回人失去的尊严。她们还说，澳门人一向平和安静，再著名的演员来演出，都会向观众要掌声，但是，给《时光当铺》的掌声是发自观众内心的。如今的社会过于娱乐了，人需要思考一些庄严的东西……

这是普通的澳门人，她们了解澳门的过去，希望有更美好的未来。

民心淳朴良善，是希望所在。

《时光当铺》剧组有一个音响助理，是个非洲族裔的女孩儿，一头细碎的辫子束在头顶，因为艰苦的童年生活经历让她早熟，所以显得特别懂事，特别有眼色，无论遇见什么事，她都能将心比心，感同身受，并且懂得感恩。一次返回酒店时，突降大雨，我们站在屋檐下避雨，辫子女孩儿笑嘻嘻地站在雨中，仰着脸看天空，我拉她回到屋檐下，她说，真想把这些雨水带回我家乡，那里几年也下不了这么多雨，来啊，在雨里玩儿吧！辫子女孩儿又跑进雨里，张着双臂转着圈玩儿……后来她对我说，能生长在澳门这样的地方是多大的一个幸运，不知道澳门人自己知不知道……

我想，澳门人是知道的，他们努力今天，实在是为着明天。

我想起澳门培正中学的那一场演出，是澳门的最后一场演出。来自各个学校的学生们穿着校服井然有序地入场，这次演出安排了演出前的介绍和演出后的分享。主持人是王牧师，他一直在做学校的学生工作，他对年轻人的成长有很大的责任，说教等以往传统的教育方式已经很难奏效，《时光当铺》能够叫孩子们安安静静坐两个多小时，愿意听，愿意看，愿意去思考，思考有新的角度和方向，这是难能可贵的。王牧师提出许多设想，每个设想都围绕着孩子们，以孩子为中心，因为他们才是澳门的未来。

故事新说，用当下年轻人喜闻乐见的方式来讲故事，用音乐语言来讲述，血肉包裹真理的方式，听者不会设防，容易接受和消化。看上去是一次交流演出，其实是生命对生命的感动和回应。澳门给出的不仅仅是舞台，不仅仅是观众的时间和热情，澳门同样给出了她的心。这样的一颗心要用心去回应和报答。有许多的故事就是那样自然生发了出来。

培正中学演出那天有两位特别的观众,他们专程从马尼拉赶来看演出,中年的男子陪着年迈的妇人,天气炎热,也许心里着急怕耽误看演出吧,两人都走得大汗淋漓。中年男子说,他和母亲来看莎拉,莎拉是他的女儿,在剧中扮演亚伯拉罕的母亲,我去后台叫来正在化妆的莎拉,一家人澳门相见,无限惊喜。或许父亲和祖母只是借着看演出来见见远在美国的孩子,他们或许从来也没有想过这是一个什么样子的故事,为什么会在澳门演出?或许他们已经因为种种原因,许久都没有看见自己的孩子了。那天演出结束后,我看见这一对由马尼拉来的母子已经完全哭成了泪人,尤其是老祖母,脸上一直是擦不干的眼泪,一句话都说不出来。

他们为自己的孩子骄傲,喜悦,喜极而泣,都在情理之中,演妈妈的小姑娘莎拉实在是非常优秀,把一个华裔母亲的内心刻画得惟妙惟肖。他们流泪不仅仅为此。果然,爸爸说,这不只是华裔的生命故事,也是我们菲律宾人的故事,人类情感的表达方式是一样的,没有什么是不能理解的。而莎拉多次说她饰演的妈妈很像是自己的妈妈,演起来有驾轻就熟之感。所以,我相信让老祖母和爸爸不停流泪的原因还有很多,那一定是家族自己的故事,是要隐藏起来的那一部分。

演出后,他们跟着剧组一起吃饭,活动,晚上又和全剧组一起去新濠天地去看了闻名世界的“水舞间”。

事后，莎拉的爸爸和祖母对我说，从那天以后，澳门再也不是一个普通的地方了，澳门是他们家的福地，因为澳门邀孩子们来演出，促成了他们家难得的一次见面机会。他们永远都会记得培正那漂亮的剧场，记得他们亲爱的孩子在台上的精彩。

澳门的告别晚宴上，钟怡委员代表吴主席和基金会给每个孩子送了礼物，我想钟委员应该是个不写诗的诗人，她以诗心感受世界，用诗眼来看世界，虽然只是一个简短的致辞，却充满了惜别之情。出了澳门，山高水远，但是，澳门这扇门，向着爱，向着友谊，永远敞开着。钟委员对孩子们有期望，有叮咛，更有一份情真意切的邀请，你们要再回来。

澳门演出结束已经两个月了，《时光当铺》又辗转去了成都、北京、温哥华，最后落幕在纽约。现在回头看，《时光当铺》的演出不过是一条线索，从这里到那里，这里的人看完，那里的人又在看，歌唱了一遍又一遍，但是，心意只有一个。正如主创曹禅所说，每一场演出都是征战，征战千百次，为要赢得你的心。

澳门，你的心平静美丽，如盛放的莲花，香气幽幽，为这样的一颗心，转山转水，千歌万曲，在所不惜。

从庖厨之侧进入澳门

□ 高虹

没有比这更让人喜出望外的事情了——飞往澳门的航班上，在一本航空读物上，我津津有味地读到一则图文并茂的关于"水蟹粥"的介绍，着陆后，前来接机的澳门朋友，径直把我带到了氹仔官也街的诚昌饭店——要知道，水蟹粥正是诚昌饭店最负盛名的经典之作，也是这家老字号餐馆长年不变的头牌啊。

车停在官也街的一头，步行进入这条长不过三百来米的老街，饭店是那种并不起眼更不豪华的老式馆子，有一种亲切的平民气息。落座以后，和旁人还不熟悉，我且没有加入交谈寒暄，得以自顾自地维系着一份喜悦心情，一心等待初识于一小时前的"水蟹粥"华丽登场。须臾，此行游记的标题油然而生：从庖厨之侧进入澳门。是的，如果不算机场大门和车门的话，诚昌饭店正是我到达澳门之后进入的第一扇门。

如果你就此以为我的文题来得过于率性和随意的话，那可就错了。围绕澳门这个题目如何做文章，其实我思索良久。自二十世纪末以来，在绝大多数尚未到过澳门的人心目中，澳门多是浸润在两种氤氲之中。一种与政治风云相关，关联的话语当然是民族、主权、回归、体制等等；另一种与经济行为有涉，涉及的词汇自然就是博彩、赌城、中国的拉斯维加斯、东方蒙特卡罗等等，澳门出现在这种语境时，恍若就被定格于如《007 大战天幕危机》里的某个镜头。

此信然，但不尽然。窃以为澳门的要义当然不止于此。而且，我怀疑这两种意象的过于强烈，恰恰是由于我们对于澳门不够了解而产生的偏差、误读或臆测。澳门回归已十多年了，当时因国土的完整和主权的收复所带来的悲喜和激情日渐平复，它所引发的爱国情绪和政治意象也应有所消退，澳门早已到了向世人展示它真实的整体面容、亲切的局部细节的时候了。我们也渴望更深入全面地了解澳门，了解澳门普通人的日常生活——那并不宽敞的街道上人们的来往穿行，那狭小的住宅内居民的一日三餐……至于传说中的博彩赌业，无论产生了多少好莱坞的传奇神话，我深信那和澳门人的普通生活无关。它就像游乐场或嘉年华主题公园中的人造激流，时而惊涛拍岸，时而浊浪排空，但都是人为的，是特殊人群或人群偶尔的特殊需要，相当于一场游戏一场梦。普通的日常生活却是源远流长，深水静流，它平静、真实、自然，并不含奇迹，也不超越常规。

有什么比通过美食更方便进入澳门人普通的生活状态的呢？连钱钟书都说过："烹饪是文化在日常生活里最亲切的表现。"一桌菜肴，就是最真实的存在，有着最生动的形态，没有任何被抽象的可能。就在我走神间，名震天外（我是在飞机上知道它的啊）的水蟹粥终于上场了。

顾名思义，水蟹粥有蟹有粥，雪白的粥里有鲜红的蟹若隐若现，稻米的醇厚清香和海蟹的丰腴鲜美浑然一体。而"水"又是什么意思呢？或许是澳门人的习惯口语，如"大三巴"的"大"字。但此时我不打算把它理解为一个副词，更愿意让这个字来阐释粥的状态，是的，粥熬得稠而不滞，大勺舀起可如水一般流动，一口下去，鲜美满满地撞了进来，先是那么饱和地充满了唇齿间，然后是肠胃一寸寸地接受抚慰和滋润，这时抬头看世界，目光都明亮和柔和了许多。

奇怪水蟹粥的粥底怎么熬得如此好，只闻米香不见米粒，低头略加研究，私下以为大约是大米略加粉碎后，由大火滚水煮成。严格意义上，水蟹粥并非菜肴，当然也不是主食，它大致可归于小吃类。诚昌饭店还有几道招牌菜肴也可做这样的归类，比如膏蟹伊面——看来诚昌家的蟹很忙啊，才辅佐了一盆粥，又帮携一盘面。伊面本来就是鸡蛋和面精制而成的面中上品，加之蟹膏蟹肉做成浇头，那份鲜爽和香绵自不必提。点击率颇高的酥炸鲮鱼球、墨鱼球，在我看来也是小吃，并由此注意到澳门美食中，小吃所占比例相当的高！什么莫义记的大菜糕、义顺的双皮奶、大利来的猪扒包、安德鲁蛋挞、玛德烈蛋挞、黄枝记的云吞和虾子捞面、鸿彬记的秘制牛杂……真是数不胜数。

说起小吃我可不陌生，因为本人来自盛产各种名目小吃的成都，对于小吃自有一番心得体会。什么叫小吃？相对正餐而言，小吃专指那种既不当饭吃也不为充饥果腹的食品，虽然它也可当饭吃也可充饥果腹。饥肠辘辘的人肯定更愿意面对一桌丰盛大餐；成天忙碌的人肯定想不起小吃，他们正餐尚顾不过来呢；而物产不那么丰富、烹调没有达到一定水准的地方，也很难盛产小吃并使之流行起来——综上所述可以得出这样的结论，小吃只有在物质足够富裕、人们足够闲暇，且厨艺达到相当水准的条件下才会产生。在物产丰饶的天府之国，在号称闲适的成都平原，在有善烹调、精厨艺美名的四川，有着品种繁多、花样百出的小吃，就是一件可以理解的事情了。

这样的推理同样也适用于澳门吗？诚然！虽在意料之外，却在情理之中！以丰富的小吃为原点，我惊喜地看到了澳门人神闲气定、好整以暇、十分享受生活的精神面貌。为体验当地风俗，一个清晨我特地放弃了丰富的宾馆早餐，穿过金碧辉煌的金沙娱乐场，信步来到后街一处多为本地人过早的店堂。生意很好，食客很多，虽然人来人往，小小店堂内却并不嘈杂，人人只有动作，几乎没有说话声，有也是一两句低声细语。坐在他们中间，心情十分愉悦，这才发现自己是那么愿意看到澳门人生活安康，岁月静好，有如看到曾寄养在别人家的手足安好无恙似的，备感欣慰。身边的澳门人眉眼平顺，性情温和，彬彬有礼，低声细语。是因为四面环水、识多了南海的风暴、见惯了伶仃洋的飘摇，内心已然波澜不兴了吗？是因为历经世事无常、城头变幻大王旗而变得宠辱不惊了吗？我的兄弟姐妹！

这天游历澳门名胜，耳朵听着见多识广的导游介绍澳门的各处世界文化遗产，眼睛却四处张望，觑到一家专卖椰子汁和椰子雪糕的洪馨小店，店子小到只看得到一两张小桌，但我知道它的名气很大，这里现制现卖的椰子汁和椰子雪糕特别美味。当时一则人多，二则导游正高头讲章，铺陈着旅游手册上的宏大叙事，我实在不敢冒昧离队去买一杯洪馨椰汁——这就是从庖厨之侧进入澳门的掣肘了，总不如从正门比如从历史地理、从政治文化什么的登堂入室来得气度轩昂。只暗中左右看看，记住了地方：一条名为十月初五日（好别致的街名！）的小巷，之后独自寻来，一亲芳泽。只能说这个小店的椰子汁太好喝了，椰子雪糕太美妙了，洪馨甜品是店家世代相传的独门手艺，原汁原味，现做现卖，不加任何香精和辅料。我尝试着与老板搭讪，企图一窥制作奥秘，戴眼镜的老年男子却微微笑着，态度友善却不接话茬。直问到他这个小店开了多久时,伸出手掌翻了两番:百多年了,祖孙几代了!

大三巴附近一条小巷子里(哦,但凡巷子无所不小,在澳门就没见过大巷道),杨六牛杂粥也开了五十多年了,它比洪馨小店更小,陈设更为简陋,操作台一辆平板车就可拉走。但生意兴隆,有时竟然需要等座。不用店招不用吆喝,那不间歇的剪刀剪牛杂的咔咔声就是最好的有声广告,那弥漫了整条巷道的香浓老汤就是最有效的无声招徕。如果说诚昌饭店的水蟹粥走的是高端线路,杨六牛杂粥的小推车走的就是市井平民线路,只需十来个澳门币便可享受一大碗风味独特的牛杂粥。

我心心念念着这些小吃存在的年头,义顺牛奶公司是澳门当地老字号,招牌甜品是双皮奶和姜汁撞奶,据说已经有一百五十多年的历史,目前是第五代在经营;莫义记在澳门经营大菜糕已经超过五十年……老字号自然意味着经过了时间的披沙沥金,通过了代代挑剔的食客的筛选,品质和味道都有保障;而在我的心里,老字号似乎还有一层深意。数十年上百年的岁月啊,也就是说,在澳门回归之前,它且属葡国殖民地时,这些中国传统的小吃,依然活跃在街头巷尾,依然传承于祖祖辈辈。看着这些店堂,不由心生感慨,百年风云变幻,世纪新旧激荡,滚滚红尘,潮起潮落,一种新思潮来了,另一种文明衰落了,而对于它们来说,不过是身后幕布的更换,不管在怎样的背景墙下,它们不争锋，不争主角，只是夷然地存活着，在任何时代安身立命，在任何社会都有自己的家。

澳门的名小吃也不限于民间的、传统的、国字老字号的，澳门还诞生了各种新生的、源自欧洲、血缘多元的甜品小吃——比如当今年轻人无所不知无所不爱的葡式蛋挞，就是一款由英国人在葡萄牙发现原型、带到澳门研制而成、现今风靡全国各大城市的甜点——这个长句似有点儿拗口，这个故事也有些传奇，但故事发生在澳门，奇也就不奇了。因为澳门本就是一个东西文化的交汇处，兼收并蓄、包容共存本就是这块土地的特质。所以，就有了英国小伙子安德鲁在澳门凯悦酒店任餐厅经理，并娶了澳门本地姑娘唐志慧(玛嘉烈)为妻，他在 1989 年来到里斯本，发现了当地修女们制作的一款点心。他把它带回澳门，对这款点心潜心琢磨，而中国广式炖奶的浓香他已然熟悉，安德鲁最终制成了中西合璧的“澳门葡挞”，精巧可爱的蛋挞一经问世便受到热烈的追捧，从澳门到港台再转到广州沿海城市，一路风靡大陆各大都市！

安德鲁辞职开起了自己的饼店，他是一个生性恬淡安静的人——他把店址选在了澳门的路环岛。如果说澳门本岛是一个繁荣喧哗的花花世界的话，路环岛则是澳门为自己保存的一块自留地，一派渔村原生态风貌，以宁静舒缓、清新自然，与对岸的喧嚣和华丽遥相对峙。安德鲁饼屋坐落在路环水边一处不起眼的旧小平房，没有扯眼店招，更没有灯箱广告，与路环安静的氛围真是你情我愿，两相适宜。若不是才出炉的蛋挞特有的蛋奶香弥散在四周的话，你走过路过，很可能就会错过。

当安德鲁的澳门葡挞香飘万里时，他的故事还在继续。他的爱情没能像他的蛋挞那么香甜如初。1997年，安德鲁和玛嘉烈分手了，一对“爱情与美食”范儿的情侣各走东西。经过资源分配或资产析分，安德鲁留在路环岛继续守着老店。据说这个淡泊低调的人喜欢亲自在老店打理，闲暇之余，牵着他的一条名为路路的小狗在岛上散步。离异后的女人却带着澳门葡挞的配方，在澳门半岛最热闹繁华的地段开始了属于她自己的蛋挞事业，以自己的名字命名开了一家“玛嘉烈蛋挞屋”并设有浪漫的咖啡座。

人生无常，造化弄人，由于哮喘病突发，安德鲁于2006年10月去世，年仅五十余岁，死在一个男人因心智成熟而最为睿智、因事业有成而最富魅力的大好年华。那边厢，玛嘉烈女士与全球快餐巨头合作，将蛋挞配方出售给了肯德基，让“葡式蛋挞”随着肯德基的连锁店走向了现代化和全球化。

生离死别，爱恨情仇，美食与爱情，资产与婚姻，固守与开拓，路环与全球……我惊讶这个故事有着如此巨大的张力，可以容纳如此丰富的内涵和想象，并进一步惊讶为何至今无人以此为题材写成一部长篇小说！很多人来到清静的路环岛，嗅着香味寻至安德鲁饼屋，不仅有追根溯源的冲动，似乎还有一份念旧，一份缅怀。斯人已去，美味犹在，安德鲁饼店已成路环岛著名的旅游点。而这种意味在位于闹市中心金来大厦内的玛嘉烈咖啡屋却荡然无存，哪怕蛋挞出自同一配方，哪怕味道同样香酥软嫩，那里的氛围是热闹的、欢乐的。

其实，最能充分和鲜明地体现澳门美食中西合璧、中外交融特点的，还是澳门的葡国菜。是的，小吃虽然是一个地方最具活力的美食生力军，它丰富而热闹，平价而亲民，但小吃毕竟不足以标志美食的最高水准，能够示范出这样的高度的酒楼，在澳门真是星罗棋布。行走几天，我讶然其数量众多，如澳门的新葡京是最负盛名的博彩之城，我本对这种流金淌银、翻云覆雨的赌博游戏不感兴趣，进去后却兀自发现它也是美食荟萃之地：仅在一座楼里就出现了六颗米其林星星。迄今为止，2012 年全球也只有六十八家米其林三星级餐厅，而新葡京里就有一家，另外还有两颗星、一颗星各一家。我在官也街还看到过一家米其林推荐餐厅安东尼奥。米其林星级餐厅之下的推荐餐厅是以交叉的刀叉为标志，安东尼奥餐厅标注的是两副刀叉，而我的注意力定格于店招上特地标出的几个字："正宗葡国菜"。是的，在澳门，葡国菜分为正宗葡国菜和澳门葡国菜两种，但我怀疑"正宗葡国菜"只在理论上成立，因为人文、地理、环境、顾客的要求以及诸多具体到一棵葱、一粒蒜、一瓢水、一匙酱的条件使然，厨房成为一个最容易产生变节者的地方，我就从来不在四川以外的地方点川菜！

而厨房里的变节者，又何尝不是识时务的俊杰呢。据说地道的葡萄牙菜追求浓烈，风格湍急，好走极端，味道极咸、极酸、极甜，看来南欧的渔夫乐于追求口舌的刺激，而改良版的澳门葡国菜避免了味蕾的冒险，经过对葡国土菜去粗取精，兼济柔和，调料少一分，自然多一分，浓烈少一分，清新多一分。如此这般，中外融会贯通，东西共冶一炉，澳门葡国菜自成体系，独树一帜，却能老少咸宜，八方受益。且说其中经典菜肴葡国鸡吧，它的改良程度甚至遭到正宗葡菜餐馆的抵制，因为这是一道葡萄牙根本没有的菜肴，正宗葡菜馆将这道菜摒除在外而只提供一道“非洲鸡”——葡国人从非洲及印度引进香料和方法制成，其菜式是这样：一只或半只用各种香料腌制后炸好的鸡，上面浇着厚厚一层黄色的以咖喱为主要香料的汁。而葡国鸡在此基础上大大发展了：将土豆、洋葱、鸡蛋、西红柿和鸡一起烩制，咖喱仍是少不了的调料，却因加入了蔬菜而辣中回甜，口感更为丰富。这道菜除鸡肉香嫩松软以外，汁液还十分丰富，上菜后不久，侍者一般都会及时送上一碗米饭，以汁液拌饭又是一道风味十足的附加美味。

海湾餐厅就是一家长袖善舞、精于改良之道的澳门葡国菜餐馆。它坐落于妈祖阁附近，小小的门面进去以后别有洞天，简朴而典雅的欧式风格，棉麻的格子桌布，旧式的桌椅，让宾客感到舒适如家宅。餐厅在菜式上为迎合顾客可以有所改良，但它以自己的招牌和内饰以及服务风格，无时不在标榜着自己前世今生的渊源，无时不在向南欧的故国遥遥致礼——你看它的招牌上是一座葡萄牙风格很明显的建筑，而它的服务生彬彬有礼但不(会)说中文。后面这一点让我走到哪儿就吃到哪儿、问到哪儿的习惯扑了一个空。

正如一切美好之物如音乐、美术、诗歌都没有国界一样，幸好美食也无须语言。我重点关注葡菜，尤其对随处可见、大名鼎鼎的“马介休”极感兴趣，澳门葡式餐馆的菜谱上，就不可能没有这几个字，如果你非要无视它，那么餐馆里从老板到服务生都会及时推荐，“来一份马介休球？要不马介休炒饭？”那么，马介休到底是什么？

马介休是葡语 Bacalhau 的译音，意即咸鳕鱼，深海鳕鱼用盐腌制而成。它是葡萄牙餐桌上最常见的角色，其地位甚至不让主食。它是葡萄牙人一日不可或缺的菜肴，也是葡人厨房里的必备和常备之品，犹如我们的冰箱必备和常备的猪肉。如我们的猪肉可做成各式菜肴，据说马介休在葡萄牙也能变化出上千种食谱，据说这种咸鱼煎、烤、焖、烧均美味可口，据说葡国菜无它不成席……但且打住，问题是对于中国人的口味来说，尤其对于澳门邻近的偏爱清淡和原味的广东人来说，马介休太咸了，它甚至比盐还要咸三分。所以，烹调马介休的关键步骤，不在刀工火候，不在调料技法，居然在于盐的淡化处理！这可鲜见于各种烹调技艺书籍！据说从葡萄牙进口的马介休,需要在清水中泡上数天且每天换数次水后才能进入料理过程。而且去盐淡化方法各不相同,凉水浸泡,流动冲涮,清水慢煮,牛奶煨炖……无奇不有,各家自有不可外传的秘招。不同部位,用于不同的菜式,去盐方法和时间都会大有不同,个中滋味和分寸,只有经验特别丰富的厨师才能拿捏得住。海湾餐厅的马介休球入口鲜香,外酥里嫩,一个下去,马介休的名气和地位就算稳稳地在肠胃里立住了。

鸭饭应是葡餐中的主食了,但同时它也是一道限量供应的功夫菜。不大说话只用肢体语言服务的侍者手持托盘分发鸭饭,我示意多来两勺。一尝之下觉得料重味咸,心想果然有葡餐浓韵。网上有传说鸭饭是用鸭血拌米做出来的,如此说来,这吃法有点儿生番。但经我查询其实是误传,鸭饭的制作流程大致如下:先以各种调料腌制好鸭,入味以后进烤炉烤上四十五分钟,取出进大锅熬出高汤用以煮米饭,回头再将鸭肉放到饭锅与米一起焗熟。与琼州海南一带流行的鸡饭只是将煮鸡的汤汁用来煮饭相比,葡国焗鸭饭工序繁多,用料充足,味道浓郁,和讲究米饭原本清香的中国口味大异其趣,值得尝试。

餐桌之上,也能谈古论今,杯勺之间,也有风起云涌,从美食这一侧翼,澳门也向我展示出它的别样风采。澳门美食值得造访的还有各种粤菜馆、海鲜酒楼和渔村,而时间和肠胃都是有限的,于是临行前我瞄准了钜记、咀香园等各家手信——这也是澳门美食中一支尚未提及的偏师。当提着满满当当一大袋到机场时,才发现不必为自己的贪婪不好意思,因为登机者几乎人手一袋,概莫能外!

以路之名

□ 乔叶

第三次或者第一次

没有读够万卷书，但是热衷于行万里路。这么多年来，只要有机会，我便浪荡在异乡的道路上。国外的且不说，就国内的版图看去，从西域到东海，从南国到北疆，可说算是几乎走遍。其中曾经有过两次旅程都离澳门有咫尺之距，第一次是1995年，我到珠海参加一个会议，会议结束后便开始私人旅行。当时珠海正盛行一个名叫“澳门环岛游”的旅游项目。所谓的“澳门环岛游”非常名副其实，就是坐在船上环游澳门一周。后来我才知道，之所以会有这么一个项目，是因为澳门除了岛本身之外，周围都是中国的国土——不，应当称为“国水”。

那一次，我远远地看到了葡京赌场，也几度从雄伟的友谊跨海大桥下面穿过，在屡屡被来自另一世界的奇思妙想和灯红酒绿震惊的同时，我最感兴趣的却是视野中的澳门人。当游船以最近的距离贴近着澳门岛的边际时，我目不转睛地看着那些走来走去的行人，他们朝我们挥手，我们也朝他们挥手……从1553年算起，该有四百多年了吧。前尘历历，云烟渺渺，我心里又兴奋又好奇又辛酸，很有些千头万绪，百味杂陈——当然，我也很清楚，回归之日已经越来越近，用不着太沮丧。

第二次去是跟着《人民文学》杂志社的朋友到珠海的横琴岛采风。那天下午，会议主办方把我们领到了一个地方，隔着一湾水波，指着对岸说："那就是澳门。"

我看着彼岸，看着那些与内地迥然有异的广告招牌。我想，是的，那就是澳门。那时已是2010年9月，澳门已经回归了十多年，中国的主权印章已经牢牢地盖在了澳门的名字上。我很笃定。我知道，迟早有一天，澳门这片想象中的风景，终会变成我体验中的现实。

这一天很快来到。2013年2月末的一天，我的双脚踏上了澳门的土地。

十月初五日巷

赌场、手信、美食、炮台、大三巴、妈祖庙……这些自然都不能错过，不过作为一个摄影发烧友，我更愿意做的事却是在澳门历史城区的大街小巷漫步。确切地说，相比于大街，我更钟情于小巷。这些小巷太有味道了。相机真是一项伟大的发明，不仅仅是留影，不仅仅是纪念，对我而言，它仿佛是另一只眼睛，透过取景器便可发现另一个角度的世界。又仿佛是另一只手，可以忠实地替我记录旅程中来不及详细品味的所有细节。“我尊敬底片。我尊敬它就像尊敬大海。因为它比我大得太多了。”因众多不朽的作品而享誉国际新闻摄影界的著名英国战地记者唐·麦库宁吐出如此箴言，深得我心。

突然，在一座淡绿色的老房子的墙上，在一排排密密麻麻的电缆下，我看到了一个路牌。澳门的这种路牌设计得很有意味：由八块正方形的青花瓷砖拼成一个长方形，中间一道横线分出两格文字，上汉下葡，白地蓝字，清新淡雅。下面的葡文我自然不认得，上面却是融到我血液里的最亲爱的汉字：十月初五日巷。

还有这样的街名？难不成还有初一初二初三巷，初六初七初八巷？又或者有一月二月三月巷，七八九月乃至腊月巷？询问身边的朋友这个路名是什么来头，他们都一片茫然。

“或许是个什么纪念日吧。反正应该和历史有关系。”最有学识的那个说。

好在有致广大而尽精微的百度。几个链接之后，搜索结果很快出来，一条脉络渐渐清晰：很久以前，这条路叫咽孟街，此名取自于咽孟码头。这片土地原来是海湾，是渔船憩息停泊之处,后来经填海成为陆地,也便渐渐成为客轮码头,所以商铺密集,摊档林立,从早上到傍晚乃至深夜,行人川流不息,格外生机勃勃。那时,这条街道是全澳门最长最繁盛的街道之一——也因此它还有一个名字:新国王街,葡文名字是 Rua Nova del-Rei。因为那时,在遥远的里斯本,有一条重要的商业大道,就叫新国王街。

那时的澳门还叫 MACAU,所以啰孟街必得复制一下新国王街的名字。而现在的十月初五日巷也还是 MACAU 名下的产物:二十世纪初,葡萄牙国内自由民族派与君主派的长期尖锐对立终于有了结果,葡萄牙王曼奴埃尔二世流亡英国,1910 年 10 月 5 日,葡萄牙推翻帝制,建立起共和国。自此,10 月 5 日成为葡萄牙的共和国日,十月初五日巷,即是澳葡政府对这场革命所表达的纪念……在网上搜索时,我还顺便搜到了一个词条,是"十月初五日巷附近宾馆",这些酒店都在珠海。我粗粗浏览了一遍:某某某酒店,距离十月初五日巷零点九七公里,某某某酒店,一点零七公里,还有一点一公里、二点八一公里、二点八八公里、三点三公里、三点四二公里……我怅然沉默。也许,从珠海到十月初五日,不应当算公里,而应当算岁月。

"十月初五日,十月初五日……"我喃喃地念叨着。10 月 5 日到了澳门,却变成了十月初五日,这感觉真是怪异。所有的中国人都知道公历和农历是多么截然不同,10 月 5 日跟十月初五之间,还有着多么大的一段距离,严格地说,这两个日子简直就是阴错阳差——当然，我很清楚，这个典型的中国风的称呼不过是个路名而已，不过如此……但是，也绝不是不过如此。内港、陆地、码头、鱼市、商贸、战争、谋杀、流血……风暴深酿，翻云覆雨。而现在，街道静谧，足音轻缓。只有一缕最漫不经心的阳光，天真无邪地映照着这个小小的路牌。

“这个路名怎么了？”朋友问。

我笑了笑，沉默。想起了老家的一条街，它曾经叫杨树街，据说曾有两棵硕大的杨树。后来解放了，成为解放路，再后来“文革”了，又叫卫东路。“文革”结束，城市统一规划路名，又叫韩愈路，再然后是路名竞拍，又被这条路上的一家房地产公司拍走，叫作香海路……而长久居住的本地人，都只叫它“杨树路”。

其实，十月初五日巷，这样的街名挺好。细想想，真是再好不过了。

还有一些路名

又在澳门走了几天，让我不时驻足的路名越来越多。到了后来，白天在路上去发现也觉得不足，晚上还要在地图上再寻觅。路名攒得越多我就越觉得有趣。倒不是因为直译过来的异域风情：“路义士约翰巴的士打街”“沙嘉都喇贾罢丽街”“亚美打利庇卢大马路”……这些让太多人拗口得痛苦的漫长名字虽然也是一种特色，但如果称之为有趣也未免有些变态。让我能够反复流连和品味的,是以下这些——

以人之名。殷皇子大马路、约翰四世大马路、苏雅利博士大马路、高可宁绅士街、何贤绅士大马路、提督马路、白朗古将军大马路、高利亚海军上将大马路……殷皇子即葡萄牙的航海家唐恩里克亲王，为葡萄牙海外扩张的倡导者。约翰四世原为葡萄牙布拉甘萨公爵,1640 年推翻西班牙统治的起义成功后,按照王位世袭顺序被推为国王。白朗古则在 1907 年 2 月 28 日至 3 月 31 日被委任为代理澳门总督……每一条人名路都意味着对一个人的纪念,都意味着这个人的存在对澳门——不,准确地说,是对葡萄牙有着特别的意义。

以战之名。营地大街、兵营斜巷、炮兵马路……这些都是战争结下的伤疤,所以这些名字的音节,至今读起来还是硬的。

以城之名。历史车轮的走向早已经注定,以下这些路的名字里必然会深深地烫下不折不扣的中国烙印:友谊大马路、北京路、广州街、冼星海大马路。而和乐大马路、长寿大马路、仁厚里、和隆街、道德巷、同安街、福隆新街……走在这些路名中间,你会以为自己置身于北京、南京、西安或者苏杭的街巷里。这些路名中饱含着的典型的中国式祈愿,让我觉得既有一种他乡遇故知的意外,又有一种浸到骨子里的亲爱。

以市之名。在澳门地图东南角，有一块方正之地，简直就是世界马路集萃：巴黎街、布鲁塞尔街、罗马街、伦敦街、马德里街……

还有一些奇怪的称谓，也许该是以史之名吧。比如“聚龙旧社”，这是一个小巷的名字，因巷内有同名的土地庙而得名。这个土地庙建于明朝。而“玛利二世皇后眺望台”则是澳门唯一以眺望台为名的街道。玛利二世皇后指的其实是葡萄牙女皇玛莉亚二世，她在1845年11月20日宣布澳门为自由港，并于1846年派遣亚马留到达澳门就任总督，推行殖民政策，自此葡萄牙得以实际管治澳门……由于从前的华人不知道她是女皇而不是皇后，便错到现在，看样子还将一直错下去。

我最喜欢的，则是这些路名：卖草地街、渔翁街、渡船街、田畔街、石街、麻子街、果篮街、咸虾巷、工匠街、苦力围、恋爱巷、美丽街……走在这些街道上，最寻常的景象是：居民楼的过道内停着或新或旧的小排量摩托车，门窗外晾晒着形形色色的床单和衣服，慵懒的猫咪晒在温热的阳光下，不时有隐隐的歌声传来，仔细倾听，是邓丽君的《甜蜜蜜》。

卖草地街没有草，渔翁街没有渔翁，渡船街也没有渡船，田畔街更没有田地。这都在我的预想之中。澳门从十九世纪末开始大规模填海造地，现在的土地面积已扩大为原来的三倍。原来的边缘之地成了熙熙攘攘的中心，原来的中心成了寸土寸金的更中心，怎么能指望还遗留一丝丝渔村乡野的风情？能够留下这些名字，已经很好了。而且，更重要的也更本质的是，咸虾巷肯定有人吃咸虾，工匠街肯定有工人，恋爱巷肯定有恋爱，美丽街肯定有美丽——这些路，以生活为名。没有比它们更琐屑的路名了，也没有比它们更坚实的路名了。只要有人在，就有生活在。有生活在，就有这些路在。生活有多远，这些路就有多远。生活有多长，这些路就有多长。

还有两条路的名字，一直刻在我的记忆中：民国大马路和孙逸仙大马路。这两条路隔着西湾湖的一泓碧水遥遥相对。民国大马路靠里一些，孙逸仙大马路则是澳门最南端的东西路，它像一道堤岸，决绝地、孤独地站在那里。它的身后是澳门的稠密巷陌和万家灯火。它的前方，除了茫茫大海，还是茫茫大海。

站立的道路

房子也是路，只是这路是站立的，非长条形的，且是以住的形式，在被人走。

亚婆井是葡式风情保持得相对纯粹的地方。亚婆井，葡文的意思是“山泉”。这里以前是澳门的主要水源，又靠近内港，因此是葡人在澳门最高的聚居点之一。这周围的公寓至今仍是典型的葡萄牙范儿，或纯白或水红或浅绿的外墙装饰着极简的线条，衬托着墨绿的百叶窗和红瓦坡的屋顶，偶尔还有几抹纯黄色块镶嵌在窗户周围，使得整体效果看起来洁雅明快、鲜艳清爽，极富诗意。公寓前面的空地上还有两株寿高百年的老榕树，微风拂来，双树相顾，枝叶婆娑，翠色茵茵。

我和朋友们在这里停留了很久，拍了很多照片。生锈的门牌，古朴的窗棂，娇小的石雕，玲珑的邮箱……葡萄牙人在这里生活了几百年，处处都有痕迹。这些痕迹都完好地保存着，作为历史的一部分和一部分历史。

“其实，这些痕迹也都意味着耻辱。”有人说。

我沉默。听到这样的话并不意外——被葡萄牙殖民过，这是国家的耻辱，但是，耻辱的痕迹也自有价值，甚至是更特别的价值。一个国家、一个民族或者一个人，靠什么证明自己曾经的历程？不是靠欺人的编造，也不是靠自欺的臆想，靠的就是这些繁繁复复又结结实实的痕迹啊。除了这些痕迹，还有什么呢？

忽然想，幸亏澳门没有轰轰烈烈的“文革”，也没有处处可见的“拆迁”，不然把这些房子都涤荡得一干二净，我们这些人到了这里，还能看到什么呢？

“喝了亚婆井水，忘不掉澳门。要么在澳门成家，要么远别重来……” 解说员为我们背诵着这首澳门葡人民谣。听到这样的歌词，我脑海中的第一反应就是跳出了《七子之歌》：“你可知‘妈港’不是我的真名姓？……我离开你的襁褓太久了，母亲！但是他们掳去的是我的肉体，你依然保管着我内心的灵魂……”

两歌并起，心中感慨。抛开政治，抛开国别，若只以最单纯的心态去体会它们，便可知它们都只是赤子之情，赤子之心，不是吗？

但亚婆井这样的地方在澳门是很少的。行走在澳门的街道上，我更强烈的感觉是自己在随时穿越。关公圣像、花王堂、妈祖金身、板樟堂、佛龛、耶稣、哪吒庙、玫瑰堂、东方红中药店、葡国餐厅，偶然路过圣约瑟教区中学，看到门口的校训居然是“己立立人”……无论是中式的庙宇、商铺和园林，还是西式的教堂、剧院和墓园，这些站立的道路上都活泼泼地镌刻着生动的细节：外面廊柱的柱头和屋内的藻井是西方的古典花纹，室内正面的屏风和厅堂的门楣是中式的镂空木雕。左邻可能是座中式小院，墙壁是水磨青砖，砖质紧密，砖线细致。屋檐下有雕花檐板，墙顶有灰塑浮雕。右舍可能就是一座欧式华堂，尖塔高耸，拱形门窗，彩色玻璃上粉红、杏黄、水绿、乳白各种图案绚丽盛开……自从以葡萄牙商人为主的外国人在十六世纪中叶入居澳门后，作为远东地区重要的国际港口，世界各地的人们随着贸易活动的兴盛也纷沓而至。西班牙人、英国人、意大利人、荷兰人、瑞典人、日本人、朝鲜人、印度人、马来西亚人、菲律宾人……都在澳门留下了他们的身影。雁过留声，人过留名，所以，仔细看去，巴洛克风格、新古典主义风格、折中主义风格、罗马式风格、欧洲乡土风格，还有伊斯兰建筑风格……各种交融,各种汇通,各种合璧,各种混搭,缤纷杂糅,风情万种,混沌一体,经纬难辨。时间真是伟大的魔术师啊,本来可能是格格不入甚至互相伤害的元素,经过它的耐心调和,它们在一起不但相安无事,甚至还相映生辉。

这是时间的奇迹,也是历史的奇迹。

忽然想:如果这些站立的道路都会说话,它们会说些什么呢?

在花朵后面

“一个摄影家知道在花朵后面有全世界的苦难。经由这朵花,他可以碰触到别的东西。”这是爱德华·布巴的话。在澳门走了几天之后,在拍下了几千张照片之后,毫无疑问,我知道,澳门也是一朵绮丽的花。可是,经由这朵花,我可以碰触到什么别的东西呢?

我碰触到了路。我只能这么说。澳门的道路有多少啊!大马路、马路、街、路、石级、公路、围、圆形地、前地、巷、斜巷、斜坡、牧羊巷、里……这些是躺着的道路,还有卢家大屋、郑家大屋、三街会馆、大三巴牌坊等等这些站立的道路……无论是躺着的道路还是站立的道路,这些都是澳门的路。这些躺着的路啊,被多少人走过?这些站立的路啊,又被多少人住过?带着海腥气回家的渔民,带着香粉味儿回家的贵族小姐,腰包鼓鼓的商人,铠甲沉沉的士兵,神情沉重的官员，菜篮子满满的主妇……以长诗《葡国魂》铸就葡萄牙文学丰碑的贾梅士在澳门失意落魄，却邂逅了一段中国爱情。写过《牡丹亭》的汤显祖游了罗浮山，上了飞云顶，用如此诗句描绘眼中的葡萄牙少女："花面蛮姬十五强，蔷薇露水拂朝妆。"还有丘逢甲，居然以赞赏的豪情这样形容赌场："银牌高署市门东，百万居然一掷中。谁向风尘劳斗色，赌徒从古有英雄……"

车声辚辚，马嘶萧萧，人潮涌动，旗帜飘飘。唯有这些道路，这些大地上的道路，它们默默地承担着，忍受着，记忆着，见证着，铭刻着。我碰触到的，只是这些道路的名字，和由它们的名字延伸出的简史，是这些路的最表面。以路之名，我稍微知道了一些澳门，也由此知道：无论是什么样名称的路，也都只是路。路名可以一换再换，街容可以一改再改，行路的人也可以一变再变，茅棚草屋或者是高楼林立，蓑衣笠翁或者是豪门权贵……唯有这道路本身，它诚实地、紧紧地贴在这大地上，默默无语。

它们没有话语权，但是，我深信，它们什么都知道。条条大路通罗马——澳门的这些道路，既通向着斑驳幽微的沧海桑田，也通向着不可知的未来深处。

澳门的云淡风轻

□ 徐坤

晚到澳门许多年。

已经是新世纪的第十三个年头了。2013 年，甲春时节，我才有幸到澳门。此时，离 1999 年澳门回归已经有十四年，离 2005 年澳门“申遗”成功也已过去了八年，离十六世纪葡萄牙人上岛并逐步侵占澳门更有四百多年了。沧海桑田，时光流转，多少岁月都已封入历史。澳门，你今天要呈现给世人的，会是什么呢?

下榻在澳门渔人码头。急急卸去北京臃肿的冬装，换一身春天装扮，站在观景阳台上举目远眺。皓月当空，水波潋滟，南中国海温润的春意扑面而来，风中似乎有桂树和兰花的香气。远处，一幢高大建筑上几个金色大字在江水里映出几团金色的倒影，另一幢则更像是金色的游轮夜泊于江中。跨江大桥上的一串串橘黄色灯火扇面状荡漾开去，勾勒出桥身清晰的轮廓，宛若一道彩虹横跨珠海澳门两岸。大地阒寂，万物内敛。夜晚的澳门，一点儿也看不出臆想中的贲张，却处处盈满画意与诗情。“滟滟随波千万里，何处春江无月明”“江流宛转绕芳甸，月照花林皆似霰”。这是澳门自己的春江花月夜，它不是怀离人，悼时空，而是歌盛世，咏太平。

当一轮旭日升起，澳门又换了新姿，呈现出另一种美妙。早上起来再到阳台观望，顿觉眼前明净疏朗。从持续二十多天的北京雾霾里走来，走到现在，澳门明亮的阳光下，眼睛就仿佛被撕去一层翳子，“唰”地就亮了。

全世界都跟着亮了！

风和日丽，云淡风轻。澳门在2013年的南中国海，呈现一派明媚疏朗的天青色。那是人间烟火春常在的颜色，自由，自在，仪态万千，落落大方。热情好客的主人领我们徒步“澳门世遗城区”，东方基金会会址、基督教墓地、圣安多尼教堂、哪吒庙、大三巴、大炮台、耶稣会纪念广场、大堂、玫瑰堂、议事亭前地、民政总署大楼……这些保存完好的历史建筑群，巴洛克与阿拉伯风格杂糅，哥特式建筑与庙宇大屋顶相交，在阳光的拥拂揽照里熠熠生辉。走遍世界各地，看过各个国家的建筑精粹，再来看澳门的各族各园风格建筑大集聚，虽不会叹为观止，却也会感慨澳门的“兼收并蓄”。

令人感慨的是这个“世遗城区”所映照出的本地人的历史观。他们对自己的历史有一种充满温情的回望姿态，别也是依依惜别。反观一些城市，有的也身为历史文化名城，却是义无反顾的，大步向前的，破旧立新的，整个建筑是前瞻的，像一个脚上蒙着征尘的疲惫旅人，风尘仆仆一头撞向二十一世纪的钢筋玻璃幕墙。或许因为我们曾经落后太多，所以有着奋起直追瞻前不顾后的焦灼。

在天青色的云淡风轻里，又接着走向妈阁庙、亚婆井前地、郑家大屋、路环市区、氹仔市区、官也街。看到一幢幢传统的汉屋，令人顿生亲切之感，恍然发觉这里原先住着的就是自家的“界壁儿”（邻居）。盈盈一水间，迢迢共潮生。有了这些地标式纪念物，澳门人就明晰了自己的来处和往生。他们不会改变中华民族身份的认同，也不会割断与母体文化的联系。

犹记 1999 年，澳门回归祖国那个难忘的日子，举世瞩目的交接仪式，在澳门新口岸刚刚建成的澳门文化中心花园馆隆重举行。深夜，北京城里每个关心国家大事的市民都在观看电视直播，并为之振奋与激动。那时的我也是其中一员，不仅流着眼泪看完了电视直播，而且彻夜未眠。不仅仅是因为澳门回归的激动，就在同一天，我也正面临着人生的变动。历史往往是很奇妙的。家国情怀与个人记忆，有时往往会以一种意想不到的方式交融到一起，让人刻骨铭心，终生难忘。所以，澳门和澳门回归之日，之于我，都添了一份别样的意义。这十几年来有许多次机会都可以到澳门,我却都躲着,绕着,仿佛是抗拒与一段历史相会。

直到等来它的云淡风轻，直到等来我自己的云淡风轻,我才敢走来见澳门,我才敢走进澳门。

哦,澳门!

谁说这里只是面积不过三十平方公里的弹丸之地?谁说即便是填海扩充之后,它的面积也比不上北京的一个回龙观社区？它贯通中西的建筑文化如此深广,不是用平方米可以计算,不是用脚步可以轻易丈量得完。譬如,说它是历史建筑博物馆,完全是实至名归,已经有了“世遗城区”可以佐证;说它是“新式中西合璧建筑聚集地”,肯定也不为过。徜徉街头,看着一座座拔地而起、富丽堂皇的建筑,不禁要为之叹服。澳门后来居上,精心养育了当地的建筑文化,使其蔚为大观。我对着各式各样不重复的建筑外观产生了兴趣,一路走来流连难舍。那是浅粉红一面瓦式的,这是伦敦雾似的,还有如水滴石穿形的……建筑,把人对财富的渴望,人心的无止境的悸动、贪婪,都一眼看穿。而人们在能望穿自己心事的建筑面前,却反而变得服气,散淡。人和建筑就这样互相说服,形成了澳门的独特气质。

此方的夜晚,香风扑面。古街小巷里的一个个手信店和鱼丸粥店是不能不进去的。主人们都不紧不慢笑脸相迎,有礼有信地做着古老的生意。此方的白天,安闲如是。商业街上一个个免税首饰店、时装店、化妆品店也是不能不去的。这些时刻的澳门，是惬意，是休闲，是不着急不着慌的“慢”生活，是《英雄》和《命运》过后的一曲《田园》。

澳门是人间的春光灿烂。如诗人所说，面朝大海，春暖花开。

澳门，海中莲

□ 何菲

一

有点儿心累时，倘有三天假期，我最想去的是澳门。

穷尽辞藻去描述澳门之味对异乡人来说是某种徒劳的消耗，让人陷入幸福的彷徨。在开埠四百多年的断片式传奇中寻找历史，与迷乱的风物共同经历苏醒，澳门于我这个上海人来说是写意的，厚实却无沉重。它漂亮得很洋气，或可说洋气得很精致，却更迷人在不自知，不自矜，心思完全不在自己的表象上。这样的通透豁达，涵养了一座有着南欧情态的岭南边城的生态与风骨。

澳门，与其说它是城市，倒更像个闲适安逸、亦中亦洋的小镇。这个三十平方公里的城，体量虽小，却是高速发展中的微型经济体。山河变幻繁华沧桑清楚地写在它脸上。

面相不会骗人，这个早晨喝咖啡、下午吃云吞面、婚礼吃鸿运大乳猪的曾经的混血儿，这个高鼻梁说粤语，广东人说葡国话的奇怪所在，在地中海暖风永远吹不到的珠江口西岸咸淡水交汇入海的一隅，眉眼开阔，印堂饱满，气色舒展，有着丰富、包容、灵变、流通与稳妥的表情，十分温厚心定。

这也许要感谢西儒利马窦。这个意大利传教士与他的教士朋友们不远万里踏浪而来，将天主教义与儒家文化融合，使传教在首航地澳门获得空前成功。自那以后，掀起后来被中国留美第一人称之为“西学东渐”的文化热潮。毕业于“美国第一等之大学校”耶鲁大学的首位中国留学生是珠海人容闳。他七岁时被父母送到与家乡一水之隔的澳门某教会小学读书。澳门带给他机遇，也带给中国机遇。这文化热潮，从十六世纪至十九世纪，绵延三百多年。

澳门是物理上的小地方，却又是有着大襟怀的所在，在历史上发挥过不可替代的作用。植根泥土的中原文化，向来较难整体越过五岭屏障深入粤人心中，澳门更多让我感到的是海的气息。由于历史、区位等诸多原因，作为远东国际转口贸易枢纽的澳门，在相当长时期内，是中国向外拓展的珍贵口岸和西方进入中国的唯一通道。孙中山先生首次出洋是从澳门乘坐大船至檀香山，他喟叹：“十三岁随母往夏威仁岛，始见轮舟之奇，沧海之阔，自是有慕西学之心，穷天地之想。”

也因此，在澳门的脸上，既闪现着陪伴了她四百四十二年的伊比利亚半岛的光芒，也留存着曾寄宿他人家的优质小孩特有的不卑不亢，更洋溢着亘古不变的东方神韵——温和、旷达和暗蕴的骄傲。

二

长期华洋杂处，澳门的特色是混搭。大到文化、语言、宗教，小到任何一个细节。好友陆康曾给我看过澳门自来水费单：一个仅有五十多万人口的城，水费单却有中、英、葡三种文字可供选择。

西洋又本土，繁华而市井，现代与历史重叠，中西新旧交融的一切簇拥在这里，产生奇妙的嬗变。看不出大情大性大喜大悲，松弛慵懒却又平易近人，既得风气之先，亦敢领风气之先，十分融通，十分合宜，十分 MACAU（澳门），十分澳门。

莲花地没有过炮火悲情。住在这块弹丸之地几十年的老澳门人甚至不太习惯过海去香港。可这并不妨碍他们见多世面、气定神闲，你会从他们的思维和生活方式中感受到他们对过往澳门记忆的珍惜与惦念。据说老澳门人一直想拍《家在澳门》寄托乡土情结，却终因票房、收视率分析不乐观等因素迟迟未能如愿。澳门本土演员不多，播音员多为兼职，因为缺乏广告，电视台长期亏损。

去过澳门四回，很难为情没有一次是直飞，因为我去澳门从来没什么正事急事要办。

有两次是从香港坐船过去的。从上环坐船,个把小时后即到达港澳码头,唤辆三轮车,听车夫说何鸿燊、梁洛施、李嘉欣的八卦。他们很少会说起汤显祖、孙中山、郑观应和冼星海,除非问到孙中山大马路和昔日世家大户郑家大屋的具体所在。一次是去珠海时顺便转了半日。虽说澳门好酒店能让人上天入地醉生梦死,可我还是返回珠海住,因珠海酒店便宜且少有迷幻感。有次搭乘包机去菲律宾北部闲玩两日,回程临时发生状况,若非去澳门转机过夜,就得等一周后才有返上海的包机……不过将澳门当作驿站显然已经out(过时)了。如今直飞澳门的人不少于直飞香港的人,每年游客甚至超过了香港。

从澳门回上海,总得带些手信。

老早以前,我不知手信为何物,内地以前不这么称呼。后来方知大概发端于澳门。我小时候,每次移居香港的姨妈回来探亲总带着大量手信,其中花胶瑶柱之类海味是她特地去澳门采购的。后来新马路及周边街道上专售游客的手信店蓬勃兴起,品种扩大到饼类及零食,比如杏仁饼、猪油糕、牛轧糖和一种开面硕大、鲜甜多汁的现烤牛肉干。二十岁以前我没去过香港,更没去过澳门,每年吃到那些颇有异域风情的零嘴,听着香港人动动就要去澳门的段子,想象澳门大抵就是港人的后花园。澳门面积约是香港的四十分之一,唐英年曾说港澳是两兄弟,我想不少香港人都会觉得自己是兄，澳门是弟。

澳门手信多为吃食，也有纪念品。我属蛇，蛇年年初先生出差澳门，给我带回一条镀金银蛇，情态可掬。多年前陆康有次回沪，带给我一把粉红色澳门产电动剪毛球器。那时上海还没这玩意儿，而纺织业发达的澳门，连带着这些衍生物件也多。

在这些手信中，Q 小姐做的猪扒包是最别致的礼物之一。

Q 小姐是土生土长澳门人，祖籍广东台山，半官方媒体编辑，我认识她时她三十五六岁。有两年她时常来上海，多在大闸蟹成熟的季节，还喜欢黏着我带她去小众的时尚之地。

Q 小姐身形瘦小却能量十足，肤色黝黑，衣着朴素，住在面对西湾大桥的公寓里，半圆形的阳台上挂着花篮。她粤语语速极快，带浓郁粤语腔的普通话亦非常有表现力，她还懂英语并粗通葡萄牙语，在各个场合自由切换，无缝衔接。据她说，以前在澳门听得懂并说得出普通话的，除了内地移民，基本集中在知识分子层面。妙的是粤语有音亦有字，只懂粤语的本澳居民阅读本地报刊完全没有障碍。

Q 小姐请我在她家吃过两次饭。她擅庖厨，拿手菜是葡国鸡、马介休和青菜汤，还有新鲜活力的生蚝黄油蟹。席间我们聊澳门人的籍贯、自我意识、博彩业等非日常话题，她还推荐我性价比超高的本土品牌内衣。临走前，Q 小姐在我的手袋里塞了两罐自制的虾酱,同时将刚烤好的半打猪扒包让我带回去吃。虽说澳门大街小巷都有猪扒包卖,可难得她的麦包是纯手造、炭火烘焙的,猪扒鲜嫩带骨,由十余种秘制香料腌制而成,煎至外焦里嫩,最后牛油刷体。那些刚出炉的猪扒包可亲可人,放置在小巧的竹提篮里。篮子是她闲暇时编的。

说到博彩,实在是澳门绕不过的话题。澳门号称世界四大赌城之一,屋顶上永远蓝天白云的威尼斯人使人宛如置身童话世界。不过澳门本地人几乎不进赌场。他们既不善赌,也不爱博,更不乐意留下恶名。

据说拉斯维加斯有家赌场门口原来站着一只张着血盆大口的狮子,亚洲游客不太喜欢进去,因为在东方人看来狮口大开意味着赌场只赢不输,寓意不好。后来赌场将原来的狮子搬走,另造了个大口紧闭的狮子,缩在角落,生意便逐渐好了起来。

有别于其他娱乐公司,澳门葡京门口挂有一块铜牌,刻着著名的《劝世文》:“博彩无必胜,轻注可怡情,闲钱来玩耍,保持娱乐性。”

怡情、闲钱、玩耍、娱乐,这样的劝导可说是善意的——也不只流于字面,因为葡京内饰里有些风水局据说能压抑赌运、增强警醒和自制力——也能说它狡黠。没有急不可耐的不淡定、不劝勉、不劝阻,进退自如。当然,赌客是否能及时警醒和退却,要视大脑分泌的多巴胺和钱包而定。实在难以收手，澳门亦有大量押店。事后如需忏悔，澳门大概是全世界教堂密度最高的东方城市了。当然，还有数不尽的庙宇。

我始终认为赌场是可以培养哲学家的地方，至少能激发人的哲学思维潜能，然而绝大多数人却沦为了赌徒。

若不开口，区分赌客和澳门人的简易途径是"观色"。通常说来，赌客脸上有兴奋、狂喜或沮丧，而澳人脸上却只是平和。

三

澳门人素性平实，极其低调。人与人之间的关系平淡亲切，仔细体味，却有着绵长情味。

某个阿嬷，早茶时你见她在读报纸（以前茶楼门口还有出租报纸，价格为原价的一半），午饭时间再偶遇，黄昏遛弯时又邂逅，这是常有之事。有次我向一位遛弯的老伯问路，他听得懂普通话却不会说，而我的粤语听力实在有限，他索性带我走到目的地，大约有刻把钟的路程，在澳门不算短途了，一路上遇到熟人若干。我道谢时他摆摆手"唔使唔该"，旋即又遇见了谁，两人用粤语招呼起来，不再理会我。

在澳门，邻里间知根知底，若非正式场合，披金挂银倒显得奇怪，于是澳门人不像香港人那样热衷于在外表上表达、突出自己。因为城小，夜晚一通电话，十分钟内几个老友就能坐在一起饮茶吃虾饺了。如此,形成日亲日近日疏日远的关系。这很像是上海从前的小镇。人的资料底细高度透明化,很少需要装潢伪饰,却也导致了澳门中介业始终低迷——彼此都是街坊近邻或延伸出去不远的关系,还需要什么中介啊?!

澳门人很少组织铺张的饭局。俯仰皆是的肠粉云吞面总也让人吃不厌,它们使那些漂泊浪荡已久的味蕾,最终钟情安静与家常的味道。

澳门人亦有着丰富的语言智慧。新店开张,有人对店主说:“好生意!”店主微笑着回答“有点点”“差唔多”“系刚上下”“左左右右”之类模棱两可不偏不倚的话,让人打听不出虚实。在澳门,申请注册资金少、在家开店的无限公司极易获得批准。何厚铧任特首期间,取消了营业税。政府对于修钟表、做纸盒包装、卖粥粉面的夫妻老婆店,在税收上总是网开一面,很是体恤扶植。

区别于大都会女性,澳门女人,不论是本地人还是土生葡人,基本不追慕繁华浮荣。她们在意的是天长地久的简淡生活。她们中意的男子,不是富豪,而是有一技傍身的专业人士,这使人踏实快乐。在她们眼中,一份温暖可靠的情感胜过繁花似锦。

中式的谦忍和西式的豁达,也成就了澳门男人温良体贴,循规蹈矩又不失乐天通达的性格。他们按揭买房,认真做事,供养家庭,少有酒台花径风月无边,却从未放弃过向海内海外的拓展之心。他们很少给予女人惊涛骇浪的体验，却能用另一种宜家宜室、透着烟火气息的情怀，串起平凡而缠绵的日子。

这是个殷实养人的地方，福利好得令人抓狂。从六十五岁开始，居民即可每月领到至少三千澳门元的养老金、每年五六百元的医疗券和每户每月固定的"电灯补贴"。若罹患癌症，医药费则全免。特区政府还大开银库，实施现金分享计划，每位居民皆有额外收益。澳门的人均寿命已跃居世界第二。

这个时常被台风袭击的城，惊心动魄与平淡如水仅一步之遥，绚烂从小看惯，经历过葡萄牙统治时代、1999年回归和几次亚洲金融风暴，四世繁华使它的居民天然形成处惊不变的不俗心智：你开你的豪车，我饮我四文钱的咖啡，一样怡然自得，这是我们各自的命运和选择。

有人说，从走路速度和情态就能判断此人是澳门人抑或香港人。澳门人的生活是件款式寻常的外套，要仔仔细细将衣料、针脚、纽扣琢磨翻看，才能辨出其中厚味。

四

如果说上海的胸怀，表面是大海，海底是暗礁，唯有深谙其中规则法门的人方能真正进入，那么澳门的胸怀恰如它的称号：天主圣名之城。它接纳和赏识有善根与慧根的人，给予机会和回报，潜移默化间将其打磨得更加完善。

中国改革开放后首个打开移民门户的是澳门。踏着这波热潮，几万内地人移居澳门，他们多来自福建、广东和上海。当年的澳门，每日批准四位上海人入境。

澳门籍上海人陆康就是其中之一。他曾连续十七年被官方选定为澳门文化使者，赴欧洲传播澳门文化。

陆康是著名书法篆刻家，南社陆澹安之孙，十六岁开始师从陈巨来刻印。他祖籍苏州，1948 年生于上海，1980 年移居澳门，2000 年回上海常居。从三十二岁到五十二岁男人的黄金时代，他属于澳门。

有人说，在上海，陆康代表澳门人的形象，在澳门，他又是最贴切的上海符号。

澳门是陆康的福地。虽然去澳门之前，他在上海篆刻界已然有名。可在异乡，一切归零后重新崛起的历练所带来的醒悟，二十年江湖浮沉，加之先天出身学养的润泽，最终修炼出雍容旷达的性格。2000 年他回沪后，又为《澳门日报》撰写了二百五十篇左右介绍上海风情的专栏文章，后结集出版散文集《感觉上海》和《上海心情》。他曾写到上海襄阳路早前的可口可乐博物馆，有澳门可口可乐 Fans（粉丝）拿着当日剪报往来三次探寻此处。

1980 年，揣着一纸签证和一百元港币（当时值人民币三四十元），陆康经拱北口岸踏入澳门。初入澳门，他完全像进入了异邦，不懂粤语，更别提葡萄牙语了。工作无从寻起，梦想更是奢谈，生存是唯一所求。

昔日《澳门日报》尤其推崇文化，重视文化人。时任总编辑的李鹏翥先生当时在每日头版撰写一篇专栏。得知陆康入境的消息后，与之素昧平生的李鹏翥连续三日撰写一位刻印青年与南社陆澹安、陈巨来等之间的掌故。1986年，三联书店香港分店和澳门星光出版社联合出版李鹏翥的《澳门古今》。在赠书首页，他称陆康为"道兄"。

李鹏翥是澳门当年少数会说普通话的知识分子之一。他有时带陆康赴一些社交场合，将他引荐给澳门当地岭南派画家、书法家。无奈语言不通，最终众人与他的唯一交流和建议是"识讲广东话先啦！（先学会讲广东话啦）"

那时陆康不敢坐公共汽车，多数靠走路。当时澳门公车停靠是要大声向司机喊话的："唔该，有落！"粤语欠佳的他缺少扯开嗓门喊的勇气。半年后，他从只能说单词进步到能说短句了。去茶楼，能大方说出"唔该……"（劳驾之意）。生活也因此豁然开朗。

陆康早期在澳门的奋斗异常艰辛。其中一份工作是电脑植字，每晚上夜班，睡地铺。半年后，著名慈善机构同善堂邀他编辑九十周年大庆刊物，此刊一举成功。庆典结束后，他在同善堂秘书处工作了三年。这期间，贾梅士博物馆馆长邀他开书法篆刻展。展览吸引了各界人士和慈善基金会的几十位值理，这些业界巨子慈善精英对陆康的才华由衷欣赏。

在毫无根基的异地艰苦打拼三年后，陆康脱颖而出，被收录进“澳门百科全书人物卷”，跻身澳门文化精英行业。

澳门在葡萄牙管理时期，每年都有为期四十天的欧洲旅游文化节展示澳门文化。毛笔文化和“澳门小姐”是澳门文化标签。每届“澳门小姐”成为友谊使者，陆康成为文化使者。文化使者的工作是往来穿梭于欧洲宫廷和各大展馆展示中国书法。十七年间，友谊使者换了十七位，文化使者始终是陆康。他还曾两度被政府派往葡萄牙和西班牙参加世界博览会，每次都历经数月，推广代表澳门形象的中国传统毛笔书法。在游历与思考中，这个似出复似处，非忙亦非闲的上海人，渐渐修炼出更为柔韧从容的身段与智性豁达的处世之道，有了看不透的大味若淡。

从上海，到澳门，到欧洲诸国，再到澳门，上海……这一路，在泥沙俱下的江湖里，陆康能处富贵，能安寂寞，经历过血雨腥风，因此宠辱不惊。在万丈红尘、在不可捉摸的驳杂人心里，锻造出超然通悟的段位，澳门无疑对他有知遇之恩和惺惺相惜之情。挫折时我少有倾诉，唯一会向陆康寻求疏通，他说，是非以不辩为解脱，烦恼以忍耐为菩提。

我始终相信，人与人，人与物，人与城市之间，是需要匹配的。陆康澄明的文脉、史脉、人脉，他的羁旅与漂泊、静寂与律动、平和与激荡，与澳门和上海一样，洋溢着海的气息。

我突然明白了为何上海人陆康,能成为那些年最为出色的澳门文化使者——这不仅缘于他的才能和幸运,更体现了澳门的眼光和胸怀。

五

澳门的建筑深有趣味,绝不独沽一味。古旧建筑遍布大街小巷,大体量建筑多为葡国风情,小型建筑则显中风古趣。

它是我去过的唯一有鲜丽色彩的中国城市。粉红、鹅黄、浅绿、乳白……深合我想象中的诗意的栖居。议事亭前广场上黑白分明的碎石跳脱而协调,葡文石碑记载着世事沧桑。有条短巷一边粉红一边嫩黄,尽头是大三巴,若拍缱绻戏,去那儿取人约黄昏的景是太合宜了。不少街巷短到没几步路,错落的石板已有几个世纪的历史,路名却是长的,士多鸟拜斯大马路、爹美刁斯拿地大马路、路义士若翰巴地士打街……有些中式街名可以望文生义。越来越多人来澳门,只为走走那些老街道,看看《伊莎贝拉》的新华大旅店,喝一壶香片,沉淀心绪,怀一下中世纪的旧。

2005 年,澳门古城成功申请成为世界文化遗产。

广州城、香港地、澳门街,这是岭南老话。以前不少市井香港人颇为自恋,他们看待澳门的眼光类似于青岛人看烟台、杭州人看嘉兴。澳门人虚怀若谷,毫不介意——大有大的难处和局限,小有小的融洽与惬意。

某些心态上天大抵是看在眼里的。于是既无深水港，资源也相对匮乏的澳门已成为三十余个国际组织成员，享有欧洲共同市场优惠税制，在国际上有着超好人缘。这座中西文化密集交融的小城有着浓厚的南粤与地中海风情，在中国广阔的版图中可说是绝无仅有的，不仅适宜人居，回归后其独特的地域形象更得以放大与提升，绽放出绝美神采。

游走澳门，如同在猜一个天人合一环环相扣的古老谜语。这是个将理性善意和诗意激情协调得很好的城市，有着过日子的满词长调，岁月的划痕与心跳在此都能得到抚慰疗愈。它以特有的谦和姿态提醒着你：人是念，命是幻，回归是真。在它面前，时空人事如浮云。没有地域，不惧红颜染灰，莲花地终于成为一个永不衰老的传奇。

澳门的乡愁

□ 梅仲明

关于家乡

长途客车和呕吐，是我童年记忆的重要组成。每一年寒暑两假，我总要面对历时超过五小时的晕眩，一往、一返。各种西药与古方，只为撑过那一条颠簸不平、上山渡海、看似永无尽头的回乡之路。一次又一次，我在长途客车上嚷着要回家。然而，我的父母始终坚持寒暑两假回乡探亲的传统。即便他们跟我一样，会晕车、不适和呕吐，他们却没有放弃在仅有的两次长假回家看看的机会。

年少时，不明白为何父母对家乡有那么深的依恋。我和家乡唯一的联系，就是外婆。抹去各种阴影，记忆中的家乡，有我那当厨师的外婆做的一手好菜。自她去后，我和家乡已再无联系。

我的父母亲原居地为广东台山，二十世纪七十年代末八十年代初，家族人为了谋生，陆续迁至澳门、香港生活。亲友中，不少接着会选择移居美国、加拿大。在港澳生活的祖父辈，如果行动仍然方便，晚年则多半选择回到老家。像澳门这样一个移民城市，类似我们这种侨乡家族的迁移史多不胜数，不同的也许只是各自的家乡名字与方言而已。

年少时不知道什么是本土，也不知道家和乡的意义。愿意回乡，也许是因为新鲜好玩；不愿意回乡，就是因为不舍得澳门的朋友，想在假期留下来跟他们在一起。当年泛珠三角地区交通不便，桥梁和高速路尚待开发，回乡的次数多了，久而久之，呕吐的阴影挥之不去。而小时候会跟着父母说一点儿方言，多半只是因为耳濡目染。到长大了一点儿，记忆中又有了太多回乡的噩梦，于是越来越抗拒父母口中的家乡和家乡话。无论父母亲朋如何用方言发问，我只会用通称的广东话回应。

生活在他方

2005 年澳门历史城区被联合国教科文组织列入世界文化遗产名录以来，保护澳门传统文化成为政府和民间的重要课题。旧建筑、老街道、传统的风俗和工艺，大家都希望保留下来。这怀旧复古之风，看起来像是因世遗而起。你觉得是这样吗？

澳门和香港开埠的情况差不多，原本平静的南粤小渔港，因为时局和战乱，逐渐聚集了五湖四海的人。迁入者把各地文化带到这个城市，再经过互相磨合和碰撞，融合成独特的本土文化。然而，我们祖父辈当初来到澳门生活，并没有本土的概念。祖父母离乡背井，也许这里只是他们设想的一个中转站，他们还有更远的路想要走；又或许这里只是他们的一个避风港，他们认定有一天是要回到家乡的。到最后，因为各种各样的原因，他们不得不留下来。他们生活在这里，终其一生却没有视这里为家。他们一辈子活于淡淡的乡愁中，总是回想着往昔的美好，顾念着自己的老家。

二十世纪五十年代至七十年代，香港的国语片就是一种因怀乡情结而生的产物。江南及江南以北的移民迁入，形成了以普通话为主要沟通语言的社群，也为香港电影产业带来了大量技术和人才。在一个以粤语为方言的城市，国语片很好地响应了移民市场的需要。留意早期国语片的故事，其背景大都设定在旧时代歌舞升平的岁月，那些故事脱离现实生活，多少是为了满足异乡人对家乡和过去的缅怀。社会学家拜恩·特纳（Bryan S. Turner）曾说："对于怀乡的人，世界是异己的。"他们无法真心地投入自己身处的世界，他们憧憬的生活，一直在远方、在过去。

异乡人

到后来，大家觉得真的回不去了，或者经过种种事件以后不再想回去了,往昔美好的幻象破灭,他们才肯放下心中的石头,开始关心身边事物。这时候,老一辈慢慢退出了社会发展的箭头,人们生活的重心、电影故事的重心,才终于更多地立足于当下、着眼于本土。

对比香港,澳门的本土意识相对还要更薄弱些,发展也更迟。澳门有很多人,一直以异乡人和过客的身份活在这个城市,他们把澳门当作救生圈、当作后花园,从来不会想去为这个城市干些什么事情,也不会多去考虑这个城市的未来。时机成熟,他们便要离去,是这样一种过客的心理。我们的乡族社群一直稳定发展,很多人都以福建、广东各省市人自居——这是澳门早期移民的主要组成。澳门人是什么?就像一个暂留的凭证一样。家和乡,紧密地联系着,澳门只是个避风港。对于家国情怀这个概念,在特定背景下的澳门,自然是一个相当好的示范。然而,对于我们生活的这片土地,这种过客的心态,却又实实在在地影响着我们自身文化的形成和确立。

是的,澳门确实是中国历史上有名的避难城市。这是我从欣赏各种香港影视作品发现的情况,然后再从书中自己总结出来这个答案。我要这么说,是因为澳门的教育在很长一段时间里面,并没有"澳门"这个板块。我们的历史课没有澳门史、我们的语文课没有澳门文学,回归前我们上课用的一直是香港和内地的教材。小时候我们会奇怪,为什么教科书上面的巴士跟我们上学用的巴士不同,为什么书中的离岛叫大屿山、南丫岛，我们离岛郊游去的却是氹仔、路环。当年老师们口传的解说，始终不及教科书的记忆历久常新。

澳门 1984

市场小和人口少，加上我们背靠内陆、邻近香港，讯息和影视娱乐便一直依赖于周边城市。看的是香港和内地的电视节目，读的是香港和内地作家的著作。直至 1984 年，我们才有自己的广播电视台，但其放映的依然是外地提供的剧集和节目。回乡、出国一直是澳门的主旋律。八十年代以前，这个城市其实一直没有建立起确确实实的在家精神。这就是澳门人，我们的身份，需要各种邻近城市的参照，才能勉强塑造出某种具体形象。

1984 年，对于澳门本土文化是一个颇有意思的标志。其一是上面说的本地电视台启播。其二是望德堂坊，也就是我们本地人俗称的疯堂街周边，被列入政府重点保护文化遗产范围。该区曾为华人天主教徒聚居之地，是内地教徒躲避清政府追捕的其中一个避难所。众多具历史价值的建筑和整个坊区的面貌，承载着大量澳门故事。

当然，这两件事与当时澳门的前途问题也有关系。但第三件事则更为直接地指涉本土文化。当时在《澳门日报》主办的"港澳作家座谈会"上，移居香港二十多年的作家韩牧先生呼吁要建立"澳门文学"的形象。像韩牧先生那样在澳门出生和受教育的香港作家为数不少，抗日战争胜利以后，不少原本流入澳门的居民，返回中国内地或迁往香港，澳门人口急剧下降，这是不少澳门作家长居香港的一个背景。六十年代，澳门人口不足十七万。一直到了七十年代，澳门的人口才稳步发展，直至今天超过五十八万人。

本土意识的来由

乡族社群的高度发展和输入性的信息，让澳门发展本土文化的基础相当的薄弱，我们的文化基础，也只能是这样的他乡化。所以，有很长一段时间，澳门人经常陷入“离岛化”的迷思——因为家人和亲友的移居、因为长期以来依赖香港媒体的习惯，总让本地人觉得澳门活像个香港的依附岛。当然，自从赌权开放以来，随着经济快速发展，小澳门的形象逐渐扭转，澳门的离岛疑惑现在已成历史。只是，我们吸收的信息仍然摆脱不了港台化的倾向，我们的生活习惯也始终摆脱不了日韩风的影响，这已是根深蒂固、一时难以改变的事实。然而，如今连带着我们刚刚意识到的“在家感觉”也渐渐动摇，这却是回归之初我们万万没有想到的。

我们是在那样一个迷思与觉醒之间的“过渡期”出生和成长的一代，我们不像祖父辈那样对祖居地有极深的依恋，残留在父亲身上的方言和传统，对于在澳门土生土长的我们已经相对陌生，我们还一度觉得自己已经再没有乡愁了。澳门就是我们的家、我们的乡。不同于上一代,我们理直气壮地说自己是澳门人,这是一种态度的改变。

只是,这"本土人"的自觉,我们近年强调本土意识、怀念传统文化,却又多少是因为社会快速变化、开始难以把握当下而渐渐萌生的思潮。今天,集体记忆、怀旧主题一时成为主流。过去真的那么好吗?殖民统治时期,大部分来到澳门的华人过的都是穷日子,我们忍受社会的各种不公平对待,默默受挫,活得并不快乐。怀旧,只是对当下风景逐渐消逝的一种哀悼,是围绕我们现实生活中一些逝去的东西而重新组织的想象。

一种在家的乡愁

回归以后,大部分澳门人都过着相对富裕的日子了。到我们可以默默地受惠,像获得了些优越感了,居民却没有感到特别的快乐。究其原因,就是由于开放赌权、大力发展旅游使这个城市的生活受到了太多冲击。过去总是平静的街道,现在站满了各种各样的人。大量外来人口的拥入,不同的思潮在城中扩张,我们对于金钱的观念、邻里之间的关系,跟年少时所认定的澳门形象有了很大的分别。渐渐地改变,也许人们还可以默默地接受;太快太突然的变动,却为我们带来了极大的焦虑。原本"小国寡民"生活方式,到今天已经完全不派用场了。有一天,我们发现自己对这个城市越来越陌生。走在板樟堂,穿梭在议事亭前地的人群当中,觉得这个城市已经不再属于我们了。有那么一刻感到无家可归,不知身在何处。

那时候,我才终于明白祖父辈为何如此依恋自己的家乡。

社会学上的乡愁,是思念故土和伤心这类词的结合,表示一种回到一个人早年生活中某个熟悉地方的愿望,它有一个更具病理学的含义:每当一个人被诱发想起他原来的家乡时,他便体验到伤心的感觉。我的家乡在澳门,我却觉得自己离它很远,无时无刻不触景伤情,心里面一直想要回到年少时的光景。

“已经回不去了。”

那年的祖父,看着他眼中的澳门,是否也曾发出过这样的感叹呢?

今天的我们,看着眼下的家,心怀着回忆的乡,始终思念着在家的往日。这就是我们总是书写本土的人、记录本土事的原因。

澳门，生命旅途上温馨的家

□ 叶周［美国］

澳门是这样一座城市，初来时，给你他乡异国的感觉；日子久了，你却好像回到了家；澳门的美食丰富，你每天可以做不同的选择，天长日久你的味觉体验多姿多彩。

我第一次远眺澳门是二十世纪八十年代末到开发不久的珠海特区旅游，乘船绕着澳门岛游了一圈。记忆中印象深刻的是鸟笼似的葡京酒店。远眺葡京，心里充满着神秘感和道听途说的关于葡京的故事。当年葡京门口的广场上竖立着一座雄伟高大的昔日澳门总督亚马勒的塑像，这尊塑像在回归日之前被拆卸运回葡萄牙，这也标志着葡萄牙殖民统治的结束。

当年游船载着我从友谊大桥下穿过，我看到的是开阔的河道、起伏有致的桥梁。在澳门岛的另一面，我看到成群的渔船停靠在水中。那时只是想过何时可以到澳门一游，却没有想到有一天会在澳门工作和生活一段时间。

2004 年年初我到澳门工作，住在与澳门岛一江之隔的氹仔海洋花园。从小区的平台上可以眺望澳门本岛美丽的城市景观。旅游塔、葡京、中国银行大厦，还有后来建造的新葡京。每年秋天，国际烟花节在对岸的旅游塔为天空带来绚烂缤纷的礼花。

刚到澳门时，从本岛通往氹仔的新大桥正在紧锣密鼓地建造，引桥从住宅的窗前通过。特区回归五周年时，大桥通车了，国家主席胡锦涛专程亲临剪彩。我亲眼看着他的座驾驶过大桥，去氹仔视察。那几年赌权开放后澳门博彩业开始了蓬勃发展的阶段。后来澳门几次大的盛事，我都有幸参加。2005 年渔人码头开业，出现了万人空巷的盛景，然后又有新葡京和多家美资赌场的盛大开业，一波又一波地掀起了博彩业的高潮。

年初我去了意大利的佛罗伦萨，走在洒满冬日阳光的街道上，看着狭窄的却又异常整洁的街道，那番景色让我想起了曾经生活过的澳门。澳门的街区洋溢着浓浓的欧洲气息。

走在澳门的街道上，脚踏着葡萄牙风格的白色小石子路，抬眼望去周围是承载着四百年中西文化积淀的历史城区。澳门历史城区是中国境内现存年代最远、规模最大、保存最完整和最集中，以西式建筑为主、中西式建筑互相辉映的历史城区；是西方宗教文化在中国和远东地区传播历史重要的见证；更是四百多年来中西文化交流互补、多元共存的结晶。

2005 年 7 月 15 日，澳门历史城区申请世界文化遗产成功了。妈阁庙、大三巴牌坊、民政总署大楼、东望洋炮台及灯塔、议事亭前地（俗称“喷水池”）……都榜上有名。听到这个消息我感到多么荣幸，因为我每天都行走在这个历史与现代交汇，中西文化交融的历史城区中。

一个周末的下午，我走在宁静的街道上。狭窄的巷子里零零星星地开着几家店铺，没有什么顾客，看店的人悠闲地在店堂里望着街上稀疏的行人。建筑已经有年头了，街道却很干净，仿佛在城市的风景里看见一件洗得发白，却依然体面的衣服。忽然，从巷子深处飘来一声粤韵十足的清唱，循声望去，是酒家正在举行粤剧票友的聚会。透过街边虚掩的门缝望进邻里人家，昏暗零乱的客厅里，垂暮的老人百无聊赖地看着电视……这是典型的澳门风情画。

在独具特色的街道上行走，不时会被街边飘来的食品的香味吸引，在澳门众多的美食中，来自西方的西饼制作工艺和技术经过澳门的发展，具备了自己的特色。欧洲开发了早期烤炉，通过烤炉制作出各种各样的面包。今天在澳门西饼店中的产品：面包和蛋糕，却又是经过了历史的沿革和发展，商家根据市场新的需求，不断变革创新的产物。

西方最初生产的面包一般无馅料，或可加牛油，味道亦比较淡。直至十四世纪，加入馅料，或甜或咸的“批”(pie)和“挞”(tart)才开始出现。相反，中国人原本是没有“包”这一种食物，只有馒头，或者饼。因为广州、澳门和香港一直是中国对外贸易的主要口岸，西方人吃面包饮牛奶的文化在十九世纪末已开始融入粤港澳，但传统无馅而较淡的西式面包当然不合当地人口味，因此造就了善于洋为中用、中西合璧的岭南创意。

澳门制作的葡国蛋挞就是独特的一例，工艺技术来自葡萄牙，却又深深在澳门扎根。每次去街头的小铺等着它出炉，刚拿到手里，滚烫热火，皮脆里嫩。外形上显然与广式蛋挞不一样，形状呈圆形，显得更气派、更雍容富贵。挞壳中盛着一汪橙黄橙黄的鸡蛋，凝结成纯净的一轮秋天净空中的月亮。

要在澳门尝美食，自然离不开不同的节庆。澳门保留了最完整的中国传统节日：春节、元宵、清明、端午、中秋、重阳、冬至……不同的节庆街上就有不同的灯饰，市民的餐桌上也就准备了不同的美食。春节的年糕、糖果、水果篮，元宵节时各种馅料的汤圆，端午节的粽子，各路大军汇聚，广式、沪式、台式应有尽有，河上还会举行澳门国际龙舟赛，好不热闹。中秋节吃月饼、提灯笼，各种活动丰富多彩，澳门国际烟花比赛会演通常被安排在中秋节的前夜，烟花簇簇与圆月同辉。到了冬至，澳门坊间一直流行着“冬至大过年”的习俗，一家人要聚首一堂好好再吃一顿团圆饭。澳门在葡萄牙统治下度过了那么多年，却仍然保存了这么完整的历史传统实属不易。在不同的节庆里，走在澳门的街上永远有新鲜的感觉。最盛大的美食盛会就是每年深秋举行的澳门美食节，来自世界各地的美食在西湾湖广场上大比拼，看看谁更能赢得市民的口碑。

在澳门时每逢春节，女儿就读的圣公会国际学校，就会安排学生举行节日盛装表演，舞台上每一个同学都会穿上传统的中国服装。国际学校的校长戴维是一位来自英国的绅士，新年时节，也会特地选一套金黄色的中国服装穿上，显得气质高雅。我为女儿采买了一套大红镶着金边的传统服装，这也是在美国出生的女儿第一次穿上红红火火、喜气洋洋的中式服装。女儿出生在美国，平时在家能说流利的中文，可是她上的第一堂正式的中文课是在澳门圣公会国际学校。看见喝着美国牛奶长大的女儿，穿上了中国风格的服装，说着流利的中国话在舞台上欢乐舞蹈，我从摄像机的镜头里望着她胖嘟嘟的福相貌，仿佛看见血缘真正地将她和中国文化联系在一起。这也是第一次，在她记忆中形象地留下了对中国文化的美好记忆，当她手里拿着大人给的红包，嘴里说着“恭喜发财”“万事如意”，她心里感受到的是中华民族合家团圆的温馨。

澳门是这样一个城市，初来时，它带给你异国他乡的感觉，日子久了，你却好像回到了自己的家。澳门是这样一个城市,它的民风很中国,它的美食很国际。如今我已离开澳门好多年了,站在美洲的土地上回望澳门,我不能忘记它蜿蜒有致的街道,更不会忘记它对于中国传统的保存和继承,对西方建筑文化和现代娱乐城建筑的兼收并蓄,和谐并存。澳门,丰富而有序,繁华而温馨,历史而现代!它曾是我生命旅途上温馨的家。

澳门的心

□ 许锋

以前去过几次澳门，但是还想去。就想在街上走一走。这次没有从拱北口岸走，换了个地方，一个叫湾仔的地方。对岸叫内港。若后面都加上“码头”两个字，便成为两个点：起点的点，终点的点。过去的时候这边是起点，回来的时候那边是起点。从起点到终点，风平浪静之时，船连三分钟都不需要走。那时我的思绪刚刚开始在海面上打漩，还远远没有漂够，三分钟零四十一秒，女儿盯着秒表说，爸爸，到了。

我是北方人，小的时候见不到什么水，眼旱得很。我刚才看海，也往岸上看。这边没有山，却有山的气象；水阔得很，无比的浩渺。岸上的这些楼，好似活活地长在水里，像我的故乡的土里茁壮生长的葱、玉米、树；漫山遍野仿佛都是水。一团团白的云，在楼与楼间，楼与天间，天与水间，两岸间，由着性子轻盈地游弋。让生于北方的我的眼里灌满了自卑与羞涩。美，的确会因水而生。在水一方的城美得令人窒息，它让人目光盈盈，仿佛含着笑——或者伤，或者悲，或者痛，杂糅着海水般丰富的情愫……

我的家乡也有山有水，山叫兴隆山，距我生活的村子有些远，我幼时没有去过；水是黄河水，从兰州穿城而过，离我更远，我幼时也没有去过。西北的村子干旱少雨，我这样一个离青山远、离绿水远的孩子，自然是土里土气的，别人一眼就能看出你是从西北土沟沟里爬出来的，有灰头土脸的典型特征。不像出生水乡的孩子，眼睛是水灵灵的，皮肤是水灵灵的，说话是水灵灵的。水润泽万物，也润泽人的眼、人的心、人的性情。

那一年女儿才六岁，我想举家南迁。对于女儿来说，六岁是关键的一年，对于我，赤裸裸贪图的就是南方的水土，嫁鸡随鸡，妻子一定随我。如今，女儿已变成南方的孩子，会说些南方话，也能听懂不少南方话，有时候能给我们当“翻译”。“后遗症”是，嘴巴一张，前鼻音和后鼻音的有些字竟然分不清楚。

我拉着女儿的手往岸上走。船站在海浪里岁月般稳健。但风一直执拗地鼓着气，耍着小性子，嘟嘟囔囔，一点儿都不像南方的小姑娘，让远处的楼和近处的楼，远处的山和近处的山，像要摇晃起来似的。我这样不识水性的人，离船的瞬间便有一点儿晕。

其实无所谓远近，我的目光所及之处，远的不远，近的不近，在水一方的物体，在风里、浪里、雾里、光里、影里，有时候是分辨不清的，乃至水天一色，如梦如幻，不过都很好看、很美。

从内港码头出来，我们几步就入了城，这是比从拱北口岸进去要便利一些的。那是所谓的城，我心中的城，它没有城墙，不需拾级而上，或者费劲地攀缘、跳跃。我们似乎是在非常不经意之间，以不假思索的状态进入一种不同寻常的生活。像是回到故乡般自然，没有大动静，风一样无痕。

我这样表达，一定是因为城与城不同。澳门与一般的城是不一样的。你一定知道澳门的历史。澳门自古以来就是中国的领土，却曾长期受葡萄牙殖民统治。1999 年 12 月 20 日，中国政府对澳门恢复行使主权。它宛如一个曾经被人以种种方式“收养”的孩子。

进入这样一座不同的城市，我认为只有行走才是与城市私语的最好方式。其实不管在哪一座城市，你都不要习惯于走马观花，一掠而过；略略看几眼，听几句，“到此一游”一番，便杂拌儿似的作一篇长文章——写则写了，人却读不到你的心，反而字里行间会有一股浮躁急切之气奔袭而出。不管城市有多老、多神秘、多高傲、多富有、多凌乱、多朴素，或者多年轻，只要我们有耐心，耐着性子，用轻轻的、友善的、谦逊的步子和目光走过那一条条街、一道道巷，一种说不出来的很奇妙的感觉一定会油然而生——你甚至会产生错觉，自己就是城里的人，本地的居民，土著——一个一点儿都不伟岸的父亲，拉着女儿的手，在街头若无其事地徜徉，在超市里选一种水果。真是一种说不出的幸福。

有时，我们走在前面，妻子尾随于后；有时妻子走在前面，我们尾随其后。路实在不宽，两个人可以并排走，若仨人肩并肩便会阻了别人的路。澳门的街，或者我们经过的街，没有十分长和十分宽阔的，有的地方如弯角处甚至显得逼仄和局促，但一路走来，几次来澳门，你听不到半句吵嘴，没有人因为行路而产生不快；在澳门行走，你前面的路始终能见到阳光，闻到风，是通透的；你虽然与楼很近，却不感到压抑。没有死胡同。

澳门的老城是标准的"市井"制式。你看，前后左右四条道，差不多一致的长度，将中间围成一个方方正正的格子。格子里面，上头住人，格子四周都是店，格子上空都挂着这样那样的牌子，许多的老字号"悬"在半空。许多医生也"悬"在半空——"西医×××"，地点正在楼上或地下室。我不由得会想起父亲，一个军医出身行了一辈子医的人，如果他还在世，被允许到澳门行医，挂一个这样的大牌子，该是多么荣耀。或者陪他到这里，访问一下同行，该是多么喜悦。

他没有那个福气。他早就想到澳门看一看，可是一水隔住了他蹒跚的滞缓的步履。

我们所嗅到的澳门的商，是铺天盖地的商，不躲闪的商，澄澄澈澈的商。在这里，似乎无人不言商。不言会让你显得高傲，反而另类。“巴掌”大的岛屿，买与卖之间，是澳门人的生活。为了生活，人便会无比的勤谨与和气。不管是二十岁的少女，六十岁的老者，来自菲律宾的年轻的打工者，川妹子或者湘妹子。离开人声鼎沸、人头攒动之处，深入幽静的偏巷，在清淡寂寞得能落几只麻雀的地方竟也见到地上摆着几件“古董”，几本旧书……有“绝迹”的几十年前简体字版的《红岩》《水浒传》，叫人喜悦。却找不到卖书的人。我们煞费心思甚至蹲下去做出“胡乱”翻出一点儿动静的动作，仍是白等半天，白费工夫。我一点儿都不生气。这么好的一个早晨，一街都是来自海边的阳光，阳光照着我，照着女儿，照着妻子，照着街上的砖砖瓦瓦，一草一木。

我们的心像老街一样和气，像那些经了岁月和人烟的书一样朴素与敦厚。

一个一个的格子，由着我们一个一个地转。一个十来分钟？我们转了很多个格子，几乎迷了路，转到夜幕时分。可是我们很享受这种失去方向的感觉，这是中国，一个文明之地，谁也丢不了。

格子与格子连接的地方，有的有红绿灯，有的没有。我听见救护车的警笛声由远及近时,已离开那个路口二十多步,但我和女儿迅速停下脚步,小鹿一样眺望——一辆救护车闪着灯疾驶而来——它前进的方向,是红灯……

这样一个镜头,充盈了我的眼,我的心,我的胸腔,对,那一刻,车、人,所有的,连空气,都给一个不相识的生命让出了宽阔的空隙。

在一个没有红绿灯的路口,当我们的脚正要迈出去时,有车驶来,我们本能地退回,那车却无声无息地停了下来,里面的人默默地看着我们,像绅士或者淑女。我拉着女儿的手走过,轻轻地对女儿说,看见没,这才是城市的心,你要多到这样的城市来。

这一天是国庆节,澳门满街的红。出租车车顶挂着精巧的国旗,有人手里拿着精巧的国旗,报纸上"连篇累牍"的广告是一个主题:热烈庆祝中华人民共和国成立六十六周年。细心的读者挑出毛病,有的广告上用的是"恭祝"两个字,恭祝那是祝贺别人的喜事,澳门可是中国的。言者无心,听者有意。今天的澳门,今天的中国,今天的世界,只有一颗心:爱中国。

夜里,我从一座高楼的二十一层的某一扇窗注视这座城市。我的目光所及之处灯火辉煌。我试图打开窗,在城市的上空听一听城市夜的脉动,但窗是被严实封住的。我知道,这座城市丝毫不会感受到一个陌生人的呼吸与心跳,它经历了太多的沧桑和世事更迭,并非麻木,而是荣辱不惊。只是，我愿意细细感受与聆听它的呼吸与心跳，像回到老家，急切地抚摸那一草一木，感受它的温度与湿度；跃过沟壑，爬上山冈……在高处眺望。

我有足够的耐心一夜不眠。妻子睡了，女儿也睡了，都像贪睡的猫。我望着远处的灯塔，温文尔雅的内心却又充满焦灼；我像在恭候一个熟悉的或陌生的行者归来，迫不及待地给他讲述我所知道的城市的烟云。

其实，我知道什么？我只是访者，来过屈指可数的几次，在澳门深邃的目光中，我苍白得像一张纸。

直到第二天早上五点时，我又一次听到了城市的动静。刚刚那动静是细碎的，零零星星的，轻微的，当，咣，有一点儿胆怯，也有一丝不忍。大概是“清道夫”的声音。然后，声音渐渐丰富起来。有了一辆汽车声，有了一些汽车声。从窗口下望，都是在各路上行驶的城市巴士。赶早的巴士。没有私家车乱跑，一辆都没有；没有什么人尖叫、练嗓子、歇斯底里地呐喊、跳广场舞。一切刺耳的令人惊悸或毛骨悚然的声音都不属于这座城市的清晨、白天、夜里。这是一种秩序井然的生活，特别温和的生活。

我们继续在城市行走，可能像几个探险者，却不是在探险。是探索或者探求。

我们每一次来，其实都是在看这座城市的心——而有的城市，你是看不透的，如同看一个目光老是游移的人。

说一个澳门故事给你听

——本土历史京剧《镜海魂》戏里戏外

□ 穆欣欣

楔子　收不住的眼泪

2015 年 1 月 13 日，澳门。雨，已经下了整整一天一夜，仍没有停歇的意思。

这样的冬雨，在澳门不多见，不寻常。

一定是他，今天将重回澳门；这雨，是他悲喜难禁的泪！

这个人，我视之为亲人、兄弟。三年间，我曾无数次走进过他的内心世界，读懂过那个生命止于黑暗岁月的孤独灵魂。他永远属于这里，无论昨天、今天，还是明天。

这天上午，我撑起雨伞，来到澳门三大古庙之一的莲峰庙前庭。离此不远的阿婆石，是一百六十六年前和我们生活在同一片土地上的澳门人沈志亮——登上历史舞台的地方。

就在今晚，他的故事，即将登上澳门文化中心的舞台，沈义士魂归故里。

这一刻，心里话，只对他说，而天地无言。

“义士不哭！

你的委屈我知道，这雨是你收不住的泪。

你保家卫国，舍生取义！

今天，你的故事将重新传唱，我们不会再忘记你。

你为乡为民，今天一定不忍见父老乡亲雨天难行。

兄弟不哭！”

我如斯坚信：今天以及之后，沈志亮一定不再哭泣！

黄昏时分，果然雨住天霁，夕阳红艳一片，映暖了走向文化中心剧院的澳门父老乡亲。

故事　在今天与昨天之间穿越

澳门缺少故事，是我一直引以为憾之事。尽管人们赋予澳门种种美好的标签，诸如洋化、休闲、惬意、浪漫，我却总嫌这些都流于表面和轻浅，难以和她承载了四百年沧桑岁月的厚重灵魂相匹配。

一座没有故事的城市，如同一个没有灵魂的人。

写一个让人记住澳门的故事，是我的一个心愿。

在澳门的所有别称中，我最喜欢“镜海”一名。波平如镜的海面，让人联想到岁月静好、天地人和。我多想为澳门这个我成长的地方，找回自己的灵魂。

《镜海魂》故事发生的年代，是中国历史上的一段黑暗时期。直到今天，在澳门与珠海陆路连接的关闸门上，仍然刻着两个日期：1849 年 8 月 22 日——亚马勒死于沈志亮刀下的日子；1849 年 8 月 25 日——葡兵敢死队成功攻占清军北岭炮台的那一天。

那时鸦片战争结束还不满十年，英国已将香港岛据为殖民地，偏居澳门一隅的葡萄牙自命的“澳门总督”亚马勒，不再满足于向清政府驻澳门机构称臣纳税的地位，“怎奈是划定地界将我限，到如今缴租纳税心不甘。眼见得英人已将香港占，我当须趁风借势扩地盘。”刚愎自用的亚马勒就没把正走下坡路的大清王朝放在眼中，更何况人称弹丸之地的澳门！不过，这位骁勇善战、“兵火历经之处所到必克”的葡萄牙独臂将军，在澳门偶遇了沈志亮，故事的走向就拐了弯。

沈志亮的身份是龙田村民，二十岁左右，血气方刚，“生而倜傥，慷慨尚义”。修史者将其形象美化也是有可能的。沈志亮一直在龙田村这样一个有民居百余户、桑麻鸡犬田舍相望的和谐环境中，过着自食其力的平静生活。忽然间，几百年来一直向中国借住澳门半岛南端的葡萄牙人反客为主，说是要修一条通商的马道，穷凶极恶地来龙田村拆房屋、毁农田、平祖坟，其中就包括沈志亮家的六座祖坟。葡人以修马道的名义，侵占整个澳门半岛的真实用意也昭然若揭。

龙田村的平静骤然被打破了。

百年前普通澳门人的“中国梦”,即使是自食其力安度平生这样的简单梦想,也成了难以实现的奢望。沈志亮的“中国梦”离我们既远且近。他从内心变化到率领龙田七兄弟刺杀亚马勒的行动,是一个和谐—忧愁—激发—刺杀—悲凉的丰富过程。事件连着事件,冲突扣着冲突,环环上升,最后到了不得不为、不得不杀的地步。

文学或戏剧作品,是历史的映照、现实的倒影,并不以写完美人物和完美人生为目的。历史事件只是一个铺垫,写出人生无可奈何的两难之境、写出苦难下人性的光华才是目的。

刺杀发生后,故事真的就进入了无可奈何的两难境地,衍生出许多的不得已。

葡军在英国军舰的支持下,向清军驻守的关闸和北岭炮台展开报复性猛攻。清政府迫于葡方压力,欲抓捕沈志亮正法,以平息事态。龙田七兄弟之一的郭金棠自告奋勇要替沈志亮自首赴死,同情沈志亮的香山县丞许知进陷入了抓还是不抓、遵命还是抗命的两难境地,沈志亮未婚妻、土生葡人若莲也急欲劝他逃走。沈志亮的两难在于,如若远走高飞,龙田村百姓必遭葡人报复;若是自首,为保自己家园却死在自己政府刀下,心有无限悲愤与不甘。最终,面对葡人的步步进攻,为了保全龙田村以致整个香山县的安宁,他放下生,选择死。我仿佛听到一百六十六年前那个孤独的灵魂,渴望岁月静好、社会清明的声音!我仿佛看见他走向死亡那一刻遗憾和无奈的身影。伴随着这一情节,我相信观众会看到更多人生的不得已:和若莲有血缘之亲的澳门教区主教马赛罗无能为力的不得已;香山县丞许知进位卑权轻的不得已;龙田兄弟恨不能替死的不得已……一个美好且鲜活的生命止于黑暗岁月,无法得见日后光明,我每每思之,总有断肠之痛。

一个世纪过去,故事有了新的情节,却无关沈志亮。

二十世纪四十年代,葡萄牙人在现在葡京酒店对面广场的位置矗立起一座亚马勒铜像——策马扬鞭的亚马勒俨然英雄相,此处因铜像被命名为“铜马广场”。

我儿时的记忆里,铜马广场是澳门一处仅次于市中心地带议事亭前地喷水池的地标。在澳门长大的和我同龄的小伙伴们,可能都在这座铜像前留过影。因为年少无知,不懂历史,快门曾定格在我们如花的笑靥上。

1987 年,中葡联合声明确定了 1999 年 12 月 20 日由葡萄牙将澳门治权交还中国。当时国务院港澳办副主任鲁平声言,亚马勒的铜像是殖民主义象征,如果不拆除,将来在中国收回澳门之后也要拆除。澳葡当局听了,也认为铜像迟早要拆,迟拆不如早拆,于是在 1992 年 12 月拆卸铜像,翌年 2 月运回葡萄牙里斯本。从数十年前这座铜像自葡萄牙运抵澳门,再到最后运返里斯本,这段澳门历史其实并未画上句号。从前的“铜马广场”，如今已改名“亚马勒前地”。但“生而倜傥，慷慨尚义”的沈志亮在哪里呢？整个澳门，我却找不到他的一丝一毫印记。

创作《镜海魂》剧本的时候我才发现，今天我所居住的荷兰园区，与当年沈志亮的龙田村仅咫尺之隔，他是我的街坊。他用生命捍卫过我的家园。但沈义士从澳门消逝已经一百六十多年了！

我们愧对沈志亮。

情怀　在“豆汁”与“豆捞”之间交融

记得京剧的丝竹管弦是我人生最先听到的音乐，尽管我的成长岁月和澳门紧密相连，但命中注定，我血脉中流淌着西皮二黄。上小学时，妈妈在家常和我们玩的游戏之一是听写京剧唱词。《望江亭》《陈三两爬堂》《玉堂春》……在物资匮乏的年代，这些美好的唱词一直丰盈着我的心灵。

三年前，当澳门基金会委托我写一个讲述澳门故事的舞台剧，打造一张澳门文化名片的时候，首先跃入我脑海的澳门故事，就是多年来挥之不去的沈志亮。坦白地说，最初我是因为《香山县志·沈志亮传》里描述他“生而倜傥，慷慨尚义”的这八个字而着迷，而动心。我用历史作铺陈，试图塑造以沈志亮为主的有情有义、守望相助、同舟共济的澳门人群像，以《镜海魂》连接澳门的过去、现在和未来。

从2012年写到2014年,故事十易其稿,得多位剧界前辈无私相授。

在我看来,这个澳门本土故事非京剧的大气、辉煌,不足以表现;京剧和这个百年澳门故事的慷慨悲壮相契合,和澳门这座城市厚重的灵魂相契合。用京剧讲述澳门故事,被视为一番大胆穿越的颇具价值的探索。

2014年夏天,《镜海魂》由江苏省演艺集团京剧院在南京首演。整个创作团队,作为编剧,我是唯一一个澳门人。

由京剧优秀青年文武老生演员、中国戏剧最高奖梅花奖获得者田磊扮演的沈志亮,和我心目中的沈志亮非常吻合。我曾多次评价田磊在《镜海魂》中的表演,当得史书描述"生而倜傥,慷慨尚义"!

女主人公若莲是我虚构的土生葡人形象,从她离奇获救,到十七年后成为沈志亮生死相依的恋人,她的身上浓缩了太多澳门故事,也印证了中葡两国人民在澳门这片土地上长期的友好共处。而剧中文明和爱的化身的主教马赛罗呼唤出人们渴望和平的心声:"不是每一个葡国人都热衷于掠夺和杀戮。葡国人、中国人为什么不能和睦相处呢?"

能想象我们儿时唱的"氹氹转"广东童谣和京剧音乐和谐嫁接吗?国家非物质文化遗产名录的澳门"醉龙",点睛似的出现在全剧一头一尾,和京剧武打的翻、滚、扑、跌相对接。带有澳门回归祖国印记的《七子之歌》融在京腔京韵之中，好似天成。当历史与现实相遇，当东方遇上西方，当如同“豆汁”的京剧遇见澳门风味“豆捞”，家国情怀和凄美爱情相互映照，族群共融不再是难以企及的梦想……我、京剧、澳门故事，一直在等待着以这样的形式相遇。

尾声　永不说再见

《镜海魂》从南京首演至今，曾巡演了天津、澳门和北京。有人说：“看京剧《镜海魂》，你可以读懂‘一国两制’的澳门；看一出戏，更能知一座城！”

犹记得，《镜海魂》在天津参加中国京剧节，抽签剧院是座席最多的剧场“天津大礼堂”。素闻天津码头戏难唱，演出前，人人捏着一把汗。演出当晚，天已黑下来，到场的观众和专家却发现，影影绰绰的一大群天津戏迷冒着寒风在场外摩拳擦掌地排队寻票，而一千七百个座位的大礼堂内已几乎找不到空位。戏迷们只为了看一场他们闻所未闻的“澳门京剧”。随着沈志亮发出“待等镜海换新颜，莫忘提酒慰亡魂”的怆鸣——悲剧英雄在镜头前定格，戏迷拥向台前，掌声不息，舍不得离去。

两个月后，竟有天津戏迷坐着飞机一路追随而至，看《镜海魂》在澳门的首演。《澳门日报》专门报道了天津“追魂”粉丝“冲冠一怒为看戏”的故事。时隔半年，《镜海魂》登上国家最高文艺演出殿堂——北京国家大剧院，这是四百多年来第一次在祖国首都的舞台上，澳门人讲述自己的故事。

犹记得，澳门文化中心的演出，当剧中澳门教区主教马赛罗真挚地发自心底一问："葡国人、中国人，为什么不能和睦相处呢？"观众席间掌声雷动。只有澳门观众，读得懂这一句的深意。散场后，一位年长观众从剧场出来，颤抖地说出四个字来："天地良心！"

我为《镜海魂》流过不知多少眼泪，写到生离死别的场景时哭，看排戏时哭，到了演出还哭。我开玩笑说自己上辈子欠了沈志亮，今生为他还泪而来。

写完《镜海魂》，了却我一个心愿。一百六十六年后，我以绵力迎接我的澳门兄弟"回家"，告慰义士在天之灵！

我的下一个心愿，是让《镜海魂》这个澳门故事走得更远，一直走下去，永不说再见……

因为文学，所以澳门

□ 张堂锜

一

记得是 1989 年的冬天，我陪同妻子回澳门探亲，娘家住十月初五街。那是第二次到澳门，在新马路的报摊上，我无意间瞥见了“《中央日报》”静静地躺在众多港澳报纸底下，有些冷清，但我却一眼就看到了它。因为那时我在“《中央日报》”副刊工作，负责一个推广文史知识的版面“长河”，突然间在澳门街头看到自己工作的报纸，那感觉完全是“他乡遇故知”的意外与兴奋，忍不住掏钱买下。

虽然是昨日的报纸，虽然是澳门币十元，但我依然记得站在街边急忙翻到我编辑的版面时的激动。为了请假，我已经预先做好了十个版面，标题是我下的，内容是我校对的，就像是一封家书，漂洋过海寄来给我，我差一点儿要向报贩透露说，明天的"《中央日报》"副刊将是什么内容。那天的情景使我一下子觉得澳门亲近许多。

我在香港街头不曾看过"《中央日报》"在报摊上出现，却在之后的时间里不时在澳门的报摊上看到它的身影。我对中国台湾过期报纸的兴趣要远远高过港澳当天的报纸，或者说，我几乎不太注意港澳的报纸，更不曾留心那些方方框框的专栏副刊。停留澳门的时间，我的心力都摆在了异国情调的建筑、美食。那时澳门的人口不像今天"暴增"，街路也不像今天人车争道、拥塞不堪，而是带有一种"小国寡民"的宁静、亲切与悠闲。在南湾大马路上散步，湖边榕树上还挂着扩音喇叭，傍晚时分放着轻柔的音乐，让人放松地沉浸在宛似桃花源般的艺术氛围里，甜美的空气，静谧的湖水，你会情不自禁地爱上这个小小的岛、小小的城市。

那时没有永利、旅游塔、西湾大桥，没有渔人码头、威尼斯人，也没有澳门国际机场。

当然，也没有文学。

二

然而，我很快就发现自己错了。

一个无事的下午，我踱步到了荷兰园大马路上的文化广场，原本以为是卖文具、教科书的小书店，不料里头甚为宽敞，两岸的文学书籍也陈列不少，我有些意外，也有些欣喜。随意浏览时，在一张写着“澳门本地出版品”的纸张底下，我看到一排书架上参差摆放的书籍，大多是介绍澳门风光的旅游书和摄影集，其中夹杂着李鹏翥的《澳门古今》、澳门文化学会编印的《澳门文学论集》以及林中英的小说《云和月》。《澳门文学论集》中收录了李成俊《香港、澳门、中国现代文学》、鲁茂《谈澳门的散文》、周桐《我的小说创作历程》、韩牧《澳门新诗的前路》和李鹏翥《澳门文学的过去、现在及将来》等文章，我一边读着，一边开始在脑海里浮现出澳门文学零散的光影和形象。特别是李鹏翥先生的文章，为我贫乏的澳门文学知识补了一门课。

原来澳门有文学。我的双手微微发抖，心跳加速地翻看着，为自己过去的误解而羞愧，也为发现文学新视野而振奋。仅仅只是三本书，却让我看到一个城市与众不同的情味与魅力，因为有了文学的光与热。

当时我正埋首于硕士论文的写作，晚清文学中的历史巨变和诗人黄遵宪的文学才华深深吸引着我，因此，我只好将这份激动暂时搁下，毕竟，澳门文学在当时才刚起步，而我对澳门文学的兴趣也是初出萌芽。走出文化广场，经过葡京娱乐场，喧嚣的人潮，多彩的灯光，我按了下背包中那三本单薄的书，觉得有一种错置的荒谬感迎面袭来。

三

整个二十世纪九十年代，几乎每年至少一次，我持续地到澳门度假、探亲。在我眼中,澳门这座宁静的小城并没有太多的变化,除了妈阁庙、大三巴牌坊、议事亭前地这些游客蜂拥参观的景点,我更喜欢去的是人不多的卢廉若公园、白鸽巢公园、氹仔的旧街、路环的黑沙滩海边,古宅、古树、古庙、古店、古街、古教堂,在灰扑扑的色调里自有一种祥和的暖意。和香港相比,少了都市的摩登、进步、快速与紧张,但澳门有一种缓慢的生活步调、天然的环境本色、悠闲自在的文化氛围,以及人与人相亲的传统情味。假如香港是资本主义的都市怪兽,澳门更像是夕阳余晖下的牧歌田园。

我穿街走巷,年轻人的身影并不多见,整个城市在葡萄牙政府无为而治的殖民管制下,慵懒、安逸、不与人争,更不与己争。我逐渐喜欢上这个有自己特色的小城,它就像是中国各地成千上万个传统的小镇,但又有葡萄牙的典型欧陆风情,这种矛盾冲突的组合,在澳门是如此自然、和谐,这种包容力与融合力,简直令人讶异。

更令人讶异的是,在这个被称为“东方蒙特卡罗”的博彩天堂,同时又是异国文化无处不在的殖民地,属于华人的文化始终被完好地保留着,而中文创作的文学竟然如脱缰的野马,在二十世纪九十年代中期以后迅猛发展,本来是几朵小花的荒地,突然间变成了繁花似锦的新园地。从每年只买几本书到买十几本书,澳门文学的重量让我再也不能轻忽。

我的书架上有了《澳门文学评论集》《论澳门现代女性文学》《从作品谈澳门作家》《澳门文学概观》《边鼓集》《水湄文语》等评论专著，也有新诗《流动岛》《王和诗稿》《假如我爱上了你》《因此》，散文《镜海情怀》《有情天地》《一壶浊酒喜相逢》《人生大笑能几回》《戏笔天地间》，小说《一对一》《白狼》《晚晴》《澳门小说选》等等。

这个时期，我只是一个旁观的读者，一个因为特殊的缘分而爱上澳门文学的中国台湾文学工作者。除了曾经拜访过诗人黄晓峰，我不认识一位澳门作家。当时的我并没有机缘和激情想去认识澳门作家，因为澳门文学只在书架上摆着，它并没有真正进到我的心里。

四

隔海旁观的情形在2001年有了明显的转变。

因为我的论文指导教授李瑞腾先生的推介，我在2000年见了诗人林玉凤，在澳门的一家小咖啡屋，我们谈了文学种种，她明白我对澳门文学的用心，于是推荐我担任2001年举办的第四届澳门文学奖的小说组评委。这次的特殊经验，使我第一手地接触了澳门作家的创作，不论是题材、技巧、主题或语言，我算是真正参与了澳门文学的“产生”。此后我陆续担任了第五、六、七、九、十届的小说评委，见证了澳门文学由青涩到黄熟的丰收过程。接着，我又担任了三届澳门中篇小说甄选的评委工作。必须得说，这些经验对我理解、接近和喜爱澳门文学有着直接的催化作用。我不再是一名单纯的阅读者、研究者,我也同时是澳门文学发展的参与者、见证者。

评审的身份使我这十余年来终于和澳门作家有了密切的互动,每次的颁奖典礼我都尽可能出席,因为我可以结识更多资深的写作者,看到更多年轻的面孔,感受他们对写作长年来的坚持与求变。李鹏翥、汤梅笑、廖子馨、黄文辉、林玉凤、冯倾城等人,成了每次到澳门总要设法见面的朋友,年轻作家如袁绍珊、吕志鹏、邹家礼、梁淑琪、陈志峰、黄春年、郑国伟、梅仲明、邓晓炯等人,也让我在短暂的交谈中留下了深刻的印象。我看到了澳门文学从三本书到三十本、三百本书的不易成果,对一个小城而言,这些文学爱好者与工作者已然是一支兵强马壮的队伍,声势浩大,而且来势汹汹。

透过他们的作品,我阅读到了李鹏翥的杂学、吴志良的渊博、李观鼎的扎实、陶里的洞见、苇鸣的深刻、懿灵的精准、汤梅笑的温柔、林玉凤的强悍、廖子馨的执着、黄文辉的真情、寂然的多变、梁淑琪的诚恳、冯倾城的追求、袁绍珊的细腻、谷雨的豁达、李展鹏的开阔、太皮的趣味、陆奥雷的诗心等等。对我这位异地的学者,他们热心地提供各种协助,毫不设防地与我交流。因为这些朋友,澳门成为我除了台湾之外最熟悉也最想念的地方。因为他们出色的创作吸引了我,也因为他们坚持文学的精神感动了我,我决定要为澳门文学做些事。

1999年起我在政治大学中文系任教，研究与教学的重心都在中国现代文学、台湾文学，但后来，我在撰写学术专长时已经悄悄地加上了“澳门文学”。

五

我成了澳门文学的研究者。

在台湾，研究澳门文学注定将走在一条寂寞的道路上。对澳门文学有兴趣的学者恐怕不超过五位，他们更多地被香港文学所吸引。在申请“国科会”专题研究计划时，我总是找不到“澳门文学”最合适的归类。我看不到有关这方面的学术论文发表，这意味着我找不到可以对话的学者。寂寞、冷清，大约是在台湾研究澳门文学最深刻的感受。只有在澳门的时候，我才有相濡以沫的温暖，也只有在澳门见到这些老朋友的时候，我才有足够的能量继续在这条人烟罕至的小路上跋涉前行。

为了让更多人认识澳门文学，我于2002年为《文讯》杂志策划了“发现澳门文学”专题，并发表了《边缘发声——澳门文学与世界华文文学》，呼吁“不论从文学作品的审美判断，还是文艺思潮的轨迹追索、文学运动的多元观察，我必须说，时至今日，对澳门文学有意或无意的忽视，都是不公平的，而且可能是自身文学开展、格局与视界的一种损失”。十几年过去了，我依然坚持这个看法。

从“发现澳门”到“深入澳门”，我开始投注较多的心力在澳门文学的研究上，获得两次“国科会”研究项目，发表十几篇会议及期刊论文，重要的有《新世纪澳门现代文学发展的新趋向》《试论澳门女性散文的抒情传统与批判意识》《台湾/澳门文学关系史研究体系的建构与思考》《澳门土生葡人作家小说中的华人女性形象》《澳门小说“道德教化”叙事传统的形成与形态》等，分别刊载于台湾的《中国现代文学半年刊》，大陆的《励耘学刊》《徐州师大学报》《扬子江评论》，澳门的《澳门文化杂志》《澳门研究》。这些论文的发表，不论是在台湾或澳门，都是前人少有处理过的议题，相信对澳门文学的推展应该有一定的学术贡献。虽然研究过程中获得了王德威、史书美、杨联芬等学者的肯定，但这毕竟是冷门的领域，台湾的同行甚少，也不能不有一种寂寞独行的特殊感受。

正因为寂寞，所以在台湾只要有一点关于澳门文学的风吹草动，我都心潮澎湃，深受鼓舞，例如台湾每两年举办一次的国际书展终于有“澳门馆”的设置，袁绍珊的作品终于在台湾远景出版，台湾的东华大学终于有了第一篇关于澳门文学的博士论文，这些都让我兴奋不已，觉得澳门文学这条路其实并不孤单，只是人少，但也因为人少，反而让我看到了殊异独特的风景。

现在的澳门已经失去了它原有的宁静，填海造陆，赌权开放，陆客自由行，崭新建筑、潮牌名店、新式酒楼林立，一条由各式娱乐场打造而成的金光大道日夜喧闹，车潮熙来攘往，人群摩肩接踵，几次长假，我都不敢走向新马路、喷水池或牌坊。我看到游客手上提着五花八门的杏仁饼、蛋卷和肉干，星巴克、麦当劳一座难求，却总不见有人走向二楼，找一下“边度有书”。

一时间，我仿佛明白了澳门作家的寂寞，和我在台湾的感受竟是如此类似。

六

近些年来，只要回到澳门，我都会抽时间一个人静静地走过文化广场、文化局、中央图书馆，然后到筹备中的澳门文学馆。这条路我走过很多遍，许多细微变化恐怕当地人也不会留心。我像个朝圣者，张开了眼，打开了心，在这条路上慢慢地走着。

二十多年来，我就这样一步一步走进澳门，走进澳门文学。

美人其外，君子其内

□ 刘真［美国］

南中国海的海风吹动她的裙裾，裙角飞扬，有万种风情。她的裙边扫过妈阁庙的善男信女，红尘客栈的骰声灯影，以及汤显祖的诗和戏剧，利玛窦的圣衣与十字架，也扫过英雄的冲冠一怒和中外战争的炮火硝烟……

邂逅澳门，乍见惊喜。

以为澳门是女性，美丽内敛，影疏香淡，在平静外表下隐藏着既文艺又物质的魅惑。

澳门的文艺腔浸润在每一条寻常巷陌。这里的街巷适合徒步行走，最好是在清晨，雨霁虹消，新鲜空气中带有海水涨潮的腥咸味道，你精神振奋、身心轻松地出发。澳门的街巷有生命，有活力，有沧桑往事。一路走过莲峰庙、观音古庙、圣安多尼堂、圣母望德堂，寺院里的早课诵经声余音未散，教堂的庄严大钟又在耳边敲响，宗教气氛浓郁，诸神各得其所；待转过几个拐角，走上草堆街，道路稍显逼仄，建筑愈觉古朴，巷子上空似乎仍飘浮着中草药的芳香，向你提醒先贤们悬壶济世的好心肠；再转上氹仔街、官也街、嘉模会堂，不经意走进岁月深处，怀旧的葡韵风情扑面而来，古典窗棂和斑驳墙壁凝固了时光，仿佛在娓娓诉说这座城市的前世今生。

这样走着，心情渐渐湿润，而那巷名也越发暧昧起来，恋爱巷、美人巷、连理街，让人想入非非，似乎一场刻骨铭心的艳遇就在前面不远处等你。王家卫的天才镜头摇过来，轻轻拭去2046房的岁月蒙尘，百年恍如一梦，多少痴男怨女的爱恨纠葛深埋在它古旧的白瓷砖里，绿色板壁里，老派家具里，斑斑驳驳的时空梦里。房间的墙壁没有顶到天花板，隔音效果很差，似乎周慕云寻欢作乐的声音犹在耳畔萦绕，魅惑蚀骨，而卸去艳妆的白玲却独自蜷缩在隔壁的大床上，椎心泣血。昔日精致而堕落的新华大旅店现在已满面风霜，成为背包客的贪便宜首选，不过尽管光阴流转世道变迁，但那潮湿冰冷的记忆未改，孤独漂泊的灵魂依旧，对爱情的渴望和追逐一直都在。

这样走着想着盼望着，正午的阳光轻轻巧巧地打在脸上，白鸽巢公园贾梅士石洞和你劈面相逢。年轻英俊的葡国诗人在这里邂逅美丽温婉的华人女子，爱得如痴如醉，“除了爱别无所爱，即使在人群中也无视别人存在”，可恨诗人的浪漫不能变成力量，他无计从惊涛骇浪中挽救爱人的生命，只留下一段凄美的故事供后来人传说。诗人因爱情而创作，爱情因诗人而不老。澳门是一个深邃的树洞，让你倾吐心底的秘密，然后永远封存、埋葬。

文艺腔和物欲共存也许是许多女人的通病，而澳门的奢华早在明朝中叶已经令人惊喜赞叹。明末戏剧家汤显祖称它“真珠窟”，在诗中写道：“明珠海上传星气，白玉河边看月光。”他在京城做官，才华冠绝当时，是见过世面的人，登陆澳门码头后却眼花缭乱，连星月和珠宝的光辉都不能分辨清楚，当时澳门物质鼎盛、经济繁荣的景象由此可见一斑。而颇受达官贵人推崇的龙涎香，更是“千金一片浑闲事”。一掷千金，换来的仅是一片转眼成灰的香料，这份洒脱的奢侈，又岂是今人对名车豪宅的刻意追求所能比拟的？

四百五十年寒来暑往，澳门传承着祖先的深厚文化积淀，也继承了奢华生活方式并发扬光大。在澳门街头一路走过去，从寻常巷陌转进流光溢彩的赌场，视野和心灵刹那间被颠覆，仅数百米之遥，一座城市，两重天地。赌场阔气得炫目而夸张，墙面任性地用金箔铺就，顶天立地的财神爷笑容憨态可掬，硕大的水晶灯昼夜长明，这份豪气，似乎成千上万的真金白银投进去，也溅不起一点儿涟漪。澳门以赌立城，也以赌闻名，用最直接的方式来刺激和满足对利益孜孜以求的贪婪人性。

然而澳门并未因豪奢而放逸，亦未耽于享乐而放弃成长。它填海造地以拓展生存空间，产业转型以应对外部经济低迷，不仅以优雅姿态名列世界四大赌城，更寻求多元发展，轻工、旅游、度假产业繁荣兴盛，跻身全球最富裕发达地区。汤显祖若能目睹今日澳门景象，有感于黎民安居乐业，城市目迷五色，“碧眼愁胡”的商人举目即是，“花面蛮姬”更属寻常，不知又有怎样惊才绝艳的佳句问世。

从文艺到物质，澳门都已做到淋漓尽致，却还远远不是这座弹丸小城的全部。澳门值得一看二品三回味。浮光掠影是它的表象，和而不同是它的内核。正如土生土长的澳门男子，身材并不高大壮硕，胸怀却非常宽广，方寸之心，能纳百川。

第二眼看澳门，方知他是谦谦君子，气度恢宏。

土生葡人李道安在诗中说他“以米饭为生，也吃马介休”“我的血有葡国猛牛的勇敢，又融合了中国南方的柔和”，“既向圣母祈祷，又念阿弥陀佛”，生动地道出澳门多重性格的一个侧面。

而澳门的兼容并蓄远不止于此。

澳门开埠四百多年，是东西方文化碰撞、冲突、融合的前沿平台。中华历史上承前启后的伟人孙中山在十三岁时到澳门，眼界和胸襟顿开，“始见轮舟之奇、沧海之阔，自有慕西学之心，穷天地之想”，从此远赴檀香山，踏上一生事业的起点。

澳门是欧洲大陆的风吹进东方的窗口,是西方国家在中国的第一个海上贸易基地，第一个外国人集中居留地,第一座西式教堂建筑地,中国第一份英文报纸出版地,第一所近代大学创办地,第一个留洋学生派出地……

这形形色色的第一选择了澳门,缔造了澳门,成就了澳门。可以想象当初它在异族文明的入侵和冲突中所经历的剧痛。许多年后,它舐平伤口、浴火重生,呈现给世界的,是一座特色鲜明、多元文化共生共荣的历史名城。

澳门人拜妈祖、菩萨、圣母、耶稣,也信奉孔子、孟子、老子、关帝、鲁班、文昌帝、金华娘娘,甚至给甘地和里莎尔也留有一席之地;他们过春节、元宵节、清明节、天后诞、浴佛节,也庆祝圣诞节、复活节、母亲节、情人节;他们的肠胃能接受粤菜、闽菜、川菜、上海菜、淮扬菜,也喜欢日本菜、马来菜、葡国菜、法国菜、意大利菜;他们说普通话、粤语、英文、葡萄牙语;他们的建筑有三进三楹的殿堂式衙署、苏州园林式亭台楼阁和精巧华美的岭南民居,也有巴洛克风格教堂、古典葡式官邸、厚重雄浑的法国宫廷城堡;他们继承并融会南越文化、广府文化、西方文化……

混血是澳门的突出特征。人种的混血、文化的混血、宗教的混血。澳门新娘贴身穿大红团花旗袍,外面披洁白婚纱,在教堂里手抚《圣经》虔诚宣读婚姻誓词,回到家三跪九叩拜天地父母;画坛巨匠高剑父折中东西,将西洋画法糅进国画,兼采埃及、印度、波斯众家之长,融会贯通,开创岭南画派；伫立在澳门新口岸的“洋观音”铜像造型别致，她脸颊瘦长，鼻梁高挺，体态婀娜，足踏海浪翩翩而来，宛然一位美丽圣洁的混血少妇；而圣方济各堂供奉的天后圣母像却身穿红色斜襟上衣和黄色宫裙，纤纤素手挥舞红绸，雍容华贵，态拟瑶池仙女，或海神妈祖，中国古典味道十足。

这林林总总汇聚在三十平方公里土地上，却相安无事，丝毫不觉拥挤。在纷纭杂乱中寻找秩序，在抵触冲突中谋求共存。澳门好像一枚敞开硬壳的海蚌，任凭或大或小，或平滑或尖利的沙砾侵入肌体，磨砺血肉，它尽管咬牙忍耐，用心呵护，剧痛过后，吐出的，却是一颗颗光滑圆润的珍珠，这就是宝贵的澳门精神。

澳门虽是弹丸小城，却在历史长河中经历过大动荡、大起落、大疼痛、大风雨，以至有今日的大格局、大胸襟、大视野、大气魄。

南宋初期，朝廷设立香山县，澳门始有建制，却因“蛮夷之地、化外之民”而长期不受重视；十六世纪中叶，葡萄牙人获准在澳门居住，19 世纪又获得了对澳门的殖民统治权；十九至二十世纪中叶，澳门天灾人祸频仍，飓风、瘟疫、海盗、战乱轮番侵袭，无辜殒命的生民难以计数；与此同时，因清政府闭关锁国政策，澳门作为屈指可数的对外通商口岸之一，地位日渐重要，成为“东西方相互发现”的窗口；二十世纪末，中华人民共和国中央政府对澳门恢复行使主权，而当时澳门在金融贸易方面遭受强烈冲击，经济低迷，城市定位尴尬；2002年，澳门特区政府开放赌权，博彩业迎来黄金十年，澳门华丽转身，在国际舞台上再度绽放光彩，皇皇盛世，更胜从前。

每一次浮沉、每一场灾难、每一回低迷，都是一颗沙砾，刺痛它的血肉，打磨它的意志，拷问它的气度，拓展它的胸襟。澳门灵活应变，博采众长，坚毅忍耐，终于缔造一座城市的传奇。

在澳门的多元文化中，没有一种绝对强势的文化可以凌驾、压倒，甚至取代其他文化，他们和睦共处，你中有我，我中有你。澳门女人祈求神灵保佑出海的丈夫平安归来，先拜妈祖，再谒圣母，不以为忤；亲朋聚餐，各自遵守食物禁忌和进餐礼仪，并不违和；纸醉金迷的赌场和静谧安宁的民宅遥遥相望，互不惊扰。

澳门虽七里之郭，却拥有宽广、宽容、宽仁的人文视界。近百间图书馆和阅览室，犹如闹中取静的精神家园，为六十万澳门市民提供心灵滋养。澳门图书馆的藏书不拘一格，不因语言而隔阂，不为政见而背离，不以异己而排斥。葡语、英文、中文作品比肩而立，激进、温和、批判书籍各安一隅，古籍、新作、后现代各有拥趸，没有审查和禁止，读者兴趣是唯一的遴选准绳。澳门的舆论空间多元，出版渠道宽松，媒体蓬勃发展，不仅本土的印刷和电子传媒种类多样，市面上还有内地、香港、台湾和世界其他地区的报刊自由流通，政治、经济、文化和社会资讯非常丰富。澳门有敦厚而亲和的人文关怀，接纳并欣赏青春叛逆的孩子，尊重公众意志和民意表达，对异己势力有体制性包容。这份自信且从容的态度，令人喜爱、信赖、尊敬。

在澳门，谅解消融误解，妥协取代威胁，善意化解敌意，相互成全代替求全责备。埋骨于澳门旧基督教坟场的英伦画家钱纳利墓碑上镌刻有“融洽共处”字样，佛教提倡“去除我相，包容异己”，道教主张“齐同慈爱，异骨成亲”，不同方式，相同表达。包容，是澳门的灵魂。

在澳门氹仔龙环葡韵，有一片静美的莲花池，每逢盛夏，凝翠欲滴的荷叶田田，冰肌玉骨的莲花朵朵，格外赏心悦目。莲花是澳门区花，香远益清，花中君子。

和而不同，择善固执，是为君子之道。

绕不开的相遇

□ 朱颂瑜[瑞士]

我偏爱以水路进入澳门。当幽邈的遐想穿过友谊大桥，飞船把我渡进澳门外港的怀抱，几百年的濠江风月就会在眼前骤然清晰起来。一上岸，码头的海风猎猎拂面，当一栋栋明亮的欧式建筑开始在视野内与亚热带的树荫互相掩映，街巷纵横，市声晴暖，光尘里所有的旧年风情就会亲切得近在咫尺。与澳门的相遇，有不少东西，是你一定绕不开的。

比如一碗温热的凉茶。

凉茶文化是粤港澳地区传统生活的一种体现，也是养生智慧。在澳门，闹市、偏巷、道旁、树下，凉茶铺或者凉茶档多得数不胜数，草药之馨飘得无处不在。它们安静地守护着一方人。无论你是带着一种何样的心情来到澳门，它们都能进入你的视野，让你和这种传统的情怀撞个满怀。

廿四味、五花茶、雪梨茶、鸡骨草、火麻仁、夏桑菊……这些都是在澳门最常见的凉茶种类。因为身世与草木有关，所以名字也大多扣着植物，扣着自然，像清明夏日里从这里飘过的一阵海风。除了非遗项目的标志，除了古色古香的招牌，澳门的凉茶铺至今仍有使用铜质大葫芦盛凉茶的习惯，颇有古风。关于凉茶铺喜用铜葫芦盛凉茶的传统，我记得在民俗的记载里曾有如此佳话流传：话说当年林则徐在广东禁烟，因劳累生病，有达者为其熬制草药，并得以药到病除。林则徐感恩有余，就送去一具铜葫芦，寓意“悬壶济世，普救众生”。后来，医家们纷纷仿效，使铜葫芦盛凉茶的习惯就这样在粤港澳的民间渐渐传衍开来。

我情不自禁伸手在一个铜葫芦上摸了一下，忍不住，又摸了一下。其实，葫芦里装的是什么茶，茶是用什么草药熬制而成，对我来说，都不重要。重要的是，茶滋于水，水藉于器。铜之器物，自古就与悠久的凉茶文化结缘。所以古铜当属远年也当属往事，触摸它的质感犹如触碰到岁月的皮肤，会唤起我对草药之馨的无限眷恋，也会让一些远去的回忆骤然重现。

我儿时居住的地方就住过一位以卖凉茶为生的老先生，一个典型的草药迷。我记得他家中有一面靠墙的中药柜，上下左右七排斗，古木泛光，端庄典雅。岭南地区潮热多雨，每逢盛夏时节，老先生就会抓紧艳阳高照的大好时令，把各种名目的中草药搬出来晾晒，在蝉鸣起伏的小巷深处，摊开一地古典的中国香。

老先生是位慈爱的长者，知道我习画，有一年还送过我一本年代久远的中草药对照图册，供我临摹着玩儿，让我在一亩初蒙的心田上去徐徐布绿，花开冉冉。在老人家送我的这本旧书里，我就曾见过一笺廿四味的古籍配方。尤记得那笺配方的记录竟是如此气派：水翁花、榕树须、金樱根、蔓荆子、金银花、鱼腥草、蒲公英、相思藤、冬桑叶、木蝴蝶、金钱草、白茅根、淡竹叶、板蓝根……活色生香的一串名字，似乎每一个都挂着露珠在纸上发芽，而每一胚绿芽也都穿透了时间，时至今日，让我仍会情不自禁想起它们，想起它们在四季往复的时光里如何独自清宁，独自等待，等待从换季的深巷里传来的第一响咳嗽声。

顾客光顾凉茶铺，店家一般都会主动问上两句关怀健康的话，用语言为客人先把个脉。凉茶铺的温情，把旧时光里同一范畴的美好保留下来，这里包含手艺、茶温、传统与人情。在澳门，凉茶生意的延续多以家族传承为主。这种手把手的传承之美也很温馨，它让清妍的草香在这片岛屿上盘桓了几百年，而且，仍然会生生不息地延续下去。而卖凉茶的人，他们一辈子就那么知足常乐地守着一宅老铺，从早到晚，世世代代，在老铺里头烹煮一锅凉茶，也烹煮那四季往复的时光。

煲好的凉茶大多药味醇厚、汤色浓郁，有点儿像普洱茶又略带草药的苦味。我要了一杯清心下火的廿四味，只是那么轻轻一口，就有一股淡淡的苦味在舌苔上慢慢荡漾开来。按照传统中医的说法，下火清心最好的办法，就是苦味。这是中国养生文化几千年的生活积累，也是一种透视人生的真境界。可见，过日子也如品凉茶，理解了苦味，参破了苦谛，才说得上是真正品透了人生。喝凉茶清心，自有一种与众不同的感受。一碗微温的凉茶，就能压住一捧慌乱不安的神。

深谙澳门凉茶文化的当地朋友曾特意让我欣赏二十世纪五六十年代的几张黑白老照片。照片里，从凉果、报纸、吊扇、中式台椅到旧式的收音机，目力所及的全部元素，既传统又清雅，无不是旧时光里那种散淡从容的市井风貌。当然，还有盖在瓷碗上防止凉茶散热的那种圆玻璃，它们滴着新鲜的水珠，很温馨也很怀旧，让我看着看着不禁憬然一悟：这焐热的哪只是一碗茶呢，而是一方水土所蕴含的全部民俗与人情。隔着相片怀旧的纸页，我仿佛还隐隐听到了从凉茶铺附近的清平大戏院里传来的戏曲声。声声不绝。

在一个老字号凉茶铺，我还见过精巧别致的手工小竹凳工艺品，晾挂在凉茶铺的门口零售。它们用老式的红色鱼丝袋装着，朴素地悬在阳光里，有一种把岁月凝固在古老时光里的况味。关于这些手工小竹凳，坊间流传的说法是，澳门的老凉茶铺过去都摆着竹凳招呼茶客，如今不便摆在人行道，所以在门前挂点儿小竹凳，意思意思，表示此店是老字号。不过，有人专程去请教，反馈回来的解释是，这些手工的小竹凳其实是一位澳门传统老匠人自己制作的手工艺品，因为做得精巧，很受游客欢迎，所以凉茶铺帮他做点儿零售。两种解读异曲同工，都有着对传统文化不渝的情怀，让我由衷欢喜。

除了一杯温热的凉茶，到了美食天堂般的澳门，还有一捧手工的传统美食是小饕餮们绕不开的。途经氹仔市区买完手信，走出门口偶遇店铺充满传统韵味的橱窗，令我惊喜不已。

橱窗里面，除了数个老饼店怀旧版纸质包装饼盒，还挂上了两只小木凳，一把旧算盘，一把大葵扇以及几个老饼模和竹簸箕，全是旧时光里那些曾经再熟悉不过的居家小器物。它们古朴、原始、内慧。看似琐琐碎碎的温情却能形成一种强大又沉静的气场，为人流如鲫、车水马龙的闹市压住一巷的喧嚣。簸箕上陈列了几个杏仁饼、核桃酥、老婆饼和紫菜蛋卷样板，全是澳门最有代表性的经典小吃。不过，我敢打赌，如今它们已经远远不仅是澳门传统饼铺的招牌手信，在旅游文化日趋成熟，地域标志越被重视的当下，它们早已上升为澳门的乡愁符号。橱窗里，几个原色的竹簸箕别有一种历经岁月洗刷后的清素之美，比任何一种刻意的着色都要更为温婉，更为淡定，正适合走马观花的游客在路过澳门时一并怀旧一并念想，修复霓虹都市的旧梦。

几个俏皮的年轻人嘻嘻哈哈地簇拥着在我身边停下来，指着橱窗里展示的几个饼模互相发问。我不知道他们的年纪，但对于眼前这些饼模的年纪，倒是心中有数。我曾经参观过一个传统老饼模的回顾展，大致了解过中国民间饼模的艺术特点。作为传统文化的密码，我知道镂刻饼模的材料多为梨木、桃木、枣木或者杏木，也大致懂得，除了福禄喜寿花好月圆般的美好寓意，除了民间老匠人的一掌手温，在眼前的每一个传统老饼模上，还枕着一波大地的果香。

时光悠闲。橱窗上的几个小器物在阳光下显得越发沉寂静美。它们安然，它们不语，仿佛在静默中与我们一同回忆，回忆那些濠江两岸的流金岁月。我在澳门的街头就这样竟不知不觉间站立了很久，始终没有离去之意。也许，一方水土真正的美好，从来就不在显山露水的潮流里，也不在一掷千金的时尚中，而在这种淡处见真味的烟火人间，这种日升月落四季微茫般的宁静里。

驻足间，几辆货运车从我身边驶过，车身外印有“紫菜三文鱼松凤凰卷”的新产品广告，前头还特意加注了“首创”的字样。同行的老师告诉我，在澳门，几家老字号饼铺间一直存在着激烈的商业竞争，所以新产品也层出不穷。货运车朝着著名的官也街方向远去，驶向那条美食如云店铺林立的手信街。我突然很想感谢这些竞争。因为有竞争，它使每一门手艺的传承就远远不止是传承，而是有了各自的创新和发展。我记得曾听说过，作为澳门的标志性小吃，澳门的杏仁饼是外地游客从澳门带走最多的手信之一，知名度要比任何一位澳门的明星都高。可见，一门传统手艺的光芒也能照亮一方水土，为当地的文化去延伸一段不朽的传奇。

顺着澳门的美食地图探访寻幽，一路上，让人念念不忘的传统美食多得数不胜数。在传统里养心的澳门，让我不禁想起一句话："传统是祖先对后世的馈赠，传承是后世对祖先的敬意。"在澳门，这种互惠的光芒无处不在，且能自成气场，使一方水土在容得下浩瀚的繁华时尚和异族文化时，也容得下自己民族古老的旧年风情。

与澳门告别，还是走水路。踏着这城市通明的灯火上路，眼前的澳门天高地阔，一水环抱，使夜航的旅程显得既庄重又浪漫，还夹杂有一点儿离别的凄美。这况味，让我忽然想写诗为记，不巧的是，口袋里只翻出一枚不晓得何时遗落的硬币。小小的硬币瑞气金光，上面还精致地印有澳门传统舞龙的经典画面，姿态威武，十分传神，握在掌心里，仿佛连远年的锣鼓声都依稀可闻。我转身借走一叠滔滔的浪声，一泊璀璨的灯光。怀揣向传统致敬的一腔深情，我面对茫茫碧海，只觉此时无声胜有声。

澳门说话

□ 吴钧尧

对于旅行的地点，我常感到抱歉，我总是疏忽去记忆地名、街名、景点，却会记得流连过的小吃店、街道的脏点斑驳，以及在行人匆匆处，一朵坚持长出的小花蕊；黄、红或者白，尽管我不知道花的名字。

我疏于大纲，但慎于细节。有一点不妙：关于细节的路径，经常难以抓捕，也就是说，当我想起那朵花了，但会忘记花开在哪座城市。一个常常迷路的人，我认为是没法写好旅游文学的。

对于澳门也是。我在1990年到过澳门。那回特别，从台湾高雄港出发，搭船十余个小时到澳门。时临中秋。我们在前往澳门的海图上，见月亮如一面大钟。月亮不说话，海，离岸越远也越静，两个静默者，在海上被我们撞见以后，却多话了。我伫立甲板，看月光如潮，一波波朝我涌来。满了、碎了，又满了、碎了……它们未经人事，但比我们更懂得人世。

不知道搭船到澳门的旅游线，现在是否依存？在各地都富有了，直飞班机兴盛的当下，这种从一个岛，奔向另一个岛，颠簸经天的旅游，还有人愿意尝试吗？

2015 年冬天，我应澳门笔会邀请赴澳座谈，闲暇时趁机到港访周蜜蜜、蔡益怀、叶德平、郭艳媚等朋友，站在规模完整、游客如织的码头上，已经分辨不出哪一座码头、哪一条路，是我在澳门的初履。时间比风还轻，比呢喃更像呢喃，但它的另一个化身是钢铁与水泥，比情人翻脸还无情，比政客下野更无可商量，说走了，就走得好远、好快。

我只记得当年，同行者有一对富有的母女，下船后，彼此争论着，“真的不是错觉，澳门在晃动了”。关于那句话、那个情景，我记得无比深刻，但此际放眼，是找不着依附的地址了。

当时的邮轮，附设简易舞台，舞曲一热、霓虹灯一滚，我也被同行者压迫上阵，乱滚乱晃。我一上船，就留意到船员都来自大陆。跳舞时，他们一旁看着。那模样是羡慕与认命。沉默中，嘴角浮出了淡淡的友善微笑。我与一名船员不小心对上了眼，都知道我们的距离不只是短短五米路，而在台上与台下，我们当时以为这个沟，犹如一座太平洋。

后来，这船员跟我说话了。说他来自武汉，给了我两组电话号码。一组是他老家的，另一组是住在台湾南部的姨婆，让我上岸之后帮他寻亲。我认真打了几回电话，都找不着他姨婆，当我带着遗憾、愧疚，回报信息时，竟也电话不通。我手持写着号码的薄纸，内心皱得厉害。尽管当下这舞台，主角不同当年了，我一到澳门码头，却还带着一丝歉意。

不确定我来到对的码头，买着对的票，回头问了下旁边买票的游客："前头可是往香港的船？"少女挽着身材高挑的男友。他听出了我的口音，直接问："台北来的？"上船后，他们正巧坐在前头。女友靠在男友肩头，更时常兴奋地捧起他的脸，顾不着他人眼光，或亲或吻。船舱引擎声低低闷鸣，消抵了一切声音，我仍听出她的广东腔。我不由得想，谁也不是主角，爱情才是；男女朋友的组合该是台湾与香港，或者台湾与澳门？

果真，爱情才是主角。

澳门笔会举办边缘文学讨论，后于饭店餐聚，一位少妇略晚进场，且大腹便便，坐我身旁的笔会秘书长廖子馨悄悄说，她是台湾人，写散文，嫁来澳门了。爱情真是主角了。我跟廖提到 1990 年曾造访澳门。船程遇中秋，我们在邮轮餐厅剥柚子、吃月饼。上岸，旅行社安排了一系列的澳门参访，但我没一个记牢。我记得的是大路旁的小景致。我们遇上台风了，船班无法立返，何时能有船回台湾也不知情。旅游公司善尽职责，安排我们于规模虽小但依然堂皇清洁的旅馆，每天发予伙食费。

“所以我当时，真用走的，逛了一圈澳门。”我是失败的旅行者，无法再把细节进推一步或者半步，历数游憩的景点。当年的澳门，小镇风情强。葡式蛋挞尚未风靡台湾，我们已经提前品味，而每个店员招呼客人，都含笑带羞。那条记忆中，澳门的主要道路，有许多座天桥，逛得没事了，爱歇在天桥上，看过往车辆。没有什么大的建筑体。赌场当然大，但不靠近它，隔着距离，远远地看也都小了。

这趟座谈，我除了备课，也备上金门高粱，待与澳门李观鼎、谷雨、冯美娴，内地高海涛、张莉等敬酒后，廖子馨带我认识包括林玉凤、杨颖虹、初哥今等澳门文艺界人士，而前辈凌雁早于座谈会时就邀了隔天中午一起用餐。澳门自是习惯说广东话的，但为了让我可以听懂、参与，都说普通话了。

除了 1990 年到过澳门，我还在 2007 年偕亲人旅游江南，在澳门过境一天。那一趟，我在澳门几乎“没有说话”。不是没有说话，而是没能跟澳门说上任何话。飞机一抵机场，就被安排用餐、住宿，隔天再如“货物”，装载上车，除了尖耸的赌场建筑外，竟不记得澳门的一草一木。近些年，台湾离岛如金门、马祖，亟欲仿效澳门大兴赌场，以振兴失业率。一位朋友于金门县政府做事，随团参访好几回，只是不知参访的行程是否转进小巷，吃一碗粥、喝一碗汤，仔细听听长巷中的几声咳嗽，以及学子穿白上衣，跃走在狭窄但井然有序的红砖道上？赌场不是生活，这些才是。这些，也都不足以描摹，但可能蔚为线索。

对我来说，赌场与富丽饭店，勾引不了我的兴趣，我对自然的凌乱、对时光徘徊的屋子、对锈蚀斑斑的铁窗，更感兴味。一个居港的同学，曾寄来他的儿时旧照。他与哥哥坐在老窗前，窗下是隆重厚实的红木长椅，镜头切掉一半的春联，但挡不了那一个“福”字。住在饭店，不是在生活，而是暂时离开了生活。

想来，“说话”才是这回访澳的主题。我特别记得笔会会长李观鼎，于座谈开场致辞提到的，作家怎么面对自己。与内地年轻学者张莉交流时，她提到就读硕士班，大江健三郎甫获得诺贝尔奖，应邀南京演讲，一名学生提出尖锐的慰安妇问题，隔天报纸，被这个提问占据了。张莉问自己，怎么不是自己问了，她“参加”，却未“参与”。我连带地想，怎么是澳门人？为什么不是金门人？前者成为葡萄牙殖民管治地，成为华人世界中的异地；后者是战地，华人打华人。

为什么你是澳门人，我是金门人？历史选择了我们，但我们如何诠释历史？金门坎坷与澳门流离，都如不尽冬话，静候春绿。

三回。

1990、2007、2015，我与澳门。直到这一回，我在宴会上，透过林玉凤分享的网络，扫描一组又一组密码，在微信、脸书或者 LINE 上，一一寒暄。我们的语气充满拥抱，害羞一点儿的，不直接说，改投几个温暖的图案。

我除了不是称职的旅行作家外，也不善“说话”。其实，我“口吃”严重，被折磨多年。我每一回“说话”，都必须自我慰藉，说话哪，不要计较大风景，不要在意呈现多少高深学问，能传递关怀与温暖，就够了。

所以，就算廖子馨没说，我也会带上金门高粱，它不会让澳门晃动，但会融化我的口舌。我盛着的酒，是一杯饱满的月色，我与你、与他，与澳门干杯，终于，说上了一会儿话了。

“澳门”是座城

□ 陈瑞琳[美国]

去澳门完全是个意外。

很多年里，澳门在我心里就是一个说不清道不明的城市。我害怕见到赌，一想到老虎机就心里发颤。前年看电影《澳门风云》，里面都是枪战，各路黑道绞杀，色情、赌博、黑帮、犯罪，觉得澳门压根儿就不是我们寻常人去的地方。去年又读了严歌苓的《妈阁是座城》，书里面的澳门更是光怪陆离。

多少年了，“台、港、澳”三个字一直在心里缠绕。香港，一直是我们这些年看世界的一个大窗口；中国台湾，虽然隔着海峡，却是中华文化最经久的保留地；只是澳门，每次擦身而过，总也看不真切。都说澳门有她自己的风情，还说她是百川汇流，但是于我，不仅是神秘还有些怯惧。

2014年的秋天，一封来自澳大的邀请，让我一脚踏进了澳门。

麻雀虽小

飞机落地，一种陌生的紧张，澳门到了！不知为什么，过海关的时候我不由得四周张望，感觉旁边的人都带着好多钱。忽然笑自己好傻，现在的人都是一卡在身，哪里还会腰缠万贯。飞来之前就晓得澳门有三十七家赌场，是世界上最大的博彩城之一。不过，也听说今天的澳门在配合反腐，如今的赌场都采取了一些措施，内地的官员已经很少露面了。

虽然有心理准备，但澳门机场的"小"也还是惊到我。来接我的朱教授一边抱歉着来晚了，一边笑着说："你走不丢，澳门机场就这一个出口，我肯定能找见你。"

第一眼看见澳门，有些熟悉，也有些失望。熟悉的是那种南国的气味，失望的是机场外面的小街，古旧而窄小。想想也明白，来澳门的海外客多飞香港，本地人则多走水路。不过澳门想要腾飞，机场须得扩建。

不过小小的机场才是澳门的葫芦嘴，里面的宝库一展开就立刻让人目不暇接。沿途的斑斓景象完全是香港电影《游龙戏凤》《伊莎贝拉》中的镜头：西式风情的街道、回头一瞥的小巷、迎面的教堂、身边的赌场、美食的飘香……全都在转身的方圆之内。

我住的酒店立在一个三角地带，高大的门廊不仅接待客人，还是转弯处的交通要道。尽管车水马龙，门卫却很有礼貌，服务生们用最快的速度疏散着门口的车辆，态度相当和蔼。早就听说澳门的就业率高，专业的服务就是澳门人谋生的传统。

开窗望去，澳门虽小，却处处蕴藏着历史的风景，满眼是各色的文化古迹，最深切的感受是澳门的繁华气氛中自有一种有容乃大的平和之气。第一眼看澳门，我就不认为是金钱在驱动着这个城市了，更愿意相信支撑着澳门人一路走来的力量是那种来自神灵的信仰。

澳门之魂

终于看见妈祖阁，澳门是因她而名。四百多年前，葡萄牙人登陆澳门，在庙门前的海滩上岸，询问当地人这是什么地方，居民以为是问妈阁庙，故答“妈阁”，葡萄牙人便以其音译而成“MACAU”。

妈祖阁位于澳门半岛的最南端，面海靠山，古木参天，自明朝以来渔民们启航前都要向“阿妈”敬拜祈福。仰望庙门并不恢宏，山也不高，但香火很旺，重重叠叠，里面回廊曲折，充满了一种来自母性的阴柔之美。

站在妈祖阁山上的风铃之中，感受着“阿妈”对澳门的护佑。想想澳门回归将近十六年，今天的澳门，没有失业率，孩子们一出生就补贴三千一百五十澳门元，幼儿园免费，每年还补发书本费两千澳门元，初中生两千八百澳门元，小学生两千四百澳门元，高中生两千八百澳门元，大学生三千澳门元，进修费五千澳门元，生病全免，父母每年津贴有八千四百澳门元，年轻人首次创业给无息贷款三十万澳门元。这样的澳门，“阿妈”看着该是多么欣慰！

在我看来，澳门的风情并不是赌场和葡挞，而是到处弥漫的宗教情感。澳门崇尚信仰自由，被称作“圣名之城”。所以在澳门信教的人特别多，各种宗教的信徒占了澳门总人口的近百分之九十。澳门虽小，但教堂众多，走在街头，抬眼就会看到教堂或修院。正是这种宗教的力量，控制着人们灵魂的贪欲，在商业的喧嚣之中，澳门人保持着那一份生命的宁静。

澳门的“杂文化”

走进澳门的老街区，眼前是殖民历史的风物陈迹，但凸显的却是中西文化的大融合。

巍然斑驳的大三巴牌坊，可说是澳门的标志。这面1580年竣工的圣保禄大教堂的前壁，糅合了欧洲文艺复兴时期哥特式、巴洛克建筑的精雕细刻与东方建筑的传统牌楼风格而成。圣保罗教堂在1835年的大火中烧毁，正是这残存的“大三巴牌坊”，一直在见证着澳门的昨天、今天与明天。

登上“大三巴”的阶梯，仰望着牌坊顶端高耸的十字架，还有那铜鸽下面的圣婴雕像，以及被天使、鲜花环绕的圣母塑像，浓郁的宗教气氛，古朴典雅的艺术感受，人们会忘记了这里是属于西方还是属于东方，只会领略到爱与美的力量。

澳门文化的“独”，就是一个“杂”！“杂”到琳琅满目，“杂”到兼收并蓄。比如宗教，我注意到，就在大三巴牌坊的右侧竟然是一座供奉着哪吒的哪吒庙。再看建筑，在议事亭的欧式建筑旁，转过去的花园就是东方的亭台楼阁。还有澳门的美食，既有西班牙人留下来的葡挞、马介休，也有中国人最爱的酥皮点心和各种肉干。都说澳门有一种成熟的繁华，这“成熟”正来自于中西文化的相辅相成。

最有趣的是，以民主、法制治理的澳门，关于婚姻家庭的法律却一直沿袭着《大清律例》，直到二十世纪八十年代方才终止。难怪有记者当年问澳门的赌王何鸿燊：“您娶有四房太太，请问依据的什么法律？”何先生脱口而出：“依据《大清律例》。”

掠过葡京大酒店，我的欢喜是走进了“威尼斯人”。恢宏的建筑由美国赌业巨头金沙集团投资二十四亿美元所建，占地十一万平方米的会展场地，被誉为是全球第二大、亚洲最大的赌场度假村综合建筑。在这座建筑里，“赌”已经不重要，人们更乐意享受的是威尼斯风格的小运河及石板路，轻轻走过叹息桥，前面是圣马可广场，坐上浪漫的贡多拉，听那优美的歌声，两旁是古典欧式的街道，头顶上是如梦如幻的人造天空，一会儿晴，一会儿阴云密布，诗情画意之中完全让人忘记了白昼。

显然，澳门在变，她正朝着更“文化”、更“美”、更“现代”的方向转型。

澳门之光

澳门是不夜城，到处是霓光流彩。但是，在澳门绚丽的夜晚，只要稍微向远处看，就会看到低沉的夜空里红红的四个字：澳门大学！那四个字并不巨大，但那无声的光芒似乎就压倒了众生的喧哗。

澳门是水城，三座遥遥相对的跨海大桥，下面流经着渔船和货轮。但是让人惊喜的不是桥，而是一条隧道，一条专门通向澳门大学的海下隧道。那里是中央政府从珠海特别划给澳门的一个岛，就在这个与大陆紧紧相连的地方，如今正在成为澳门的教育圣地，也将预示着澳门的未来。

说起澳门大学，真是一个奇迹！此校 1981 年才成立，前身为私立的东亚大学，1988 年由澳葡政府购入才改为公立大学，1991 年更名为澳门大学。2009 年，澳门大学迎来了一个重要时刻：中华人民共和国中央政府将横琴岛东部约一平方公里的土地租借给澳门特别行政区作为兴建澳门大学新校区之用！由此，澳门大学开始了真正的腾飞。不仅校园比从前扩展了二十倍，而且一举登上《泰晤士高等教育》公布的 2014 至 2015 年度世界大学排名榜的前三百名之列。

站在澳大典雅恢宏的教学楼前，西式的楼体、中式的楼顶，辉映在波光粼粼的湖水中，那样和谐，那样庄严。这座雄踞东方的年轻的大学，仅仅在六年之中，其排名突飞猛进上升了一千六百名。更让人感慨的是，她的快速成长，成为中外历史上活用“一国两制”的唯一跨境大学的教育典范。

在澳门大学，我见到一位“奇人”，他就是亲历并见证澳大腾飞的校长赵伟先生。这位从陕西走向世界的国际知名华人学者，正是在 2008 年出任澳门大学的第八任校长。在难以想象的挑战面前，他们在短短的四年中就在新的校址上建成了八十座大楼！

赵伟，美国得克萨斯 A&M 大学主管科研工作的资深前副校长，美国伦斯勒理工学院理学院院长，美国国家科学基金会电脑与网络系统分部主任。早年因父母“援建大西北”生于中国西安，1966 年小学毕业，1970 年初中毕业后在西安小型变压器厂做电镀工人。1974 年被招收为陕西师范大学物理系的工农兵学员，1977 年以优异成绩留校任教，从此命运开始转折。1982 年他考取国家公派留学资格来美，进入麻州大学阿默斯特（Amherst）分校攻读电脑硕士学位，那年他已二十九岁，而他的指导教授才二十七岁。之后他一路攻读，获得电脑资讯科学博士学位。

眼前的这位经历丰富的赵校长，脸上总是乐观而自信，平易谦和中充满睿智。想当年，在中国大陆留美的学者中，他是美国联邦政府和高校担任最高职位者之一。在港澳地区，他是第一位经全球招聘成为大学校长的内地华人。在他身上，凛然有高瞻远瞩的汉唐气概，也有锐意进取的大勇气。在他担纲澳门大学仅仅六个月后，就首创了澳门的第一所荣誉学院，目的是要择优招收有学术天赋、勤奋刻苦的优秀学生，培养他们成为顶尖人才和社会的未来领袖。

在赵伟看来，一国两制并不是一个简单的分离和隔离，而是一个活的制度，一国两制如果执行得好可以让两个制度下的人都获得福利，澳门大学的尝试仅仅只是开始，还有很多空间可以继续努力。在2010年，有三百名内地学子被录取，他们兴高采烈、欢天喜地到澳门来上学，成绩都非常优异。目前澳门大学的录取标准是按一本线录取，而且有些专业比一本线要高出很多，比如澳大的工商管理学院会计学专业，录取学生的平均分数高出了所属省市第一批录取分数线百分之十七。

走在澳门大学全新的校园里，看到一张张在2014年8月首次在新校园上课的学生们喜悦的笑脸，不禁让人感慨万千。澳门大学的校训是“仁、义、礼、知、信”，让我相信在这个五百年没有流过血的地方，未来的希望，一定不是灯红酒绿，而是来自教育的光芒！

夜色中向澳门告别，忽然感到这座城市如此厚重，如此深远。走过东方三十年,漂泊西方又二十年,如今我正站在这中西文明的交融点上！这座城虽然是弹丸之小,但它的心胸却如此之大,不仅敬重多元文化,而且对民族对历史有自己的担当。它在富足中也有不安,在变化中也有焦虑,但它的现实精神和文化眼光,对于正在探索中前进的中国,对于不断在发生文化冲突的世界,都具有多么特殊的意义。